UN
TÉ INESPERADO
EN
1816

A NOVEL

BY

DIANNA M. MARQUÈS

SPECIAL VOL.

London:

PRINTED BY THE AUTHOR

2015

Un té inesperado en 1816
©Dianna M. Marquès
www.diannammarques.com

Diseño de cubierta: Dianna M. Marquès
Primera edición: Junio 2015

ISBN: 978-84-606-7393-4
Depósito legal: B-17150-2015

Impreso en España

Para mi club
de las patillas

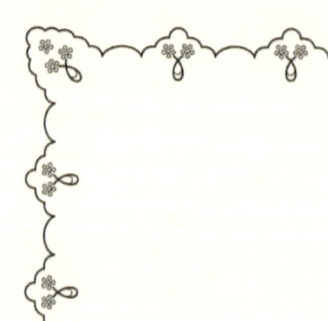
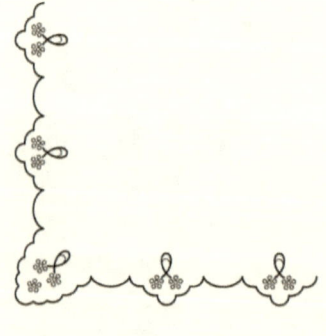

I

Un golpe de calor denso y húmedo, procedente de la estación de tren subterránea, dejó a Elena sin aliento en cuanto las puertas del vagón se abrieron, privándola al instante del frío aire acondicionado. A pesar de haber vivido siempre en Barcelona, cada verano se lamentaba, junto al resto de habitantes de la ciudad, de la humedad y el calor insoportable que se encargaba de perlarles la piel con sudor.

Bajó del tren con un grácil brinco y dedicó una melancólica mirada al interior del vagón. Qué gran invento era el aire acondicionado.

Dejándose llevar por la multitud de trabajadores de la primera hora de la mañana, se subió en las escaleras mecánicas en cuanto pudo hacerse un hueco y suspiró. A pesar de ser muy temprano y de que estaba consumiendo sus vacaciones estivales trabajando, lo hacía de buena gana, ya que había conseguido un puesto como dependienta en una vieja librería del centro de la ciudad, que contaba con un departamento específico para conseguir primeras ediciones. Leer y soñar despierta era una de las pasiones de Elena, así que, en cuanto terminó su primer año en la universidad para convertirse en una futura veterinaria, buscó un trabajo de verano para poder costearse los gastos propios de una chica de su edad.

Al salir a la calle, una ligera brisa despeinó su cabello castaño, que llevaba siempre eficazmente liso y cuyas puntas se ondulaban con gracia, revelando su naturaleza real. Aunque ella nunca lo había creído, las amigas de Elena y varios amigos, la consideraban una chica guapa con sus ojos grises y esbelta figura y, a pesar de ser un poco más alta que la media, sus movimientos eran delicados y femeninos.

Apenas cinco minutos después, y mientras se quitaba de un leve tirón los auriculares de su *ipod*, entraba en la librería de puerta de madera de estilo modernista. El olor a libro viejo que tanto le gustaba la hizo sonreír. Ya llevaba trabajando allí tres semanas, pero aún le fascinaba el lugar repleto de libros antiguos y nuevos, amontonados en varias estanterías de vieja madera labrada.

Jordi, su jefe, levantó un segundo la mirada del ordenador que había en el pequeño mostrador y le sonrió sin ganas.

—Buenos días.

—Buenos días, Elena —Sin decir nada más, volvió a clavar su vista en la pantalla.

Ella miró discretamente al cielo mientras se encaminaba hacia unas viejas escaleras de caracol hechas de madera y hierro, que llevaban a un pequeño almacén subterráneo, usado para guardar pedidos, material de oficina y donde los empleados dejaban sus pertenencias personales para dejarlas fuera del alcance de los ladrones.

Apenas había pasado un minuto, cuando oyó un alegre saludo en la planta superior, seguido de unos rápidos pasos que descendían por los peldaños de la escalera.

—¡Buenos días!

—Hola, Carlota.

—¿Qué le pasa a nuestro viejo y amargado jefe?

Elena se encogió de hombros mientras se ponía una especie de delantal amarillo con el logotipo de la tienda.

—Se estará peleando de nuevo con el Excel.

—Debería jubilarse y dejarnos esto a nosotras. Hay que dar paso a las nuevas generaciones —rió Carlota con un punto de malicia inocente antes de apurar su café de *Starbucks*.

Elena soltó una carcajada.

A parte de la buena suerte por encontrar un trabajo en un lugar tan especial, Elena se sentía afortunada por su vital y extrovertida compañera que, a los pocos días, por no exagerar y decir horas, se había convertido en una buena amiga.

Carlota era una chica de apariencia frágil, con un cabello liso y negro que le llegaba casi a la cintura y unos ojos vivos e inteligentes de un intenso marrón casi negro. A pesar de no ser alta, lo suplía con su sonrisa y carácter arrollador, que no la dejaba pasar desapercibida jamás.

Sin entretenerse más, subieron a la planta principal y cada una se centró en sus tareas habituales. Por su don de gentes, Carlota era la que se encargaba de atender a los clientes, mientras Elena colocaba los libros en las estanterías, revisaba las listas de los pedidos especiales y los tramitaba.

Jordi, su jefe, pasaba bastante desapercibido, ya que el viejo hombre con aspecto de bibliotecario, dedicaba el día a revisar el inventario y las cuentas de la tienda.

Cuando apenas faltaban minutos para que las chicas se tomaran su hora libre para comer, entró en el local un joven moreno con pinta desaliñada y una caja pequeña y de aspecto pesado.

—Traigo un paquete para Jordi Cases —comentó sin mirar a nadie en especial, dejando la caja sobre el mostrador.

—Sí, es aquí —Elena se inclinó tras el mueble para coger el sello con los datos de la tienda—. ¿Dónde sello?

El chico le acercó una carpeta rígida con una hoja.

—En este hueco.

Con un movimiento certero y firme, Elena dejó la huella de tinta sobre el papel.

—Gracias —Ella le sonrió.

—Adiós.

El mensajero salió a toda prisa de la tienda sin decir nada más ni responder a la amable sonrisa de Elena, que con el ceño fruncido murmuró en voz baja palabras que maldecían la falta de educación en el mundo.

Su jefe apareció revisando un par de hojas antes de volver a sentarse tras el mostrador y reparar en la caja.

—¿Qué es esto, Elena?

—Lo acaban de traer, viene de la pequeña librería de Madrid —sonrió al pensar en el contenido de la caja—. Ha sido una suerte que nos vendieran las primeras ediciones que nos encargaron el miércoles pasado.

—Perfecto. Carlota ya se ha ido a cambiar, haz lo mismo y cuando volváis de comer ya puedes catalogarlas y avisar a los clientes.

La mano de Elena se deslizó por la abertura de la caja cerrada eficazmente con cinta y suspiró reprimiendo sus ganas de ver uno de los ejemplares en especial que había en su interior.

Minutos después, mientras Carlota hincaba el diente en una jugosa hamburguesa de un local cercano a la librería, Elena suspiraba un poco melancólica.

—¿Qué te pasa hoy? Estás un poco ausente.

Elena mordisqueó una patata frita y sonrió.

—Estoy bien, es sólo que tengo ganas de ver uno de los libros que nos han traído.

—¿Cuál? —Los ojos de Carlota se iluminaron—. No será uno de...

Elena sonrió con malicia mientras asentía.

—Sí, uno de ella.

—¡¿Cuál?!

Como si de un secreto nacional se tratara, Elena se inclinó sobre la mesa.

—Es una tercera edición de Emma.

Carlota dio un respingo.

—¿Y esa joya la han traído con un mensajero ordinario?

Elena puso los ojos en blanco.

—Lo sé, pero ya sabes que aquí, por desgracia, si alguien diera con ellos sólo pensaría que son libros viejos. Si estuviéramos en Bath, eso no pasaría —bromeó mientras bebía un trago de agua.

Carlota empezó a reír mientras volvía a centrar su atención en la hamburguesa.

—Hablando de Bath, sigue en pie nuestra escapada en septiembre, ¿verdad?

Los ojos de Elena se iluminaron volviéndose más claros.

—No lo dudes.

Las dos se sonrieron y empezaron a comentar lo maravillosa que sería su pequeña aventura.

Al poco tiempo de conocerse y darse cuenta de que ambas eran unas absolutas enamoradas del siglo XIX y de Jane Austen, Elena se enteró de una fiesta anual que celebraban en la población de Bath, en Reino Unido, donde sus habitantes se vestían con ropas de la época de la célebre escritora y ofrecían un homenaje a sus obras, representándolas en teatros, organizando bailes y meriendas con té. Sin pensarlo mucho, las dos amigas decidieron destinar parte de sus ganancias en la librería para ir al famoso festival georgiano. Tanto era su amor por aquella época que, aparte de ver todas las adaptaciones de las obras de Austen, habían creado un grupo de *Whatsapp* llamado *El Club de las Patillas*, donde discutían todos los detalles para el viaje.

Ambas dejaron de hablar durante unos minutos, mientras sus mentes soñadoras volaban con sus fantasías.

—¿Sabes? A veces creo que he nacido en la época equivocada.

—¿Qué quieres decir? —Carlota frunció un poco el ceño.

—Es esta sociedad; parece que se están perdiendo los buenos modales —suspiró—. Llámame soñadora, pero me gustaría que me trataran con galantería, que me abrieran las puertas cuando llegara a un sitio…

—¿Vestir largos vestidos y asistir a bailes acompañadas de guapos mozos con increíbles patillas?

Elena rió a sabiendas de que Carlota también se sentía atraída por lo mismo que ella.

—Lo único malo era que las mujeres no teníamos ni voz ni voto.

Carlota se encogió de hombros.

—Algo malo tenía que haber, ¿no?

Las risas de las dos chicas hicieron que un grupo de chicos que comían en una mesa cercana las mirara y empezaran a comentar algo entre ellos.

Elena hizo una bola con el papel con el que habían envuelto su hamburguesa y sonrió a su amiga.

—¿Volvemos al trabajo?

—¡Vamos! —Carlota se puso de pie de un brinco.

Animadas, las dos chicas abandonaron el restaurante entre risas, bromas y fantasías sobre épocas pasadas.

Los ojos de Elena no hacían más que dirigirse hacia las escaleras de caracol que parecían susurrarle, desde su oscura esquina, palabras seductoras para que bajara al almacén, donde su jefe había depositado la caja de las primeras ediciones antes de entretener a Carlota y Elena con un repaso del inventario.

Para cuando Elena soltó el quinto suspiro, Carlota caminó discretamente hacia ella y, simulando contar unos ejemplares de poesía, le susurró:

—¿Por qué nos castiga con un inventario ahora?

—No sé, pero me muero de ganas de ver el ejemplar de Emma y la espera me está matando.

Carlota ahogó una risilla.

—Está bien —murmuró—. Te doy quince minutos, tal vez veinte, para ir a verlo, pero me deberás una.

Antes de que Elena pudiera decir ni una sola palabra, Carlota se acercó a Jordi, que tachaba con un rotulador rojo algunas cantidades de una hoja de papel.

—Jefe, creo que he encontrado un error en la hoja de cálculo —Jordi abrió los ojos como platos—. Bueno, llamarlo error quizás es un poco exagerado, pero verá, si sumamos con una fórmula estas dos columnas…

Ambos se alejaron mientras Carlota hacía un gesto con la mano a su amiga para que bajara al almacén. Elena sabía perfectamente que disponía de un buen rato mientras Carlota intentaba explicar a su jefe como se aplicaban las fórmulas en el programa informático que más se resistía a su superior.

Con una amplia sonrisa bajó las escaleras sin hacer ruido, pero con pasos rápidos. Allí, sobre una solitaria estantería, estaba la caja, aún por abrir. Como si fuera a romperse, Elena la depositó sobre unas cajas de papel y con mucho cariño pasó por el centro de la cinta adhesiva la hoja de un cúter. En cuestión de segundos, el contenido quedó expuesto. Maravillada, empezó a sacar uno a uno los antiguos libros, que colocó con cariño en una estantería baja, hasta que sus manos sostuvieron el antiguo ejemplar de *Emma*. Justo en el momento en el que se disponía a abrir la portada para revisar el interior, la voz de Carlota voló desde el piso superior hasta sus oídos.

—Tiene usted razón, esta vez ha aprendido enseguida cómo se aplican las fórmulas para sumar celdas —Carraspeó con fuerza—. ¡Volvamos al inventario!

Alarmada, y a sabiendas de que si su estricto jefe descubría que no estaba inventariando la regañina estaría asegurada, empezó a guardar los libros de nuevo en la caja intentando ser cuidadosa y rápida a la vez.

—¿Dónde está Elena?

Al oír su nombre de la boca de su jefe, sus manos se apresuraron a deslizar la caja sobre la alta estantería. Se dio la vuelta rápidamente para encarar la escalera justo cuando unos pasos pesados bajaban haciendo crujir los peldaños.

—¡Habrá bajado a beber agua! —Comentó Carlota nerviosa en un intento de alertar a su amiga por última vez.

Elena se agachó en su bolso rebuscando ansiosa algo que le proporcionara una buena coartada que explicara su presencia allí. Como si sus dedos fueran más listos que ella, sacó de uno de los bolsillos laterales un pequeño paquete amarillo de forma cilíndrica. Sin duda, un tampón era la excusa perfecta para que Jordi no hiciera preguntas y dispensara su momentánea ausencia.

Poniéndose de pie orgullosa por su ingenio, mientras la sombra de su jefe ya era visible en los escalones, miró hacia un lado para hacerse la despistada. Un escalofrío recorrió su espalda al instante; se había dejado *Emma* fuera de la caja.

Sintiendo la adrenalina corriendo por sus venas y justo en el momento en que los pies de su jefe asomaban por uno de los escalones, se giró rápidamente hacia la estantería y, sin pensar en los posibles daños, tiró con fuerza el libro sobre la caja. Por desgracia, la puntería no era uno de sus dones, y la valiosa novela rebotó contra una de las esquinas de la caja, estrellándose en su frente. Sintió un golpe seco, una presión sobre todo su cuerpo y la oscuridad se apoderó de ella, quedándose sin sentido justo en el momento en el que Jordi ponía un pie en el sótano.

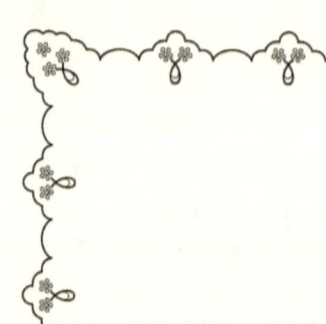

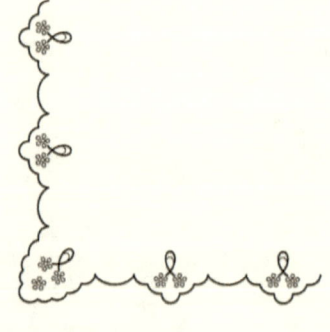

II

Se removió en la cama un tanto molesta, cambió de postura aún en sueños y gimió dando un par de golpes en el colchón. Poco a poco, se fue despertando con una extraña sensación de incomodidad. ¿Cómo podía estar tan sumamente molesta en su cama con lo que ella adoraba su maravilloso colchón de látex? Sin abrir los ojos, se volvió a girar enredándose con las sábanas que parecían tener varias capas y apoyó una mano sobre el colchón. El tacto un poco áspero y abultado de lo que debía ser una superficie perfectamente lisa y suave, la hizo despertarse de golpe.

—¿Qué demonios pasa? —Se incorporó apartando la sábana y una pesada colcha que no le era familiar en absoluto.

Abrió los ojos como platos intentando ver en la oscuridad de la habitación donde estaba, mientras su mente hacía un intento fallido por recordar qué había hecho antes de acostarse.

El olor denso de la estancia, como a madera y humo, le indicaron al instante que no estaba en su casa. Saltó de la cama movida por partes iguales de desasosiego y curiosidad. Cuando sus pies desnudos hicieron crujir el suelo de madera y sus piernas notaron el balanceo de un largo camisón, se quedó petrificada.

—¿Mamá? —susurró.

Intentó localizar a tientas un interruptor pasando sus manos por las paredes y tropezando con pesados muebles, hasta localizar una tela gruesa y con un atisbo de olor a rancio que identificó al instante. Con un rápido movimiento, descorrió las cortinas, que emitieron un leve susurro antes de dar paso a la claridad de la noche, que iluminó la habitación levemente.

Ante Elena, se materializó un dormitorio presidido por una enorme cama de madera labrada con mesillas a los lados, una discreta chimenea y un tocador de madera maciza.

—¿Dónde estoy? —musitó mientras se tocaba instintivamente la frente—. Me di un golpe con el libro y ahora estoy...

Al bajar la mirada sobre sí misma, estudió con detenimiento el camisón de hilo blanco que la envolvía como un regalo de Navidad, con algunos volantes en las mangas y en el cuello. Nerviosa, se acercó al espejo del tocador y gritó al ver la imagen de una mujer vestida al más puro estilo georgiano.

No pasaron más de treinta segundos antes de que una niña de grandes ojos azules y no más de once años, entrara en la habitación. Elena volvió a gritar al verla vestir con un camisón igual al de ella.

—¿Hermana, qué te ocurre? —la niña hizo un puchero mientras avanzaba entre las sombras.

—¡No te acerques! —advirtió Elena retrocediendo hasta chocar con la ventana.

Alertados por los gritos, aparecieron en la puerta dos figuras más, una mujer baja con camisón y gorro blanco, y un hombre con una calva reluciente y espeso bigote gris.

—¿A qué viene este vocerío, niñas?

La pequeña miró a su padre con los ojos como platos, mientras negaba con la cabeza.

—Ellen, querida, ¿estás bien? —susurró con voz dulce la mujer que compartía los rasgos con la niña.

Los ojos de Elena se movían rápidamente estudiando a las

tres personas que actuaban como si la conocieran, mientras los latidos de su corazón martilleaban cada vez con más fuerza en sus oídos.

—¿Es otro ataque, madre?

La mujer asintió mientras empujaba amablemente a la niña para que saliera de la habitación. Con una mirada de desconsuelo, el hombre se llevó a la pequeña, cerrando la puerta tras ellos.

Al verse encerrada con la mujer, Elena emitió un grito ahogado.

—Tesoro, cálmate. Soy yo, tu madre —musitó la mujer.

—Tú... tú... tú no eres mi madre.

—Claro que sí —Se sentó en un lateral de la cama frente a ella e inclinándose sobre una pequeña mesilla abrió un cajón y sacó una botellita oscura—. ¿Recuerdas lo que dijo el Doctor Martin?

Elena se limitó a jadear asustada.

—Debes calmarte o volverás a enfermar a causa de las pesadillas.

—¿Pesadillas? Yo nunca he tenido pesadillas. ¿Quién eres tú y dónde estoy? —Se giró para abrir la ventana, que no opuso mucha resistencia.

Al instante, la brisa fresca de la noche y el idílico paisaje de la campiña inglesa la dejaron muda.

—Ellen —susurró la mujer apartándola con delicadeza y cerrando la ventana—, vuelve a la cama, te espera una larga semana de preparativos y debes descansar.

Sumida en un terrible estado de shock, Elena, no pudo hacer nada más que seguir los movimientos que la dulce mujer le indicaba. Volvió a la cama y, sin que pudiera verlo venir, la mujer inclinó sobre sus labios el contenido de la botellita que, al instante, penetró en su boca con un amargo sabor.

—¡¿Qué es eso?! —gritó apartando a la mujer con poca fuerza.

—Te ayudará a dormir —susurró caminando hacia la puerta—. Ahora descansa, sonrió antes de cerrar.

Elena se vio nuevamente sola en la penumbra.

—Esto no está pasando… esto no está pasando… —farfulló.

Unas tenues voces se oían en el pasillo y, sin pensarlo un instante, saltó de la cama para pegar su oído contra la puerta.

—No lo sé, Charles; no me parece buena idea mandarla a Londres en su estado.

—Eloise, son sólo pesadillas y las tiene desde que era una niña; no le demos más importancia de la que tiene o se pondrá aún peor. ¿O es que no recuerdas cómo empeoró cuando la quisimos internar en el hospital?

La mujer emitió un suspiro.

—Pero llevaba muchos meses tranquila; ha sido la noticia del viaje lo que la ha desequilibrado de nuevo.

El hombre emitió un largo suspiro mientras se alejaban y seguían la conversación lejos del alcance de Elena.

Al intentar ponerse de nuevo en pie, sus piernas no le respondieron, sintiéndolas pesadas como el plomo. Antes de que pudiera pedir ayuda o moverse de nuevo, se desplomó inconsciente sobre el suelo.

—Eeeeeeellen… Eeeeeeellen.

La voz infantil se coló en su aturdida mente poco a poco hasta que fue consciente de todo lo que la rodeaba.

Un par de golpes en la parte exterior de la puerta donde aún seguía apoyada desde la noche anterior terminaron de despertarla.

—Vamos, dormilona. Madre ya está calentando el agua para

el té —la voz de la niña se perdió con unos sonidos de pasos en lo que parecía una escalera de madera.

Lentamente y sintiendo todo su cuerpo entumecido se puso en pie y miró a su alrededor, perfectamente iluminado ahora por los rayos del sol de la mañana. Tal y como había intuido la noche anterior, estaba en una habitación decorada como si estuviera en el siglo XIX, con las pesadas cortinas de tela gruesa de un color verde intenso y muebles de madera oscura con volutas en las esquinas.

Se acercó con pasos lentos hasta el tocador y se miró en el espejo. El camisón era digno de una de las miniseries de la *BBC*, que adaptaban con esmero las novelas de Jane Austen.

—Tiene que ser una broma —miró hacia las esquinas buscando las cámaras ocultas—. ¿Carlota? Vale, te lo has currado mucho, pero ya está bien. No quiero jugar más a este juego.

El sonido de los pájaros en el exterior fue la única respuesta que obtuvo. Se acercó a la ventana y observó el campo verde cubierto de árboles y arbustos en flor que custodiaban un camino serpenteante hecho de piedras que se alejaba más allá de lo que ella podía ver.

—Esto no es real —Se inclinó levantando la colcha de la cama y mirando debajo— ¿Qué es esto, Gran Hermano Georgiano? ¡¿Hola?!

Se incorporó caminando por la habitación.

—Parece tan… —Abrió la puerta y miró el pasillo con papel pintado y apliques en las paredes llenos de velas—. Real.

—¡Ellen! —la voz de la mujer que pretendía ser su madre ascendía por la escalera.

Elena se encerró de nuevo en su habitación, metiéndose en la cama y haciendo ver que dormía.

Tras unos leves golpes, la mujer entró.

—¿Estás despierta, Ellen?

—Me duele la cabeza.

La mujer se acercó a los pies de su cama y corrió un poco las cortinas, dejando la habitación en una cálida penumbra.

—¿Quieres un poco más de láudano?

La palabra rebotó en las neuronas de Elena buscando su significado. La reconocía y, sin saber por qué, la relacionaba con dos palabras muy directas: *droga* y *malo*.

—No, no, sólo necesito descansar un poco más.

La mujer sonrió dirigiéndose a la puerta.

—Le diré a Violet que te suba algo de comer, debes recuperar fuerzas.

Elena sonrió sin ganas.

En cuanto la puerta crujió al cerrarse, saltó de la cama y abrió el cajón de donde la noche anterior la mujer había sacado la botellita, la sostuvo entre sus dedos acercándose a la ventana para verla mejor y ahogó un grito. Escrito a mano, pero con una caligrafía excelente se leía la palabra *Láudano* junto a una lista de aplicaciones. Devolvió la botella a su lugar y empezó a abrir los cajones del tocador. En pocos minutos, había encontrado un cepillo ovalado con cerdas suaves y blancas, una colección considerable de lazos, una caja metálica con un trozo desgastado de jabón y algo parecido a horquillas de pelo junto con algunos frasquitos que Elena no supo identificar.

Para cuando la niña entró en su habitación con su desayuno quince minutos más tarde, Elena lo había asumido. No le encontraba una explicación racional. Quizás estaba soñando, muerta o había sido engullida por un agujero de gusano que la había llevado directamente al pasado, a una época que ella conocía, por suerte, muy bien.

—¿Cómo estás? —comentó la niña con una expresión triste en sus ojos.

Elena le sonrió escrutando el vestido azul cielo de corte sencillo pero que resaltaba los ojos de la pequeña. Llevaba una melena larga llena de bucles de un precioso color caramelo. Parecía una muñeca.

—Me encuentro mejor, gracias.

Violet dejó la bandeja con un plato con algo similar a los huevos revueltos y unas tostadas sobre los pies de la cama.

—¡No! —Abrió los ojos—. Me he olvidado el té.

Salió corriendo por el pasillo y Elena no pudo hacer nada más que sonreír.

—Esto no puede ser ni más ni menos que un sueño —Cogió el tenedor labrado que había en la bandeja y lo cargó con un poco de huevos—. ¡Qué bueno está esto!

Sin dudarlo, atacó su desayuno con un hambre voraz.

—Si madre te ve comer así, te dirá que pareces uno de los cerdos del corral —se burló la niña mientras dejaba sobre la mesilla junto a la cama una taza de té humeante.

—Es verdad —murmuró Elena engullendo el último bocado—. ¿Qué año es?

—Cuál va a ser, 1816.

—¿Y vivimos en…?

—En Danbury —Violet hizo una mueca—. ¿Me estás haciendo un examen?

—Algo así —sonrió amablemente—. Papá es…

—El párroco.

—Y yo soy…

—Estás muy rara.

Elena sonrió y le dio un par de golpecitos en la cabeza a la niña que la miró extrañada. Por suerte, parecía no ser muy lista o ser muy inocente.

—Ufff, tengo que ir al baño.

—¿Al baño?

—Sí, ya sabes a… a hacer pipi.

Violet frunció el ceño.

—Estás hablando muy raro, hermana.

Elena respiró profundamente haciendo trabajar sus neuronas.

—Tengo que… ¿miccionar? ¿Orinar?

—¡Ah! —la niña se rió—. Si fuera tú, usaría el orinal. Esta mañana hace frío y si sales a la letrina en camisón… —Se acercó a la ventana mirando una caseta de madera—. Te puedes congelar.

Sin dudarlo, la pequeña se agachó frente a la cama y sacó un orinal de color blanco con flores azules pintadas a mano.

—Mejor te dejo sola.

Con un par de brincos, Violet desapareció cerrando la puerta.

—Oh, madre mía, esto va a ser muy duro —musitó Elena mirando al orinal.

III

La aparente desorientación, las preguntas extrañas a Violet y su comportamiento un tanto extraño al no querer salir de la habitación, habían hecho que, Eloise, la nueva madre de Elena, le pusiera una dosis extrafuerte de láudano en su té de la tarde, que la sumió en un sueño de más de doce horas. Así que, al despertar al día siguiente, su mente y su cuerpo se sentían aletargados.

Se sentó en la cama apoyando su cabeza entre las manos y lamentándose en silencio. Se sentía como si se hubiera pasado toda la noche de fiesta.

Poco a poco, su nueva realidad la hizo despertar y, respirando el viciado aire de la habitación, se acercó a la ventana para abrirla, con la esperanza de que la brisa de la mañana la reconfortara.

El día anterior, instada por el miedo de lo que la esperaba tras aquellas puertas, había decidido no moverse del acogedor cuarto, mientras intentaba asumir lo que le había sucedido.

Pero, había llegado el momento de ser valiente.

Si ahora pertenecía, por algún extraño y retorcido motivo, al siglo XIX, estaba dispuesta a disfrutarlo, puesto que, tal y como había llegado a la conclusión, peor habría sido despertar en la prehistoria rodeada de mamuts y peludos hombres de las cavernas.

Tras usar el orinal, que se había convertido en su nuevo mejor amigo, se acercó a la jarra de porcelana con agua y al cuenco que

Eloise le había llevado el día anterior. Se lavó la cara con esmero y se secó con un paño grueso que hacía las veces de toalla.

Miró su reflejo en el espejo del tocador y suspiró. Estaba hecha un auténtico desastre. Su cabello se había ondulado de una manera extraña y sus ojos estaban algo enrojecidos.

—Parezco una loca —hizo una mueca.

Sin pensarlo mucho, y sintiendo una gran añoranza por la plancha de cabello de cerámica ionizada de última generación, que era su mejor aliada, se mojó un poco el pelo y empezó a pasar el suave cepillo para domarlo sin mucho éxito.

Unos golpes suaves la alertaron de la llegada de Eloise.

—Buenos días, me alegra verte levantada, querida.

—Buenos días… madre —balbuceó la última palabra como si le diera miedo pronunciarla.

Eloise estaba vestida con un sencillo vestido de corte imperio de color marrón oscuro con mangas largas. Se colocó tras Elena y, arrebatándole el cepillo, empezó a recoger su cabello en un moño que, sorprendentemente, reordenó sus ondas.

Al ver su reflejo sonrió.

"Tengo que aprender a hacerme esto sola" —pensó.

—Si te encuentras mejor, podemos ir a la ciudad a comprarte una bolsa de viaje nueva —La miró a través del espejo esperando su respuesta, Elena se limitó a sonreír—. Perfecto, ponte el vestido amarillo, parece que hoy refrescará.

Elena se puso en pie y sonrió nerviosa.

—¿Dónde puedo darme un baño? Lo necesito.

Eloise empezó a reír sonoramente.

—Qué ocurrencias tienes hija. Que vaya a hacer un dispendio en una bolsa de viaje nueva, no significa que ahora seamos ricos y nos demos baños todos los días. ¿Qué crees que es hoy? ¿Navidad? —siguió riendo—. Venga, aséate y baja a desayunar algo.

Mientras aún sonreía y suspiraba por la ocurrencia de Elena, cerró la puerta dejándola a solas con sus pensamientos.

—Siglo XIX... 1816... —suspiró—. Claro, creo que aún no son muy dados a la higiene diaria.

Se quitó el camisón con cuidado de no deshacer el moño y, sacando la pastilla de jabón que había encontrado el día anterior, se dispuso, a regañadientes, a lavarse por partes.

—Espero que esto mejore o vivir mi sueño de época terminará siendo una pesadilla —bufó.

Quince minutos más tarde, y tras dar dos vueltas por toda la habitación sin encontrar su armario, decidió volver a ponerse el camisón y salir al pasillo. La luz de un ventanal al final del corredor, iluminaba la zona con rayos de sol amarillos. Lejos de parecerle aterrador o extraño, se le antojó encantador. Salió descalza y con pasos cautos, mirando cuatro puertas cerradas.

—¿Vestidor? —susurró abriendo la primera que encontró frente a ella.

Una habitación parecida a la suya, sólo que con algunos juguetes infantiles muy modestos, le indicaron que era la estancia de Violet.

Con cuidado, abrió dos puertas más, encontrando un armario pequeño para ropa blanca, llena de sábanas y paños, y la habitación de sus padres.

—Mierda —farfulló sintiéndose fuera de lugar.

—¡Ohhh! —Violet se tapó la boca con ambas manos, corriendo hasta ella— No blasfemes o padre te obligará a confesarte.

Sin decir ni una sola palabra, la niña la llevó a la puerta más alejada, entrando en una pequeña habitación sin ventana, con dos enormes armarios. Como si su hermana percibiera que Elena se sentía perdida, sacó el vestido amarillo del armario, junto con una camisola medio transparente y unos pantalones cortos con volantes a la altura de la rodilla.

—Vístete —Sonrió antes de desaparecer.

Elena se enfundó en la ropa interior, sintiéndose al instante ridícula y, poco después se puso el vestido hecho de una tela suave, aunque de aspecto rústico, peleándose con los botones de la espalda hasta que, contorsionándose como en las clases de yoga, consiguió abrocharlos todos. Ató la cinta de la cintura alta que hacía las veces de cinturón y miró sus pies desnudos.

—¡Zapatos!

Abrió un cajón al azar que contenía un par de cajas redondas.

—Sombreros, no, zapatos —murmuró mientras estiraba el tirador de otro cajón.

Ante ella, aparecieron varios pares de zapatos de cuatro medidas distintas. Le recordaron al instante a las bailarinas que usaba en los días de primavera en Barcelona, sólo que de una tela mucho más fina y de apariencia delicada. Cogió unos bordados de color marrón claro con florecillas blancas y se los calzó sin problemas. Eran como guantes para los pies.

Invadida por una oleada de emoción, corrió por el pasillo hasta su habitación donde empezó a contonearse frente al espejo de su tocador, apreciando la belleza de su sencillo vestido amarillo.

Se pellizcó un poco las mejillas, lamentando no tener máscara de pestañas y, cogiendo aire, bajó por las escaleras de madera rojiza hasta la planta inferior.

Las paredes estaban cubiertas con papel pintado de motivos florales en color marrón y azul pálido y por todos los ventanales de la modesta casa de campo se veía un paisaje verde y hermoso.

Pasó junto a un pequeño despacho colmado de libros, resistiendo la tentación de entrar y ponerse a husmear como una poseída, para seguir adelante y girar a la izquierda, dejando a su espalda una modesta cocina, y entrando en un salón presidido por una mesa alargada con seis sillas tapizadas de color verde oscuro, a juego con las cortinas, una chimenea de piedra y un par de retratos en las paredes.

Tanto sus padres como su hermana, le dedicaron una cordial sonrisa al verla. Elena carraspeó, sentándose a la mesa junto a su hermana.

—Buenos días —sonrió deseando sonar educada.

—Me alegra verte mejor, Ellen —Su padre le devolvió la sonrisa para volver a sumergirse, después, en la lectura de un par de cartas.

Violet empezó a parlotear animada sobre un cotilleo que había oído de una mujer que, por lo que alcanzó a intuir Elena, era su vecina más cercana, y su madre y ella pasaron el desayuno hablando del tema sin cesar.

Una hora más tarde, Eloise, Violet y Elena caminaban por el sendero de piedra de la casa camino al centro de Danbury. En cuanto se adentraron en la calle comercial del pequeño pueblo rural, Elena temió ponerse a gritar de emoción ante los coches de caballos, las mujeres con sombrillas y sus adorados caballeros con patillas y elegantes sombreros. Ahora sí le parecía todo un sueño. Uno muy idílico.

Su madre y su hermana se alejaban de Elena cada pocos metros, mientras ella pegaba la cara a cada escaparte que se cruzaba en su camino.

Perfumes, sombreros, modistas… Sus ojos no daban abasto.

—¡Ellen! —la llamó su madre impaciente entrando en una pequeña tienda que hacía esquina—. ¿Qué le sucede hoy a esta muchacha? —murmuró para sí misma.

Al entrar en la tienda, el olor a cuero la dejó casi sin sentido. Había varios mostradores con maletas y bolsas de todos los tipos, colores y tamaños.

—Buenos días, Benjamin —Eloise inclinó la cabeza.

Un joven de unos veinte años, cabello rizado castaño y penetrantes ojos miel, sonrió.

—Buenos días, Señora Gladwell —miró a Violet de pasada para posar sus ojos sobre Elena—. Señoritas.

Los ojos de Elena no pudieron hacer nada más que repasar al chico de arriba abajo. Vestía una especie de camisa de hilo amarillenta con anchas y abultadas mangas. Estaba abierta a la altura de su pecho dejando al descubierto una buena parte de piel brillante por el sudor de trabajar el cuero y la tela de las bolsas.

Eloise le dio un codazo.

—Cierra la boca, Ellen, o se te llenará de moscas.

Al instante, Elena reaccionó tensándose como una cuerda y corrigiendo su postura.

—Buenos días —sonrió sutilmente sin poder evitar ruborizarse ante la intensa mirada de Benjamin.

Su madre empezó a parlotear sobre las bolsas de viaje, haciéndole preguntas al joven que, de vez en cuando, sonreía discretamente a Elena, que ya no osaba ni mirarle. Debía ser consciente de dónde estaba y, sin duda, tenía que adaptarse rápido a su nueva realidad si no quería que la encerraran en un manicomio de por vida. Ahora, Elena era Ellen, la hija del párroco anglicano del pequeño Danbury.

IV

$\mathscr{S}$in darse cuenta, la semana pasó volando entre los quehaceres propios de la granja, tareas domésticas y charlas animadas con su madre y hermana.

Por lo que había observado, Charles, su padre, no era demasiado hablador y se pasaba la mayor parte del tiempo preparando sus sermones en su pequeño despacho.

Rose, la cocinera que los Gladwell tenían el lujo de poderse permitir, se había pasado toda la mañana preparando una suculenta comida para dar la bienvenida a los Bray, que llegarían después del sermón del domingo y sólo se quedarían una noche para poder recuperar fuerzas y emprender de nuevo el camino a Londres, sólo que esta vez, con Elena.

El constante parloteo de su madre y hermana menor, habían ayudado a Elena a situarse. Los Bray, eran una familia adinerada de Londres, que sólo contaba con una única hija, Charlotte. Al parecer, George, el cabeza de familia, conocía a Eloise desde que era sólo una joven casadera y se sabía de memoria la vida de su amiga. En cuanto el Señor Bray entró por la puerta del modesto salón de té aquella tarde, y se inclinó para besar la mano de Eloise, Elena lo tuvo claro. Aquel hombre estaba enamorado de su madre; se notaba en su tono de voz, en sus miradas y hasta en su manera de respirar. Elena sintió lástima por ella.

Tras él, no tardaron en aparecer una mujer de porte elegante y una joven delgada, de cabello negro brillante y ojos oscuros y profundos que, de no ser por su radiante sonrisa, habrían intimidado a Elena, puesto que el parecido con su amiga Carlota era casi idéntico.

—¡Charlotte! —gritó Violet mientras saltaba a los brazos de la joven morena.

—Pero mírate, Violet, estás hecha toda una mujercita —Hizo girar a la niña como si fuera una bailarina.

Elena se mantuvo de pie junto a la ventana mirando la escena como si no estuviera allí; los dos hombres, estaban comentando los detalles del viaje y hablando de los caballos, mientras que las dos mujeres, se habían centrado en adular la una el aspecto de la otra.

—¿Tanto hace que no nos vemos que no vas a saludar a tu amiga de la infancia? —reprochó Charlotte moviéndose con gracia hasta Elena.

—¡Hola! —dijo demasiado alto intentando contener sus nervios.

Charlotte se abrazó a su amiga dándole un sonoro beso, que al instante se ganó la desaprobación de su madre, adicta al decoro y las buenas maneras.

—Tenemos tanto que contarnos; las cartas cunden muy poco para todo lo que hay que decir.

Elena sonrió sin ganas. Temía que la joven empezara a pedirle detalles de cosas que ella no sabía pero, por suerte, la hora de la comida llegó rápido y, siguiendo los convencionalismos de la época, dejaron que los hombres tomaran las riendas de la conversación. En más de una ocasión, a Elena, le habría gustado discutir sobre las ideas de política que exponían los dos caballeros, pero sabía de sobras que en aquel siglo donde se hallaba, la mujer era poco más que un objeto de decoración, y que toda aquella que osaba destacar por su intelecto o actos, era considerada automáticamente un bicho raro en su sociedad perfecta.

Suspiró, su paraíso lleno de caballeros con patillas no podía ser perfecto.

Tras el banquete que Rose había preparado, las mujeres se retiraron al salón de té, dejando a solas a los hombres con sus puros y unas copas de whisky escocés.

Eloise, sirvió unas pequeñas copas de brandy para todas, excepto para Violet, y entablaron una animada charla.

—Realmente, creo que será un acierto presentar en sociedad a Ellen esta temporada —La madre de Charlotte sonrió a Elena, que se tensó en la silla—. Con un par de... consejos, causará sensación.

Aquella frase hizo que la boca de Eloise hiciera una mueca de disgusto.

—Mi dulce Ellen es poseedora de una belleza clásica, que sin duda carece de la necesidad de complementos extravagantes para potenciar dicho talento innato —contuvo una sonrisa, antes de mirar con inocencia a Catherine, que instintivamente se había acariciado su exagerado tocado—. Estoy segura, mi apreciada Señora Bray, que bajo vuestra tutela, brillará como una luna en el cielo estrellado.

—Ya sabéis lo que se dice, querida, hasta la plata más pura debe ser pulida para brillar con todo su esplendor.

Elena las miraba, debatiéndose entre el enfado y la diversión. Las puyas educadas que se estaban lanzando, a pesar de referirse a su persona y cuestionar su belleza y aspecto, eran de lo más entretenidas.

Charlotte carraspeó y se tocó uno de los volantes de su elegante vestido turquesa.

—¿Te apetece bailar? —susurró discretamente a Violet.

La niña reaccionó como si tuviera un resorte en su trasero, poniéndose en pie.

—¡Madre! ¿Podemos bailar? —le dedicó una caída de pestañas. Eloise sonrió.

—No veo por qué no, es un sano entretenimiento y seguro que la Señora Bray disfrutará con los avances que ha hecho Ellen con el pianoforte.

El ritmo cardíaco de Elena se disparó en su pecho mientras que, con enormes ojos, miraba el modesto piano junto a una ventana.

—Yo...

—Vamos, no te hagas de rogar.

Charlotte la ayudó a ponerse en pie y la llevó casi a rastras hasta el gran instrumento de madera.

Elena se sentó en la banqueta y empezó a pasar, con manos temblorosas, las partituras que había sobre la caja.

—Toca ésa —Violet señaló una de las melodías.

Mientras colocaba con delicadeza la partitura sobre el atril, Elena dio gracias al cielo por haber sido terca en su infancia, hasta conseguir que sus padres le pagaran clases de piano en una escuela privada; de no ser así, ahora estaría en serios apuros. Pero, a pesar de sus vastos conocimientos, hacía muchos meses que no practicaba y dudaba que sus capacidades estuvieran al cien por cien.

Posó las manos sobre las teclas y suspiró.

Tras un par de movimientos nerviosos, los dedos de Elena volaron por encima de las teclas como si no hubiera pasado el tiempo y, sin darse cuenta, empezó a disfrutar de la perfecta melodía que invadió por completo la habitación.

Charlotte hizo una elegante reverencia a Violet, que la imitó al instante y, como si fueran bailarinas, empezaron a girar dando vueltas una alrededor de la otra, cogiéndose de la mano y dando graciosos y lentos pasos por la sala.

La animada música atrajo a los hombres, que se sumaron a sus familias encantados con el espectáculo.

Cuando Elena hubo terminado su interpretación, sonrió alegre, sintiéndose por un momento parte al cien por cien de aquel antiguo mundo, mientras aplaudían su actuación.

—Tienes un gran talento —Le sonrió el Señor Bray.

—Sin duda —Afirmó con una mueca parecida a una sonrisa su esposa.

La familia de Elena al completo se llenó de orgullo mientras ella, algo avergonzada hizo una pequeña reverencia al levantarse del piano y se sentó junto a su madre.

—Deléitanos con tus manos, George —Eloise pronunció aquellas palabras con un tono de lo más amable.

Sin oponerse, el caballero se sentó frente al piano y empezó a interpretar una rápida y alegre melodía, que tan sólo unas manos bien educadas podrían tocar.

Charlotte y Violet siguieron bailando animadamente, mientras Elena captaba cada uno de sus movimientos y los repetía mentalmente. Así había sido su vida los últimos días, se empapaba de cada detalle y de las costumbres sociales, porque así y sólo así, sería realmente Ellen Gladwell.

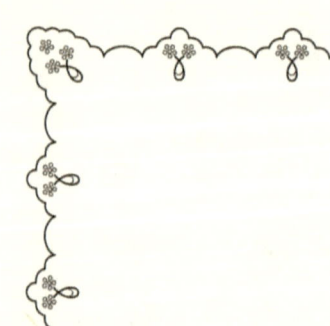

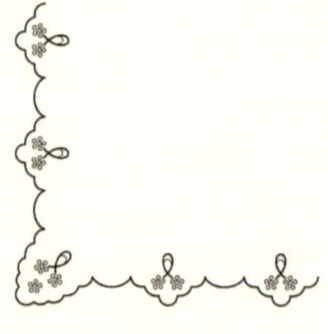

V

Miró nerviosa la bolsa de viaje de tela de color marrón bordada que su madre le había regalado y se alisó el vestido con las manos algo temblorosas. Haber sobrevivido una semana en el campo había sido una tarea de lo más fácil. Elena se había convertido en Ellen con muy poco esfuerzo, pero ser presentada en sociedad en Londres era todo un reto. Uno titánico.

Recorrió su habitación abriendo algunos cajones para cerciorarse de que había empaquetado todo lo necesario. Finalmente, revisó el contenido de su maleta. Un par de vestidos de mañana, uno de tarde y uno de noche, que para su gusto, ni el color ni los acabados estaban a la altura de una fiesta en la gran ciudad.

En uno de los laterales estaban sus enseres de belleza e higiene. En su tercera noche en el siglo XIX, Elena había corrido al jardín en busca de una rama fina y recta que, junto con unas hojas de menta fresca robadas del invernadero de su madre y un cordel fino de la cocina, había unido de tal forma que el extraño artilugio hacía las veces de cepillo de dientes, uno que había ocultado a la vista de todos pues, según recordaba, en aquella época sólo los miembros de la realeza tenían algo similar a los cepillos de dientes modernos.

Miró su reflejo en el espejo, colocando un rizo travieso tras su oreja y sonrió. Vestía de nuevo el vestido amarillo, pero en esta ocasión con un cuello blanco semitransparente que cubría su escote. Así eran las normas de la mañana.

Tras un desayuno copioso y las bendiciones y consejos de su familia, Elena se vio de pie junto a la ventana de la entrada de la casa, oteando el horizonte nerviosa y a la espera del característico sonido del traqueteo de un coche de caballos.

Los Bray se habían alojado en una posada en el centro del pueblo para descansar y así poder afrontar de nuevo el viaje de vuelta a Londres y, de acuerdo con los planes ya fijados, aquella mañana tras el desayuno partirían hacia la gran ciudad.

—Ellen —Elena se giró asustada y miró a su madre—. ¿Estás lista?

—Sí, madre —Le señaló la bolsa que ella misma había bajado y que ahora descansaba sobre una banqueta—. Ya lo tengo todo preparado.

Su madre miró al cielo.

—En Londres no debes hacer esas cosas —Elena frunció el ceño sin comprender—. Una dama jamás carga con su equipaje, ni con otras cosas pesadas. Recuerda que las mujeres somos, o al menos debemos aparentar, ser criaturas gráciles y frágiles.

—Lo siento.

—Conmigo no has de sentirlo, mi niña —Le recolocó el lazo del vestido que hacía de cinturón—. Sabes que adoro que seas una joya tan extravagante entre el resto de jóvenes de tu edad.

Se abrazó a su hija.

—Gracias.

—Pero recuerda, decoro Ellen, de-co-ro.

Elena asintió con la cabeza mientras ambas sonreían, antes de que por un instante el miedo pasara fugazmente por los ojos de Eloise.

—¿Llevas contigo la medicina? No quisiera que te diera un ataque en casa de los Bray. Dios sabe que George es un encanto, pero en cuanto a su esposa... No quiero ni pensar como te cuidaría esa mujer distante y fría si enfermaras.

—Estaré bien.

Un grito animado seguido de unos pasos rápidos las hicieron mirar hacia la puerta donde Violet daba saltitos.

—¡Ya están aquí!

Elena miró hacia la ventana justo para ver como el cochero detenía el carruaje frente a la entrada y saltaba del pescante dispuesto a ayudar a bajar a los pasajeros.

El momento había llegado. Elena partía a Londres.

Tras una emotiva despedida y los agradecimientos por parte, en especial del padre de Elena, por el gran favor que prestaban a su hija para presentarla en sociedad, los Bray y su protegida, partieron hacia Londres en una de las diligencias que salían cada mañana de Danbury.

Por exigencias de Catherine, y gracias a que su marido había dado una sustancial propina al cochero, sólo los Bray y Elena viajaban en el amplio coche. Según se había hecho cargo de enseñar a Elena, ya era terrible que más de tres personas viajaran en un mismo espacio, como para que encima si el número aumentaba fuera por completos desconocidos.

Durante las tres horas que duró el viaje, el silencio fue el protagonista, puesto que nadie parecía tener ganas de entablar conversación. Lejos de ser molesto, a Elena le brindó la estupenda oportunidad de poder ver el maravilloso paisaje cambiante por la ventana, mientras los árboles cada vez eran más escasos dando paso a las casas y, por fin, a las bulliciosas y ruidosas calles de un Londres desconocido para ella. Si la sensación de ver Danbury, con sus discretas calles y sus gentes de carácter rural, había hecho que Elena sonriera, el colorido, extravagante y tumultuoso Londres la dejó casi sin respiración. Las mujeres eran mucho más bellas y elegantes, y los hombres quitaban el hipo subidos a lomos de corceles lustrosos.

—¡¿Querida?!

Catherine carraspeó mientras se llevaba la mano al cuello alarmada por el grito que había tenido que emitir para llamar la atención de la joven.

Elena la miró absorta y con los ojos brillantes.

—Te estaba preguntando si era tu primera vez en la ciudad, pero tu sordera momentánea ha respondido por ti.

—Discúlpeme, señora Bray. Por un momento, la ciudad me ha dejado sin habla.

Charlotte le dedicó una mirada pícara mientras un caballero montado a caballo pasaba por su lado.

—Ellen, acostúmbrate, pues en breve afrontarás una de las noches más importantes de tu vida, sobre todo si esperamos sacar algo ventajoso de ella.

El señor Bray se removió en su asiento y miró a su esposa.

—Catherine, no presiones a la pobre joven, nadie espera que en su primer baile en Londres consiga ya un buen marido. Tal y como ha demostrado nuestra pequeña —le guiñó un ojo a Charlotte—, eso no es una tarea fácil hoy en día.

—No me hagas hablar de eso, es alarmante que una joven de buena posición como ella deba pasar otra temporada más sin proposiciones —Sacó un abanico de su ridículo de cuentas y se abanicó con frenesí.

Charlotte se inclinó hacia su madre, que había cerrado los ojos intentando serenarse.

—Quizás este año la suerte cambie —Le dedicó una mirada a Elena y negó sutilmente con la cabeza—. No te alteres madre, por favor.

La pregunta no tardó en formularse en la mente de Elena, ¿Por qué una joven rica y guapa como su amiga no tenía pretendientes? Intrigada, a poco estuvo de romper su nueva norma de ser una joven discreta y educada y preguntar ante sus padres, pero sabía que no obtendría respuesta, así que no tuvo más remedio que esperar a que ambas estuvieran a solas.

Cuando por fin llegaron a su destino, Elena bajó del carruaje con los ojos fijos en la enorme casa de tres plantas de piedra clara y grandes ventanales. Estaba situada en el centro de la ciudad, pero en una calle no demasiado céntrica con vistas a un enorme parque lleno de árboles en flor.

"¡Dios! Cómo echo de menos mi móvil. ¡Esto quedaría precioso en Instagram!" —se lamentó en silencio.

Charlotte se colgó de su brazo y la arrastró por el pequeño tramo de escaleras hasta el interior de la casa.

—Vamos, pequeña pueblerina impresionada —le guiñó un ojo—. Vayamos a nuestras habitaciones antes de que mi madre reproche más tu asombro por el lugar.

Elena no pudo hacer nada más que seguir a su amiga ahogando una risilla.

Sin apenas poder ver la planta baja, las dos amigas subieron por unas escaleras de madera labrada y mármol blanco, que con una curva sinuosa las llevaron a la planta principal. Los enormes ventanales dejaban entrar la luz de la mañana, iluminando los cuadros y retratos que decoraban las paredes. El suelo estaba completamente cubierto de una moqueta de color azul oscuro, que hacía resaltar el papel amarillo con detalles florales de las paredes.

—Me costó mucho convencer a mamá de que no te pusiera en la habitación de invitados que está allí —señaló una de las puertas más alejadas—. Pero al final lo logré y te instalarás aquí, justo en el cuarto contiguo al mío.

Con un teatral movimiento, Charlotte abrió una puerta de color blanco y pomo dorado, que dio paso a la habitación más bonita y cálida que Elena jamás había visto.

En el centro, había una enorme cama con dosel de madera de cerezo, vestida con ropa de color miel. Justo a los pies de ésta, una gran chimenea de piedra y mármol emitía una luz anaranjada que hacía resaltar el color amarillo y melocotón de las cenefas de las paredes. Bajo el enorme ventanal con vistas al parque, había un escritorio con papel y plumas listos para su uso. Elena dio un paso adentrándose en la estancia que, de pronto olió a jazmín; buscando el origen de la repentina fragancia, dio con su amiga que sentada frente al tocador, agitaba una botellita con un enorme lazo.

—Bienvenida a Londres.

—¿Es para mí?

—¿Acaso creíste que te preguntaba por tu fragancia predilecta por pura curiosidad? —Se levantó y colocó una gota de perfume en el cuello de su amiga—. Ya me conoces, siempre hago las cosas con un fin.

—Gracias, me encanta —Charlotte sonrió dulcemente mientras sus ojos se convertían en dos finas líneas—. Charlotte, ¿puedo preguntarte algo?

—Por supuesto.

—Puesto que tú jamás haces las cosas sin un objetivo —pensó un segundo sus palabras—, ¿cuál es el fin de seguir soltera?

Charlotte suspiró profundamente mientras cogía de la mano a Elena y se sentaban a los pies de la mullida cama.

—Entiendo que esa duda te asalte, no te lo quise escribir por si la carta caía en malas manos, y con eso me refiero a mi madre.

Elena abrió los ojos como platos intrigada ante el misterio y agradecida por su suerte; si Charlotte ya se lo hubiera contado con anterioridad estaría en un buen aprieto.

—Soy consciente de que, siendo esta mi tercera temporada y a mis veintidós años, es un hecho alarmante que no me haya desposado aún y, contrariamente a lo que cree mi madre, sí he recibido algunas ofertas de matrimonio.

—¿No quieres casarte?

—Claro que sí, no seas boba. Anhelo un casamiento por todo lo alto, pero no a toda costa —sus ojos perdieron un poco de brillo—. Los caballeros de los que procedían las proposiciones no eran…

Elena posó una mano sobre la de su amiga y le dedicó una brillante sonrisa de consuelo.

—¿Eran proposiciones sin amor?

—Sabía que tú me comprenderías.

—Estoy segura de que esta temporada será la definitiva, antes de Navidad estarás locamente enamorada y puede que hasta casada —se rió.

De pronto, el semblante de Charlotte cambió, abriendo mucho los ojos y sonriendo.

—Quizás las dos lo estemos, ¡no sería eso maravilloso!

Elena fingió reír con las mismas ganas y naturalidad con que lo hacía su amiga, mientras la realidad brilló como una luz de neón frente a ella. Había ido a Londres para encontrar marido y aquello la aterraba.

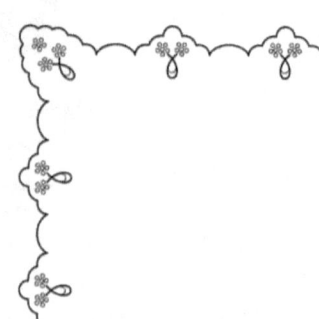

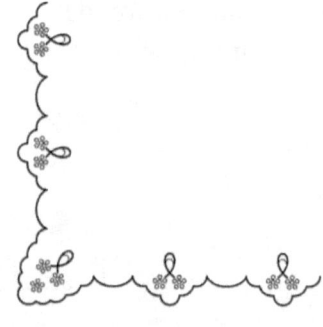

VI

$\mathcal{L}$os dedos hábiles de la doncella personal de Charlotte revoloteaban eficazmente entre los mechones castaños de Elena, recolocándolos con gracia en un recogido algo más sofisticado de lo que ella estaba acostumbrada a llevar. El reflejo que le devolvía el espejo del tocador, empezaba a ser el de una joven de buena posición, educada y hasta elegante, aunque para que aquella cualidad se cumpliera del todo, los vestidos de Elena deberían estar a la altura.

Unos suaves golpes en la puerta hicieron que ella y la doncella dieran un pequeño respingo.

—Adelante.

Charlotte asomó la cabeza antes de entrar con un precioso vestido azul pálido con cierto brillo en su tejido.

—Has hecho un trabajo excelente, Anne. Puedes retirarte.

La doncella sonrió y salió de la habitación haciendo una discreta reverencia.

—Gracias, Anne —Sonrió Elena mientras giraba la cabeza frente al espejo.

Charlotte miró el vestido que había seleccionado su amiga para la cena e hizo una mueca casi imperceptible. Sin duda, para alguien de su posición, los modelos de Elena no eran más que vestidos ordinarios.

—Sé lo que piensas, no hace falta que disimules. Mi vestimenta no está a la altura de las circunstancias, lo sé —comentó distraídamente mientras se enfundaba en el vestido sin ayuda de nadie.

Su amiga se apresuró a sonreír.

—Tú estarías hermosa hasta con un saco de patatas, con tus ojos grises y tu preciosa piel de alabastro.

Elena puso los ojos en blanco mientras aceptaba la ayuda de Charlotte para abotonar la parte trasera de su modesto vestido marrón claro.

—Este color es terrible.

—Bueno, eso no lo negaré —Charlotte soltó una tímida risita.

—Ríete, pero éste no es el peor de los que tengo, has de ver el color verde vómito que tengo para los bailes.

Su amiga se tapó la boca conteniendo unas risas mucho más fuertes al ver el vestido que Elena sacaba de un baúl.

—Es atroz, no cabe duda.

Ambas empezaron a reírse, mientras Elena le mostraba sus otras prendas, incluyendo la raída ropa interior y los zapatos a juego.

Charlotte se acercó al vestido amarillo pálido de mañanas de Elena y lo colocó con delicadeza sobre la cama.

—Mi querida Ellen, ¿confías en mí? —un brillo pícaro bailó en los oscuros ojos de Charlotte.

—Sí, claro.

—Perfecto.

Sin perder un instante, metió las pertenencias de Elena en el baúl de una manera desordenada y de una patada lo acercó al escritorio. Sin dejar de sonreír, abrió el pequeño bote de tinta que había sobre el mueble y lo dejó caer sobre las prendas.

Elena se tapó la cara con las manos. Toda su ropa se había echado a perder.

—¡Dios mío! Qué desgracia, maldita torpeza la mía y maldito

sino el de tus valiosas prendas que se han visto afectadas por ella —Charlotte guiñó un ojo—. En compensación, no me queda más remedio que encargarme personalmente de la compra de nuevos vestidos para ti.

Sin decir una palabra más y arrastrando a Elena de la mano por las escaleras, Charlotte empezó a llamar a su padre con voz desesperada.

—¡Padre! ¡Ha sucedido una tragedia por mi culpa y ahora estoy desconsolada!

La inteligente Charlotte, quizás demasiado para su época, hacía y decía lo que quería, de tal manera que nunca nadie podía enfadarse con ella.

Durante dos días, las modistas de confianza de la familia Bray habían confeccionado tres vestidos de fiesta, dos de tarde y dos de mañana para compensar a su invitada por la pérdida de sus trajes. A ello, había que sumarle varios objetos de compensación por los daños morales, como sombrillas, sombreros, tocados y toda una colección de enseres de higiene, belleza y evidentemente ropa interior. Elena se sentía como una joven millonaria colgada del brazo de su amiga caminando por las calles de Londres, seguidas de un lacayo cargado con cajas, mientras ellas gastaban más y más dinero en cada nueva tienda.

Habían tomado el té en casa de una Lady, paseado por el parque y, sin darse cuenta, la noche del baile inaugural de temporada había llegado.

Elena estaba en una esquina del enorme salón de baile de la casa del Duque de Loughty, escoltada por los Bray al completo, que no dejaban escapar la oportunidad de presentar a la joven a los invitados a la fiesta. A pesar de los nervios que amenazaban con hacerla vomitar, Elena estaba muy agradecida a Charlotte, puesto que el vestido de muselina violeta con delicados encajes la hacía sentirse perfectamente integrada entre las otras bellas debutantes. La música de un cuarteto de cuerda amenizaba la velada y permitía a las parejas danzar en la enorme pista de baile de mármol blanco. Las luces de las velas, las joyas de las mujeres y los constantes saludos, reverencias y sonrisas que Elena se veía obligada a realizar a cada nuevo desconocido que se le presentaba, no hicieron más que marearla y llevarla al límite de la ansiedad.

—Querida Ellen, éste es el Señor Anthony Mackenzie. Su padre y yo fuimos muy buenos amigos en nuestra juventud y, al igual que él, es un reputado abogado.

—Gracias por los halagos, Señor Bray —El joven se inclinó frente a Elena—. Un placer conocerla, Señorita Gladwell.

Elena hizo una mueca parecida a una sonrisa sin poder evitar que su vista se nublara un poco. Necesitaba tomar el aire.

—Anthony, hay algunos asuntos legales que te quería comentar sobre mi propiedad del norte. ¿Te apetece una copa?

En apenas unos minutos, los dos hombres se alejaron de ellas y, aprovechando una pequeña disputa entre madre e hija, por algo que Elena no llegó a oír, se escapó a un balcón cercano. Apartó las cortinas con las manos y se apoyó en la barandilla con los ojos cerrados, dejando que el frío de la noche helara su piel y ralentizara el ritmo de su corazón.

—Serénate, Elena. Es un baile, un sueño hecho realidad para ti, es sólo un baile, no te vas a casar con nadie —respiró—. Disfruta de la noche.

Algo más relajada, abrió los ojos y miró a su alrededor. La residencia del Duque era algo colosal, no sólo por la enorme abadía sino también por los jardines que se extendían bajo sus ojos. A pesar de no poder apreciarlos bien con la luz de la luna, Elena sabía que a pleno sol serían hermosos. Soñadora, dejó escapar un suspiro justo en el momento en el que unas risas que provenían de unos altos setos la hicieron enmudecer. Curiosa, entrecerró los ojos para poder definir las siluetas que salían del jardín. Había una mujer que reía mientras recolocaba su falda y arreglaba con manos nerviosas su peinado y un hombre, vestido de gala con un traje gris claro. Elena meneó la cabeza; hasta ella sabía a esas alturas que aquel color no era el adecuado para una noche como aquella. El hombre le plantó un sonoro beso a la mujer, antes de que ésta saliera corriendo escaleras arriba para volver al salón de baile de la primera planta.

—Libertinos —susurró Elena de una manera divertida y casi imperceptible.

Como si la hubiera oído, el hombre levantó la mirada hacia su balcón, los ojos de ambos se encontraron y se quedó paralizada. Unos brillantes y profundos ojos azules, enmarcados por patillas y cabello de color oscuro la atravesaron. Sin que le diera tiempo a hacer nada, el hombre sonrió con una deliciosa y pícara mueca ladeada y desapareció a toda prisa en el interior de la casa.

La sangre de Elena se congeló en sus venas.

—¡Ellen! —Charlotte acudió en su búsqueda saliendo a la terraza—, vamos dentro. No es razonable que una joven esté sola aquí afuera, por no decir lo histérica que está mi madre buscándote por toda la sala.

—Lo siento —balbuceó sin poder quitarse de sus retinas la imagen del hombre—. Todo esto me estaba superando.

Charlotte le acarició un hombro.

—Lo sé, puede ser difícil, pero no estás sola —sonrió asomándose al salón—. Te daré un curso acelerado. Los dos caballeros que están junto al cuarteto de cuerda, son los Tisdale. Son simpáticos, pero al más rubio le gusta dar pisotones cuando baila. En el extremo opuesto están los...

Elena se puso tensa dejando de escuchar las palabras de su amiga; como si llevara allí una eternidad, el hombre del traje gris charlaba animado junto a la chimenea con dos jóvenes. Cómo si de nuevo la hubiera presentido, miró hacia ella y, dedicándole su mirada azul intenso, le sonrió haciendo una reverencia con la cabeza. El corazón de Elena se desbocó.

—Básicamente, eso es todo, el resto de invitados no creo que los vuelvas a ver en toda la temporada.

—¿Y quién es el caballero de gris?

Charlotte miró a su amiga preocupada.

—¿El señor Anthony Mackenzie? Te lo acababa de presentar mi padre antes de que desaparecieras, ya sabes, el abogado de la familia.

Elena hizo una mueca de disculpa, a pesar de que no se acordaba.

—Verás, mi madre lleva desde hace tiempo queriendo que me case con él, en realidad a simple vista es de lo más atractivo, pero una vez le conoces es bastante anodino. No me malinterpretes, es todo un caballero y de buena familia pero es muy... aburrido —susurró la última palabra con una risilla traviesa—. Y una quiere un marido que sea algo más que un tipo alto de ojos azules.

—¿Anodino? A mí no me lo parece, tiene un punto peligroso en su mirada —habló sin pensar.

Charlotte empezó a reír.

—Vaya, parece que tú ves más cosas en él que yo. No sufras amiga mía, si lo quieres para ti, será todo un honor para mí que lo saques fuera del mercado.

Elena se limitó a sonreír sin ganas mientras ponía a trabajar a sus neuronas. Los libertinos estaban muy mal vistos en aquella época, así que sin duda un joven apuesto como aquel, de buena familia y posición social, debía mantener una doble vida, una fachada que le permitiera pasar desapercibido en sociedad, para luego, en la intimidad, revelar su verdadero y libidinoso yo con jóvenes incautas de la época. Una idea pasó por su mente: ella no era una jovencita inocente; si bien era verdad que su experiencia con el sexo opuesto se basaba en algún rollo de verano que se había limitado a intercambio de besos y un poco más, sí era una mujer moderna, con conocimientos sobre la sexualidad e inteligente.

Un libertino no era peligroso para ella. Elena estaba fuera de peligro.

—Deja de mirarle tan intensamente o te pondrás en evidencia.

—No, no, no quisiera eso —se tensó.

"Decoro Elena, decoro, recuerda que aquí una mirada indiscreta puede condenarte"

Charlotte sonrió a una pareja que bailaba cerca de ellas.

—Y bien, ¿qué respondes?

—¿Sobre qué?

—¿Quieres que encarrile tu vida en el sentido del Señor Mackenzie?

Elena soltó una carcajada poco discreta, ganándose algunas miradas de desaprobación.

—Tu madre lo quiere para ti.

—Y por eso yo no le querré jamás. En cambio tú —inclinó la cabeza hacia Anthony— parece que has despertado la atención de él.

Elena se vio de nuevo atrapada en los ojos del caballero, que desde la otra punta de la sala parecía oírla.

—Charlotte no creo…

—¡Oh, vamos! Déjame ser tu Emma, me muero de ganas de poner en práctica todo lo que he aprendido con esa novela.

Elena se quedó bloqueada un instante.

—¿Emma?

—Sí, ya sabes, la nueva novela que han publicado de la Señorita Austen, si no las has leído aún mejor, así podré usar las mismas estratagemas que su protagonista.

—Charlotte, no, de veras no es necesario.

El semblante serio de Elena hizo que Charlotte se preocupara.

—Ellen, estoy bromeando. Jamás te obligaría a nada, recuerda que estás hablando con una joven que busca amor y no un matrimonio concertado —le guiñó un ojo. Vamos a por un poco de ponche. Elena puso los ojos en blanco y la siguió sin importarle que la mesa de los refrescos estuviera peligrosamente cerca de Anthony. Una nueva idea la había hecho sonreír: estaba en Londres en 1816 y eso significaba que Jane Austen aun vivía y tal vez se tropezaría con ella.

VII

$\mathscr{D}$urante un par de días después del baile de inicio de temporada, la Señora Bray se había mostrado molesta por la falta de notas, flores y cualquier signo de cortejo por parte de los caballeros de Londres respecto a su hija y, evidentemente, respecto a Ellen que, aunque no había puesto nada de su parte para bailar con dos jóvenes que se lo propusieron, sabía que era una joven hermosa y como pupila suya se ofendía ante la falta de atención que ésta se merecía. Por el contrario, ni Charlotte ni Ellen se habían molestado o preocupado en absoluto y seguían su vida con normalidad.

Aquella tarde, dispuestas a aprovechar unos preciosos rayos de sol, las dos amigas se prepararon para pasear por el parque que había frente a la casa de los Bray. Charlotte había tenido la genial idea de dedicar una tarde de lectura en el exterior y le había cedido amablemente su ejemplar de *Emma* a Ellen, quien, desde que lo vio, lo aferró contra su pecho como si fuera una joya, aunque para ella lo era.

Mientras en la planta superior Charlotte terminaba de recolocar su sombrero, Ellen bajó por las escaleras sin dejar de mirar las tapas del libro. Tan absorta estaba, que no reparó en la presencia de un alto caballero que esperaba en la entrada.

—Buenas tardes, Señorita Gladwell —sonrió Anthony dulcemente haciendo una reverencia y quitándose el sombrero.

Ellen, sobresaltada, se pisó el bajo del vestido de tarde que, sin duda, la modista no había medido bien, y se precipitó hacia abajo saltado tres escalones de golpe. Por suerte, la altura y la cercanía de Anthony, evitaron un accidente.

—Gracias—. Musitó incómoda en sus brazos.

Él la cogió de la cintura como si no pesara nada y la depositó en el suelo con delicadeza, mirándola a los ojos con intensidad.

—¿Está usted bien? No se habrá lastimado, ¿verdad? —La miró con preocupación.

Ellen alisó su vestido con la mano y sonrió.

—Estoy bien, de veras. Muchas gracias por el rescate —sonrió de una manera muy natural.

"No seas simpática con el libertino, tonta"

—Si me permite el atrevimiento, Señorita Gladwell...

—Ellen, por favor. Llámeme Ellen —le interrumpió.

—Está bien, Ellen. Si me permite el atrevimiento, ¿qué está usted leyendo que la tenía tan absorta para bajar por las escaleras sin prestar atención?

Una enorme sonrisa se dibujó en el rostro de ella.

—Emma, de mi querida Jane Austen.

—¡Oh!, tengo entendido que es su última novela publicada.

—En efecto.

Ellen le mostró el libro con un poco de recelo; no quería tenerlo lejos de ella por mucho tiempo.

—Una gran dama la señorita Austen, aunque me temo que no tiene toda la fama que se merece.

—Lo mismo opino yo.

"Este tío es encantador, me tendré que andar con cuidado o terminaré siendo una presa fácil"

Ella carraspeó para eliminar sus pensamientos.

—¿Es usted un lector habitual de la Señorita Austen?

—En absoluto, dejo ese placer para señoritas cultas como usted. Sin embargo, sí conozco a la autora personalmente, y no puedo hacer más que hablar bien de su persona.

—¡¿Qué dices?!

Anthony la miró algo asustado al ver sus enormes ojos grises redondos como platos y su boca entreabierta.

"Decoro, Ellen... ¡Decoro, joder!"

—Discúlpeme, Señor Mackenzie —carraspeó—. Quería decir que es algo extraordinario y que le envidio por tener semejante honor.

Anthony emitió una sonora carcajada que relajó a Ellen al instante. Él la hacía sentir cómoda.

—Entiendo su reacción, pero si promete que seremos buenos amigos puedo presentársela.

—No bromee con eso, sería muy cruel —musitó con voz de niña.

—Jamás bromearía con los sentimientos de una amiga, Señorita Gladwell.

Ella sonrió acallando unas ganas locas de gritar y saltar por toda la casa.

—Es usted un encanto.

Él sonrió ampliamente, justo en el momento en el que Charlotte bajaba por las escaleras agitando su sombrilla con gracia.

—Señorita Bray, buenas tardes.

—Anthony —Ella apenas le miró—. Debemos irnos Ellen o perderemos los rayos de sol que quedan. Buenas tardes.

Él hizo una reverencia con la cabeza.

—Buenas tardes, Anthony —farfulló Ellen.

Sin decir nada más, las dos chicas se encaminaron hacia el parque, que estaba a pocos metros.

—¿No has sido un poco... fría?

Charlotte se encogió de hombros.

—Ya está acostumbrado, llevamos así desde que nos conocemos, un año completo. No creas que me gusta ignorarle, pero es que no quiero ni conocerle.

—No sé, no parece mal tipo.

—Claro que no tiene mal tipo, es un Mackenzie y todos ellos suelen ser muy apuestos, además suele montar a caballo con regularidad, pero no es para mí.

Ellen rió para sus adentros, su lenguaje moderno le había jugado una mala pasada.

—Me refiero a que no parece mala persona. ¿No crees que estás llevando muy lejos el hecho de contradecir a tu madre? Estás hiriendo a otra persona por el camino.

Charlotte desplegó una manta de cuadros escoceses bajo la sombra de un árbol y se sentó.

—Es posible que tengas razón, pero un joven de su posición y aspecto, seguro que también ha roto ya algún corazón.

—Y alguna enagua —murmuró Ellen para sí misma mientras acomodaba su vestido con gracia.

Charlotte la miró con los ojos entrecerrados.

—¿Qué has dicho?

—Verás, en el baile del Duque, vi a Anthony saliendo de unos matorrales con una joven un poco… acalorada.

Su amiga se tapó la boca.

—¡Júramelo!

—Te lo juro, no miento. Mucho me temo que el querido señor Mackenzie de reputación intachable al que adora tu madre, no es tan inofensivo como parece.

La boca de Charlotte formó una *O* mientras un brillo pícaro iluminaba sus ojos negros.

—Es una noticia magnífica.

—Bueno, sí, en una novela —Agitó el libro—. Pero en la vida real es peligroso.

—Lo sé, pero si madre descubre que él es un libertino me dejará tranquila, al menos unos meses hasta que me quiera organizar un casamiento con otro.

Ellen frunció el ceño y posó una mano sobre la de su amiga.

—No irás a cometer una locura, ¿verdad?

—No sufras, no pretendo que me desflore —Se tapó la boca y rió mientras se sonrojaba ante sus palabras—. Simplemente, me dispongo a desenmascararle. Así, Londres sabrá de su reputación y yo seré libre. Imagina la de jovencitas inocentes que podemos salvar. ¡Es un bien social!

Ellen no pudo hacer nada más que ponerse a reír ante las palabras de su amiga. En un acto inconsciente para sofocar su acaloramiento repentino, se quitó el sombrero y empezó a abanicarse con él, hasta que un golpe de viento se lo arrebató de la mano y lo alejó de ella varios metros.

—¡Oh, no! —Se puso en pie y empezó a perseguirlo.

Las carcajadas de Charlotte eran cada vez más fuertes con la carrera de Ellen, que no hacía más que gritar cada vez que el viento alejaba un poco más su sombrero.

Sin saber de dónde, un hombre montado a lomos de un caballo negro como la noche, pasó a toda velocidad cerca de ella y, colgándose con estilo de la cincha de su silla de montar, recogió el sombrero. Ellen se quedó petrificada al ver al señor Mackenzie cabalgando de vuelta hasta ella, sonriente.

—¿Esto es suyo, señorita? ¿O es que perseguir sombreros por el parque es un nuevo deporte que desconozco? —le dedicó una brillante sonrisa que le aceleró el pulso.

Ellen sólo pudo emitir una risa un tanto boba; se sentía estúpida al verse a sí misma corriendo por el parque.

—Gracias por recuperarlo, señor Mackenzie.

Él hizo una mueca algo extraña mientras bajaba de su caballo y le devolvía el sombrero. Ellen lo cogió rápidamente y se lo puso.

—Es una pena que esconda su precioso cabello bajo un sombrero. Con esta luz, parece miel fundida.

"¿Pero qué narices...? ¡¿Está ligando conmigo?!"

Tragándose sus pensamientos, Ellen se limitó a mirar a Charlotte, que corría hacia ellos, evitando así que él viera el rubor creciente en sus mejillas.

—Señor Mackenzie, ha rescatado usted a Ellen de un ridículo social espantoso. Muchas gracias.

—Un placer, Señorita Bray —sonrió sin dejar de mirar a Ellen.

Los ojos de él parecían aún más claros con la luz de la tarde, tanto como el agua de las playas paradisíacas, y no hacían más que aumentar el ritmo cardíaco de Ellen.

—Deje que le compense por su hazaña señor, ¿sería tan amable de acompañarnos en una cena en mi casa?

Ellen miró a su amiga indicándole que aquello no le gustaba. A diferencia del contacto que habían tenido en la escalera, ahora, quizás por haber representado una escena de doncella en apuros con caballo incluido, aquel hombre la ponía nerviosa de un modo indecente.

—Sería todo un placer, si mis obligaciones no me mantuvieran tan ocupado, pero estoy seguro de que su amiga tendrá a bien pagarme el favor concediéndome un baile mañana en casa de los Baker.

"Ni lo sueñes" —pensó Ellen.

—Ambas se lo concederemos, señor Mackenzie —sonrió Charlotte.

Sin más, él se montó de nuevo en su caballo y con una reverencia se alejó trotando por el parque.

Allí estaba el lado peligroso de aquel hombre.

Mientras le veían marcharse, a Ellen se le planteó una duda. ¿Hasta dónde estaba dispuesta a llegar con tal de conocer a Jane Austen?

VIII

Catherine estaba de muy buen humor aquella noche y Ellen sabía muy bien por qué era. El Señor Bray había ido al norte para solucionar unos temas legales en referencia a una propiedad y aquello significaba que sólo viajaban tres en el carruaje hasta el baile. Charlotte, siguiendo su nuevo plan, se había vestido con un traje de satén rosado con un generoso escote, que ni en sueños Ellen habría aceptado llevar; sin duda, ella estaba mucho más cómoda con su modelo gris perla que, aunque también ofrecía un poco de escote, dejaba bastante a la imaginación.

A pesar de las advertencias de Ellen, su amiga estaba dispuesta a hacer creer a Anthony que era una presa fácil, para poder ponerlo en evidencia y desenmascararlo. Pero aquello entrañaba riesgos. Por muy valiente que Charlotte fuera, era una joven inocente en muchos aspectos, y Ellen se había propuesto protegerla.

El salón de baile de los Baker, aunque igual de hermoso, era algo más pequeño que el de la abadía del Duque, pero por suerte el número de invitados también era algo menor. En esta ocasión, la música estaba interpretada por los mismos invitados que se turnaban para demostrar sus habilidades al piano.

—Vamos al pianoforte —canturreó Charlotte animada.

Por un instante, Ellen palideció creyendo que su amiga le pediría que tocara delante de todos aquellos desconocidos, pero sus miedos fueron reemplazados por otros al ver al Señor Mackenzie interpretando una pieza. Pacientes a que el joven terminara el últtimo movimiento, Ellen y Charlotte le observaban. Él parecía no haber reparado en su presencia, hasta que cuando por fin hubo terminado, les dedicó a ambas, y en especial a Ellen, una intensa mirada acompañada de una amplia sonrisa ladeada.

Levantándose, hizo una reverencia a modo de saludo.

—Señoritas, me alegra verlas.

—Un placer, Señor Mackenzie —Charlotte inclinó su cabeza.

Ellen la imitó algo torpe. No fingía bien bajo presión y aquel hombre ejercía mucha sobre ella.

—Sin duda, es de ley que cobre su recompensa, Señor —Charlotte le ofreció la mano coqueta.

—Y será un placer cobrármela —Cogió la mano de Charlotte, no sin antes ofrecer una mirada traviesa a Ellen, que tuvo que apoyarse en el piano para no caer.

"Es muy bueno seduciendo, cálmate o perderás el norte" —Se abanicó con la mano disimuladamente.

Las dos hileras de bailarines esperaron las primeras notas de la contradanza para iniciar el primer paso. Ellen no se perdía ni uno solo de los movimientos que su amiga realizaba con una gracia exquisita. Se inclinaba, giraba sobre sí misma y junto al Señor Mackenzie, mientras de vez en cuando entrelazaban las manos para girar con elegancia. En una de las vueltas, el corazón de Ellen se detuvo; a pesar de que bailaba con su amiga, los ojos de él estaban fijos en ella.

—Cómo me alegra que por fin Charlotte haya entrado en razón —canturreó animada Catherine.

Ellen aprovechó para romper el contacto visual y mirar a la Señora Bray.

—Dígame, si no es mucha indiscreción, ¿por qué en concreto el Señor Mackenzie es su elección para Charlotte?

La mirada de desaprobación fue casi instantánea, pero aún y así Catherine respondió:

—El señor Bray conoce de sobras a la familia Mackenzie; solía salir a cazar con el cabeza de familia, hasta que lamentablemente murió.

—Vaya.

—Desde entonces, Anthony Mackenzie ha cuidado no sólo de la riqueza familiar y de sus numerosas propiedades, sino de una madre débil y frágil. Comprenderás, querida, que toda madre sueña con que su hija termine en manos de un esposo tan respetable.

Conmovida por la historia, Ellen volvió a mirar a la pista de baile, donde la mirada azul cielo la capturó al instante.

"Respetable, ¡y un cuerno! Será un santo con su madre, pero un buen chico no mira así a las jóvenes y menos a las de este siglo"

Cuando la canción terminó, él acompañó gentilmente a Charlotte junto a su madre.

—Baila usted divinamente, Señor Mackenzie —sonrió Charlotte coqueteando.

—Es fácil hacerlo cuando la acompañante es tan grácil como usted —sonrió cordialmente a Charlotte para dirigir, luego, la mirada a Ellen—. Señorita, es su turno.

—Yo... verá... debo declinar —farfulló Ellen.

Aún no se sentía segura para bailar en público, a pesar de que secretamente había estado practicando en su habitación.

—Señor Mackenzie, si la señorita Gladwell está indispuesta, estoy segura de que Charlotte no se negará a repetir la experiencia de su compañía en la siguiente pieza.

Él apenas hizo caso a Catherine.

—Por favor, me lo debe.

Sin poder hacer mucho más para impedirlo, ella le tendió la mano y él la cogió delicadamente llevándola hasta la pista de baile. El contacto con su cálida piel la puso más nerviosa de lo que estaba.

"Es una contradanza; saludas, das un paso al frente un giro a la derecha, giras sobre ti misma, dos pasos junto a Anthony y entonces giras... ¿a la derecha?¿ O era a la izquierda? ¡Ay, Dios!"

Las primeras notas empezaron a sonar y Ellen fue haciendo los pasos correctamente y sin equivocarse; al parecer, ver tantos bailes y practicarlos había servido para algo. Satisfecha consigo misma, giró encarándose al Señor Mackenzie, que le sonrió mientras posaba su mano en la espalda cerca de su cintura. A pesar de que no quisieran reconocerlo en aquella sociedad, el baile era algo sensual y delicado, si se tenía la pareja adecuada, y era el único acto social donde se permitía un contacto abierto entre hombres y mujeres que no mantuvieran una relación en firme. Cuando llegó el momento de girar, Ellen, perdida en sus pensamientos y en lo que la mano de él le hacía sentir, se confundió de sentido, haciendo que otra joven tropezara con ella. Al instante, él la cogió de la mano y la guió por la pista durante algunos pasos; cuando llegó el momento de realizar el siguiente movimiento, de nuevo tropezó.

—Desmáyese —susurró él en su oído.

—¿Qué?

—Créame, es lo único que la salvará en esta situación —La hizo girar guiando sus movimientos—. O eso, o será la jovencita que no fue educada en el arte de la danza.

Sin pensarlo mucho, y tras un nuevo tropiezo, fingió un suspiro y se dejó caer al suelo.

El señor Mackenzie se inclinó sobre ella.

—Muy creíble, ¿lo hace a menudo?

Ellen tuvo que contener una carcajada mientras mantenía los ojos cerrados.

El revuelo no tardó mucho en hacer eco en la sala, mientras Charlotte y Catherine corrían hasta su amiga.

—¡Ellen! —gritó alarmada la Señora Bray—. Pobre chiquilla. La tensión de su primer baile con un caballero ha sido demasiado.

Charlotte entrecerró los ojos; conocía a Ellen lo suficiente para no tacharla de frágil.

—Apártense —la voz del señor Mackenzie sonó grave y seria—, necesita aire.

La señora Baker, se acercó alarmada.

—Llevémosla al salón de té hasta que se reponga.

Sin saber qué pasaba exactamente, Ellen sintió cómo unos fuertes brazos pasaban por debajo de la corva de sus rodillas y su espalda elevándola fácilmente del suelo. El movimiento y el rumor lejano de la gente le indicaron que habían abandonado el salón de baile.

—No abra aún los ojos —murmuró él cerca del cuello de Ellen.

Aquellas palabras y la cercanía inusual la pusieron nerviosa, haciendo que su corazón se disparara en su pecho. El calor del cuerpo de él y un olor a jabón de hierbas y a tierra mojada no hacían nada para tranquilizarla.

Apenas unos segundos después, Ellen sintió cómo un mullido sofá se extendía bajo su cuerpo y el aroma del señor Mackenzie desaparecía.

—Señora Baker, quizás una copa de brandy ayudaría a que volviera en sí —Sugirió él.

—Iré ahora mismo a buscar a la doncella —Se oyó el sonido de una puerta.

Charlotte y su madre miraban a Ellen con preocupación.

—Quizás sería mejor que la llevaran a casa, creo que necesita descansar —la voz de él se volvió seria y profunda—. Y un poco de aire fresco.

Ellen sintió un par de chirridos leves y cómo de pronto una brisa fría se filtraba en la cálida habitación.

—Madre, quizás deberíamos marcharnos.

—Tenéis toda la razón. En este caso la noche no puede hacer nada más que empeorar; avisaré a la anfitriona para disponer nuestra partida de inmediato.

De nuevo, otro sonido de puerta.

Charlotte miró a Ellen, que aún fingía estar inconsciente, y sonrió.

—Ha sido toda una suerte que Ellen estuviera entre sus manos, Anthony. Puedo llamarle Anthony, ¿verdad?

—En realidad, prefiero Mackenzie.

Charlotte contuvo el aliento.

—Discúlpeme, no pretendía ofenderle.

—Y no lo ha hecho, es simplemente que, por el momento, prefiero ser el Señor Mackenzie.

—Como guste, de todos modos, gracias.

—Un placer —sonrió cortésmente—. Señorita Bray, ¿sería tan amable de ir a ver por qué tarda tanto la señora Baker?

Charlotte se tensó al instante leyendo claramente las intenciones de él.

—No creo que fuera correcto que dejara a mi amiga en esta situación aquí sola con un caballero, no me malinterprete señor, pero su reputación correría peligro.

"Ésa es mi Charlotte" —pensó Ellen.

—Por supuesto, pero al menos podría asomarse al pasillo. Si quiere, deje la puerta abierta.

—Me parece razonable.

Charlotte se encaminó a la puerta, la abrió y salió al pasillo, donde justo en ese momento llegaba su madre. Ambas miraron al interior de la habitación, en la que Ellen aún yacía sin sentido y empezaron a trazar un plan para llevarla a casa, discutiendo sobre si era mejor esperar a que volviera en sí o si debían llamar de inmediato a un médico por si había sido un problema de salud.

Aprovechando la distracción de las dos mujeres, el Señor Mackenzie se apoyó en el respaldo del sofá inclinándose ligeramente sobre Ellen.

—Tenemos unos minutos para hablar.

Ellen abrió un solo ojo y lo cerró de pronto al ver la cercanía del rostro de él al suyo.

—¿Sobre qué?

—Me debe un nuevo favor, Ellen. La acabo de salvar de una vergüenza social que hubiera arruinado su temporada.

Ella se limitó a hacer una mueca.

—Gracias, supongo.

Él ahogó una risa ante su descaro.

—Le propongo esto, yo puedo librarla de su pequeño defecto.

—¿Qué defecto?

—Su falta de entrenamiento en danza. Es más que evidente que, a pesar de que usted en apariencia es una joven ilustrada, no tiene ni idea de bailar.

Ellen abrió los ojos sólo para dedicarle una mirada de odio.

—Sólo he tenido un traspié.

Él levantó una ceja sonriendo con malicia.

—Uno tras otro, mi querida señorita.

Ella cerró los ojos ignorando su comentario.

—No estaría bien visto que me escapara todas las tardes para ir a clases de baile con usted. ¿Qué pasa con mi reputación?

—Eso déjemelo a mí.

Un sonido ahogado, medio risa irónica medio bufido, se escapó de la garganta de Ellen.

—Ni lo sueñe.

Él chasqueó repetidamente la lengua.

—Me debe un favor, y además piense que su secreto estará a salvo conmigo. ¿Qué sería de usted si en el próximo baile otro caballero sufre sus traspiés?

Indignada, Ellen se incorporó en el sofá y, al verla de nuevo despierta, Charlotte corrió junto a ella.

—¿Cómo estás?

—¿Me he desmayado? —simuló desorientación.

—Querida, qué susto nos has dado a todos —la regañó Catherine.

—Mis disculpas, en especial a la anfitriona. Creo que debía haber cenado algo más.

Charlotte le recolocó con cariño un mechón de pelo tras la oreja.

—Sabía que algo te pasaba. Equivocarte en una contradanza no era propio de ti, siempre has sido una excelente bailarina.

—Excelente, sin duda —canturreó el señor Mackenzie.

Ellen le fulminó con la mirada y él le devolvió una sonrisa de medio lado.

Ahora sí que estaba perdida.

IX

Charlotte se dejó caer sobre su cama soltando un suspiro prolongado mientras Ellen, sentada en su tocador, terminaba de colocar una horquilla en forma de flor en su peinado de mañana.

—No se me ocurre nada, quizás sea debido a mi falta de experiencia, pero no sé cómo ingeniar un plan para poner en evidencia a Anthony sin exponerme demasiado.

—Sigo creyendo que es muy arriesgado, puedes perder tu reputación en el intento, Charlotte.

Ella se sentó en la cama y miró a Ellen.

—Lo sé y tienes mucha razón. Además —Saltó de la cama y se acercó a su amiga con movimientos sinuosos y lentos—, creo que nuestro libertino muestra más interés en otra.

Las mejillas de Ellen se tiñeron de rojo al instante.

—Él muestra interés por todo lo que lleve faldas.

—No sé, a mí ni me mira.

—¿Te sorprende? Llevas ignorándole un año y ahora le miras como si fuera un dios griego.

Charlotte asintió con una media risilla pícara en sus labios.

—Quizás deba olvidar todo este asunto, de todas maneras madre tardaría poco en dar con otro pretendiente.

Ellen la miró y sonrió animada.

—Me parece lo más sensato.

El sonido de un coche de caballos frente a la casa hizo que Charlotte bajara como un rayo por las escaleras, seguida de una tranquila Ellen.

Justo en cuanto la puerta de la casa se abrió, Charlotte se colgó del cuello de su padre, mientras él, animado, la abrazaba.

—¡No sabes cómo te he echado de menos, padre!

Ellen sonrió al ver la tierna escena y se quedó a media escalera, observándoles en silencio.

—Ahora ya estoy aquí, ratita.

—¿Has comprado los terrenos?

Él asintió mientras besaba en la cabeza a su hija y se hacía a un lado para que alguien más entrara en la casa. Ellen se quedó paralizada al ver a Anthony de pie con una carpeta de piel llena de documentos.

—Buenos días, Señor Mackenzie —murmuró Charlotte sin muchas ganas.

Él hizo una reverencia.

—Señorita Bray, un placer volverla a ver.

—Lo mismo digo —sonrió.

Anthony le devolvió la sonrisa a la joven, animado.

—Charlotte, ¿está madre en casa?

Ella se adentró con su padre en el despacho, situado en la planta baja y Ellen vio una maravillosa oportunidad de hablar con Anthony.

—Psh, Señor Mackenzie.

Él miró algo despistado hacia las escaleras, mientras Ellen bajaba un par de peldaños más.

—Buenos días, Señorita Gladwell.

Ella hizo un aspaviento para que se dejara de formalidades, hacía tiempo que habían superado aquella fase.

—He estado meditando en profundidad su ofrecimiento y, aunque creo que es una pésima idea que nos veamos a escondidas, también opino que lo es aún más seguir con mi, ¿cómo lo llamó? ¡Ah, sí! Defecto.

Él frunció el ceño y la miró con los ojos entrecerrados.

—¿Qué ofrecimiento?

—Vamos Anthony, no se haga de rogar, ¿quiere que lo diga claro? Está bien, le daré el gusto. Por favor, enséñeme a bailar.

—¡Oh! Ese asunto —sonrió sin muchas ganas—. Ya lo comentaremos en otra ocasión, ahora estoy trabajando.

Con una reverencia discreta, la dejó con la boca abierta en las escaleras maldiciendo el día en que había decidido asomarse a aquella terraza.

La noche se cernía sobre la abadía de los Mackenzie para cuando Anthony llegó. Con pasos decididos entró en el despacho y se sentó en uno de los sillones de cuero frente a la chimenea.

—¿Se puede saber por qué narices no me habías informado de que asistirías al baile de los Baker? —rugió enfadado—. Esta mañana he estado a punto de poner en peligro tu coartada con la Señorita Gladwell. Y, por cierto, ¿qué es eso de las clases de baile?

James le dedicó una intensa mirada azul.

—Me estaba volviendo loco, necesitaba salir a tomar el aire y bueno, simplemente tropecé con esa delicada criatura.

—¡James!

—¿Anthony? —murmuró divertido—. Vamos, tranquilo no ha pasado nada, sólo jugaba.

—Pues la Señorita Gladwell te sigue el juego. Esta mañana, al regresar del viaje al norte con el Señor Bray, me ha dicho que aceptaba tu proposición de las clases de danza.

Una carcajada sonora y divertida se escapó de la garganta de James.

—Es estupenda, una mujer única en su especie, no sabes lo que me seduce.

—¿Es que no puedes dejar de pensar con tus calzones ni un sólo instante? Estás trabajando.

El semblante de James se puso serio.

—Tengo muy al día mis investigaciones y te aseguro que no estoy perdiendo ni una sola pista sobre el caso, pero hasta el miércoles que viene, no me será posible entrar en el club, así que como entenderás salí a divertirme un poco aprovechando que podía usar libremente tu identidad.

Anthony miró las llamas que crepitaban en la chimenea.

—Eres incorregible. No sé cómo puedes disfrutar arruinando la reputación de las jóvenes de esta ciudad.

—¡Oh, vamos! No seas cínico. Yo no arruino a nadie que no quiera ser arruinado, ya me entiendes —Anthony le miró con desaprobación—. Ellas se lanzan a mis brazos y yo en ningún momento les prometo matrimonio, ni un futuro más allá de mi lecho.

—Ambos sabemos lo seductor y persuasivo que puedes llegar a ser.

James meneó la cabeza divertido.

—No negaré ese hecho, lo que me lleva a preguntarte algo, Anthony.

—¡No y mil veces no! Sabes que no puedes acercarte a Charlotte, siento algo muy intenso por esa joven y si tu…

—Alto, me conoces de sobra para saber que jamás te haría

eso; ella es tuya y sólo tuya. Aunque te lo está poniendo difícil. Ya llevas más de un año tras esa morena.

Anthony sonrió ampliamente mientras sus ojos brillaban.

—Quizás ya no tanto, esta mañana he percibido un cambio en ella, me ha prestado un poco más de atención de lo que me tiene acostumbrado. El amor es un sentimiento que a veces nace lentamente en el corazón de las jóvenes.

—De eso sabes tú más que yo —Se encogió de hombros—. En cuanto a mi petición…

—¿De qué se trata? —bufó con resignación.

—¿Cómo te van los miércoles para enseñar a bailar a la Señorita Gladwell?

Anthony se sentó erguido en el sillón y le dedicó una mirada intensa.

—¿A qué juegas, James?

—Verás, es una larga historia, pero sólo te diré que si soy yo el que pasa varias horas posando mis manos sobre el delicado cuerpo de esa joven, no tendré suficiente autocontrol.

—¡Eres incorregible! Por más años que pasan, no aprendo a que siempre terminas metiéndome en líos.

Una risa femenina y algo cansada les indico la llegada de su madre.

—¿Ya se están pelando mis dos niños?

James saltó de un brinco para acompañar a su madre al sillón que él había ocupado.

—Somos hermanos, madre, ¿qué esperabas?

La mujer sonrió tomando asiento con una leve mueca de dolor.

—Los hermanos se pelean, pero los hermanos idénticos como vosotros tienen una relación muy especial.

Anthony y James sonrieron.

Ellen se esmeró en reproducir una letra clásica sin demasiado éxito. Había dedicado toda la tarde a leer su correspondencia aprovechando que Charlotte había salido a comprar junto a su doncella. Debía contestar un par de cartas de su madre y hermana, que querían saber cómo había sido su debut en sociedad.

Agobiada por las manchas de tinta de sus dedos y el desastre de no poder escribir debidamente con la pluma, suspiró dejando vagar su vista por el paisaje urbano de su ventana, hasta que unos golpes la sacaron de su ensimismamiento.

—Adelante.

—Discúlpeme señorita, pero ha llegado correspondencia para usted.

"¡No, más cartas no!"

—Gracias —cogió un pequeño sobre cuadrado de una bandeja de plata que le ofrecía la doncella.

Cuando estuvo de nuevo sola, pasó un dedo sobre el nombre del remitente: *Anthony Mackenzie* y, movida por la curiosidad, rompió el sello de lacre y la abrió con delicadeza.

Apreciada Ellen,

Mantengo lo dicho en la fiesta de los Baker. No obstante, nuestra pequeña empresa deberá de ser llevada a cabo con absoluta discreción, puesto que no pretendo que su reputación quede dañada. Para tal efecto, le propongo que muestre un interés repentino en la pequeña librería de la calle Strand, en especial los miércoles y jueves por la tarde después de la hora del té.

Saludos cordiales,
Mackenzie.

Ellen tuvo que releer dos veces más la carta antes de asimilar al cien por cien su contenido. Parecía una trampa muy evidente, él pretendía citarla en un lugar lejano y a solas para seducirla a sus anchas.

Molesta y dispuesta a hacerle ver que ella no era una jovenzuela ingenua, superó su problema de escritura y respondió a aquella misiva.

Apreciado Señor Mackenzie,

Me ofende sobremanera que crea usted que soy tan sumamente ingenua para aceptar una cita periódica con usted sin la presencia de otra persona. Por lo tanto, y dicho esto, rechazo su ofrecimiento encarecidamente.

Ellen.

Satisfecha con sus palabras, dobló el papel con cuidado y, ayudándose de una vela, derritió un poco de lacre para sellar la carta.

Con la cabeza bien alta como si hubiera hecho una gran proeza, bajó las escaleras en busca de la doncella para pedirle que le entregara el mensaje al Señor Mackenzie.

Un grito se escapó de sus labios cuando él salió del despacho del Señor Bray con varios documentos bajo el brazo.

Antes de que él pudiera decir nada, ella entrecerró los ojos enfadada.

—¡Aquí tiene mi respuesta! —Prácticamente le lanzó el sobre a la cara.

Confuso, Anthony abrió la carta y leyó rápidamente su contenido, poniendo por un segundo los ojos en blanco y maldiciendo a su hermano James.

—Señorita Ellen —susurró mirando hacia la puerta del despacho—. Le aseguro que no hay segundas intenciones en mi propuesta, discúlpeme si la he ofendido y por supuesto que no estaremos a solas. Phoebe, una buena amiga, estará presente en todo momento, no sólo para brindarle seguridad, sino también para interpretar las canciones que bailaremos.

Ellen se quedó petrificada, agarrando la barandilla de la escalera; aquel hombre tenía la extraña cualidad de mentir como si fuera el ser más inocente del planeta, y la desconcertaba.

—¿Me lo jura?

—Por la salud de mi madre.

—Está bien —susurró acercándose un poco más a él—. Pero no sé si me será posible salir sola sin levantar sospechas.

Anthony sonrió con amabilidad.

—Mañana mandaré a Phoebe con un coche a recogerla. Tan sólo diga que es una vieja amiga de la familia que está de paso en Londres y con la que desea ponerse al día.

Ellen entrecerró los ojos un poco desconfiada, pero a pesar de ello la idea de una pequeña aventura la intrigaba.

—¿Por qué hace esto por mí?

"Porque el calavera de mi hermano no me ha dejado más remedio"

—Aprecio mucho a la familia Bray y siempre estoy dispuesto a ayudarles en todo, así que, por extensión, también a usted.

La respuesta pareció convencer a Ellen, que se apresuró a subir por las escaleras justo en el momento en el que el Señor Bray se ajustaba el sombrero en dirección a la salida.

—Estoy listo, Anthony, veamos qué tiene que decir el notario de todo esto.

Ambos salieron y Ellen suspiró aliviada.

X

En apenas dos clases con Anthony, Ellen había aprendido a bailar correctamente la contradanza y la *boulanger*. La tapadera de Phoebe había funcionado a la perfección, y la regordeta y amable mujer, había sido de gran ayuda para que Ellen perdiera el miedo a estar en la misma habitación que el temible señor Mackenzie, que con cada nuevo baile le parecía más dulce e inofensivo. Quizás la música de piano y el entorno, habían ayudado también a ello, ya que se habían reunido en el ático abuhardillado de madera de la pequeña librería.

Cuando la música paró, Anthony le hizo una reverencia que Ellen correspondió con una sonrisa.

—Lo admito, es usted un profesor excelente, y contra todo pronóstico se está comportando como un auténtico caballero.

Anthony contuvo una risa.

—Es todo un halago. Ahora ya ve que cumplo todas mis promesas.

Ellen se posicionó correctamente al oír las notas de una nueva canción.

—Aún queda una pendiente entre nosotros —Pasó trazando una curva junto a él.

—Descuide, no olvido mi compromiso respecto a usted referente a la Señorita Austen, simplemente es difícil organizar un encuentro con ella, puesto que ahora reside en Chawton.

Ambos se cogieron de las manos y giraron lentamente.

—Comprendo. Aún y así, que lo intente es todo un detalle. Gracias.

Él dio un paso al frente sonriente y ambos caminaron por un pasillo imaginario.

Cuando por fin terminaron la danza, Anthony la miró orgulloso.

—Mi querida Ellen, está usted preparada para el baile de mañana en casa de los Bray.

Sin poder contenerse, Ellen dio un pequeño brinco y, sorprendida por un arranque de sinceridad, musitó:

—Me ha salvado usted la vida, Señor Mackenzie.

Phoebe desapareció un instante tras una puerta, para reaparecer con una bandeja con dos refrescos, que acercó a los extenuados bailarines.

Anthony tomó asiento en una de las viejas butacas que había bajo una claraboya. A parte del piano y una cómoda cubierta con una sábana, no había nada más en la abandonada buhardilla.

—Si no es una impertinencia, Ellen, ¿cómo es posible que una joven ilustrada como usted no tuviera unas nociones correctas de danza?

Ellen tragó con un sonoro ruido el zumo de frutas que le había ofrecido Phoebe.

"Soy torpe; me rompí una pierna; detesto la música; prefiero bailar salsa... piensa Ellen, ¡piensa!"

—Verá... fue mi culpa, tuve una institutriz muy atenta que me intentó enseñar, pero para mi desgracia actual, yo estaba ensimismada en la lectura de novelas y no presté atención, así que no soy hábil en el terreno de la danza.

"Muy bien, Ellen, muy bien"

—No *era* hábil. Le aseguro que ahora baila usted deliciosamente bien.

—Gracias —entrecerró los ojos a causa de una sonrisa sincera.

—No hay de qué. En realidad, la comprendo perfectamente; mientras otros estudiaban esgrima y se rendían a las mieles del boxeo, yo fui un joven perdido entre las páginas de los libros.

Ellen apuró de un trago excesivamente largo su copa. No podía ser que el peligroso libertino Anthony Mackenzie fuera un ser tan sensible. Sin darse cuenta, bajó la guardia y ambos pusieron en común sus novelas, para Ellen clásicas, favoritas.

Desde primera hora de la mañana, la casa de los Bray había sido una auténtica locura y un trasiego constante de sirvientes, flores, candelabros y gritos alterados de Catherine, que sin duda sufría un gran estrés a causa del baile que organizaban aquella noche. Alarmada por el nerviosismo de la casa, Ellen había pasado la mayor parte del día en su habitación hablando con Charlotte y leyendo, a la espera del evento.

Para cuando el sol se perdió en el horizonte, Ellen ya estaba lista con un vestido de seda color esmeralda con un cierto brillo. Se miró en el espejo algo preocupada, pues a diferencia de sus otros trajes de noche, éste sí seguía las normas de vestimenta de su amiga Charlotte, es decir, contaba con un generoso escote redondeado.

Con un profundo suspiro que hizo que sus pechos asomaran un poco por encima del encaje que ribeteaba el escote, miró hacia abajo:

—Vamos a presentaros en sociedad, *chicas* —se rió sola de su broma.

Charlotte se tapó la boca al encontrarse con su amiga en el pasillo. Ella vestía aquella noche un modelo de satén rosa pálido, que junto a Ellen palidecía aún más.

—Estás extraordinaria, Ellen.

—Gracias. Tú también estás preciosa esta noche.

Charlotte hizo una mueca mientras bajaban con delicadeza por las escaleras.

—Creo que hoy tú me superas con creces.

Ambas intercambiaron unas risas cordiales mientras se adentraban en el salón de baile. A diferencia del resto de salones en los que había estado Ellen, aquel tenía una puerta doble de cristal que daba paso a un invernadero decorado con velas y cuyo olor floral se filtraba en todo el lugar.

Charlotte percibió la mirada de fascinación de su amiga.

—¿Comprendes ahora por qué ni madre ni yo no te dejamos explorar a fondo la casa cuando llegaste? Quería que fuera una sorpresa.

La boca medio abierta de Ellen fue respuesta suficiente para ella.

Poco a poco, los primeros invitados fueron llegando y ocupando los distintos rincones del salón entre conversaciones cordiales y bailes animados. La señora Bray se había encargado de contratar a un pianista profesional y a un violonchelista para amenizar la velada.

Algo decepcionada por no encontrar a Anthony entre los presentes, y mientras Charlotte calmaba a su madre en un rincón discreto, por algo relacionado con unos problemas en la cocina, Ellen se acercó al Señor Bray, que hablaba animado junto a dos caballeros de mediana edad.

—Si mi esposa se entera de que has mandado construir uno tan grande para la Señora Bray, me meterás en problemas George.

El padre de Charlotte rió.

—En realidad, sería un beneficio para ti. Desde que tenemos la máquina refrigerante en la bodega, podemos almacenar muchos más víveres perecederos sin riesgo de que la podredumbre los invada; a la larga, la economía lo nota.

—La intriga me corroe amigo, enséñanos la versión gigante del diseño de Evans.

Con los ojos llenos de curiosidad y dudando si pedirle al Señor Bray permiso para ir con ellos, Ellen maldijo su condición femenina. Ella quería ver la primera nevera gigante de la época, pero sabía que no debía dejar el salón.

Algo alicaída se deslizó sobre una silla cercana y bufó.

—Mi querida Ellen, no esté tan desconsolada, por fin he llegado.

El vello de la nuca de ella se erizó en respuesta a la voz aterciopelada y a los intensos ojos azules que se clavaban en los suyos.

—Señor Mackenzie, ha venido.

—Por supuesto —esbozó su sonrisa ladeada—. Está a punto de empezar una nueva pieza, ¿me concede el honor de este baile?

—Será un placer, apenas he bailado con usted últimamente —bromeó.

Ella le tendió la mano mientras soltaba una risa inocente, que se congeló en su rostro en cuanto rozó su cálida piel. Mientras se posicionaban en la pista, una alarma primitiva se disparó en la mente de Ellen. Sin comprender por qué, el señor Mackenzie, aquel que durante dos días la había hecho sentir cómoda y segura, ahora la alteraba de una manera peligrosa. Suspirando, achacó sus sensaciones al inminente baile en público que acababan de empezar. Eran sólo nervios escénicos que poco tenían que ver con su acompañante.

Con las primeras notas de la contradanza, ambos se rodearon trazando un círculo y rozando delicadamente sus hombros. Ellen intentó concentrarse evitando la mirada de él, pero fue inútil cuando notó cómo la mano de James se posaba en su espalda con firmeza, ayudándola a avanzar hacia delante, para terminar girando y atrapándola en sus ojos. Ellen se ruborizó sin poder evitarlo. Cuando el nuevo paso de baile la hizo sentir cómo él se deslizaba lento y peligroso tras ella, acariciando su nuca con su cálido aliento, comprendió porque en aquella época la danza tenía un alto contenido sexual. Tras un par de giros más y una reverencia, Ellen sintió un calor repentino.

—Es usted una maravillosa alumna.

Ella se limitó a sonreír; sabía que si abría su boca para hablar, de ella sólo saldrían sonidos que tal vez no alcanzaría a oír ni un perro.

Mientras los bailarines se disgregaban por la sala después de la canción, James se acercó a ella.

—Parece algo acalorada por el ejercicio, ¿quiere un refresco?

Ella asintió rápidamente y le vio alejarse en busca de las bebidas.

¿Qué estaba pasándole? ¿Tan hipnóticas eran las luces y el olor a flores de aquella noche que habían hecho que viera a Anthony de una manera completamente distinta?

"Este tipo está haciendo conmigo lo que le viene en gana... necesito salir de aquí"

Nerviosa y buscando un pretexto para huir de la sala de baile, se vio bajando las escaleras hacia la cocina sin pensarlo. Lo único que eclipsaba a lo que James le había hecho sentir, era la idea del frigorífico de época.

El trasiego en la cocina era importante y gracias a ello Ellen pudo escabullirse entre las alacenas sin ser vista, adentrándose en un corredor de piedra gris oscuro que la llevó directa a una bodega fría y poco iluminada. Allí tuvo la suerte de encontrar una enorme caja de madera forrada de algo similar a la piel de conejo, que la hizo olvidarse un poco de James. La máquina refrigerante, como la había llamado el Señor Bray, parecía más una sauna finlandesa que una nevera. Curiosa y sin poder ver el interior, ya que la puerta de madera y cuero carecía de ventana, giró el pomo y, cogiendo un candelabro cercano situado sobre una barrica de vino, entró. Al instante, gritó al ver un cabritillo desollado colgando de un gancho en uno de los laterales de la fría habitación junto con varias partes de un cerdo.

—Ellen, no seas absurda, qué esperabas encontrar, ¿mariposas? —se burló de sí misma.

En el suelo, varias cajas de madera apiladas contenían hortalizas y frutas. Las paredes tenían bloques de hielo blanco, cortado con esmero y de vez en cuando un zumbido indicaba que el mecanismo de gas refrigerante, compuesto básicamente por amoníaco, estaba en marcha. Al adentrarse un poco más, la puerta se cerró tras ella emitiendo un sonido metálico, similar al de una guillotina al caer.

—¡No! —Sus ojos se abrieron como platos al empujar la puerta y comprender que se había quedado encerrada—. ¡Socorro!

Ellen empezó a golpear la puerta mientras gritaba a todo pulmón.

Sólo pasó algo más de un minuto antes de que la puerta fuera reemplazada por un pecho firme al que sin querer golpeó.

—Tranquila, ya está abierto —James hizo una mueca frotándose el pecho divertido—. Caramba, podrías boxear.

—Menos mal que estabas aquí, me he quedado encerrada.

Ignorándola, James dio un paso hacia dentro de la cámara, impidiendo que Ellen pudiera salir.

—Esta máquina es magnífica —Miró a todos los lados.

Ella sintió una urgencia apremiante de salir de allí pero, al empujarle para liberar la salida, James se apartó de la puerta y ésta se cerró como una losa de nuevo.

—¡No!

—Atrapados —murmuró James con poco sentimiento mientras un brillo pícaro bailaba en sus ojos.

Ellen empujó sin resultado la puerta mientras pedía auxilio a todo pulmón. Aquello no podía haberle pasado dos veces en pocos minutos.

—No conseguirá abrirla —canturreó James, que se había sentado sobre unas cajas.

—Desde luego usted sí que no podrá abrirla con esa actitud pasiva —jadeó mientras volvía a golpear la puerta con los puños—. ¡Socorro!

James soltó una carcajada divertida.

—Piense un poco, Ellen. Estamos encerrados en una máquina refrigeradora llena de comida en medio de una gran fiesta, apuesto a que en pocos minutos la cocinera vendrá a por provisiones.

Ella le dedicó una mirada intensa de odio, mientras que él apuraba el contenido de una copa con un líquido rojizo.

—¡¿Está bebiendo?!

James levantó otra copa que había dejado en el suelo junto a él.

—Fui a por bebidas, ¿recuerda? Y, sin saber por qué, me vi persiguiéndola hasta aquí. Tome —Le tendió la copa—, un trago le hará bien mientras esperamos.

Consumida por la ira, Ellen dio un manotazo a la copa, que voló de la mano de James para estamparse y romperse en mil pedazos contra un bloque de hielo.

Algo extraño pasó por los azules ojos de él.

—¿Cómo es posible que sea tan absolutamente indulgente con esta situación?

Él se limitó a sonreír, esta vez con menos humor, justo en el momento en que las velas del candelabro titilaban amenazando con apagarse.

Al percibir la ligera atenuación de la iluminación en la estrecha cámara, Ellen empezó a respirar rápidamente, haciendo que sus pechos subieran y bajaran en su escote, algo que no pasó desapercibido para James.

—Cálmese, Ellen, se va a desmayar si no se relaja.

—¿Relajarme?... ¡Relajarme, dice! —Levantó las manos al cielo—. ¿Cómo es posible que no vea la gravedad del asunto? Usted, yo, una caja diminuta de madera.

James hizo un sonido de aprobación.

—Comprendo, teme por su reputación.

—¡Al cuerno mi reputación! —Una de las velas del candelabro se apagó repentinamente—. Lo que me preocupa es estar aquí encerrada.

Sin poder evitarlo, la voz de Ellen se rompió mientras emitía un sonido ahogado y desesperado, dejándose caer contra la puerta y quedando hecha un ovillo en el suelo. Al verla ahí, indefensa, con la cabeza entre las manos y su hermoso vestido arremolinándose a su alrededor, James se sintió mal.

—Ellen —susurró acuclillándose frente a ella y apartando un rizo de sus ojos—, ¿sufre miedo a los espacios cerrados?

Ella le dedicó una mirada con odio, incapaz de ser dueña de su mente ni de su cuerpo.

—No, es que me encanta montar escenitas. ¿Qué cree?

Aquella contestación, en otras circunstancias habría hecho reír a James, que estaba muy poco acostumbrado a que las jóvenes fueran tan directas. Lamentablemente, aquel momento era serio. Se limitó a inclinarse sobre Ellen y, como había hecho con anterioridad, la levantó entre sus brazos. Al percibir el movimiento, ella empezó a patalear.

—¡¿Qué se supone que hace?!

"Maldito libertino insensible" —añadió en sus pensamientos.

James hizo caso omiso de las quejas de ella, mientras la sentaba en unas cajas, para después poner sobre sus hombros la chaqueta de su traje. Sin decir nada, se acercó a la puerta y empezó a golpearla con fuerza con los puños.

El cambio que había tomado la escena, dejó muda a Ellen. ¿Estaba cuidando de ella? Por alguna razón, aquel sentimiento la tranquilizó lentamente, mientras James seguía golpeando la puerta.

—¡Demonios! —James se miró los nudillos ensangrentados de la mano derecha—. Esta maldita puerta es muy resistente.

—Eres bipolar o algo así, ¿verdad? —Ellen se tapó la boca de inmediato al oír sus palabras en voz alta; sus pensamientos se habían escapado de sus labios.

—¿Bipolar?

Ella tragó saliva intentando mirarle a los ojos.

—Me refiero a que tienes un trastorno de la personalidad.

James se dejó caer contra la puerta, apoyándose contra su hombro, mientras con un pañuelo limpiaba la sangre de sus manos.

—Mi psique está perfectamente sana, si es eso lo que insinúas.

—Lo dudo —arrugó la nariz mientras meneaba la cabeza—. Hace varias semanas que te conozco y pasas de ser dulce como un corderito, a peligroso como un lobo en segundos.

James comprendió a la velocidad del rayo por qué tenía ella aquella imagen de su persona.

—Comprendo. ¿Y ahora soy lobo o cordero?

—Creo que una faceta nueva.

Él se limitó a hacer un ruido que Ellen no supo interpretar.

Otra de las velas se apagó, dejando sólo dos encendidas, y un grito ahogado se escapó de la garganta de Ellen.

—Llevamos aquí horas.

—Ha pasado apenas media hora —James balanceó un reloj de bolsillo frente a ella.

Ella entrecerró los ojos a punto de soltar un nuevo insulto, hasta que se percató de las manchas de sangre que se filtraban por el pañuelo. Enmudeció; se había herido por ella.

De un salto, bajó de las cajas y se acercó a la puerta con el candelabro, examinando las bisagras con detenimiento. Con un poco de suerte, sería fácil desencajar la puerta haciendo palanca.

—¿Se ve el exterior? —murmuró James curioso.

—No seas bobo, estoy mirando si las bisagras son sencillas y podemos desencajar la puerta.

Una de las cejas de él se enarcó hacia el cielo mientras su boca se abría un poco.

—¿De dónde te has escapado tú, mujer? Eres increíblemente inteligente.

Ellen giró la cabeza disimulando una amplia sonrisa.

Sin que pudiera hacer nada para evitarlo, James se posicionó tras ella, pegando su torso a la espalda de Ellen, que contuvo la respiración al momento. Con el frío de la cámara, el tacto con él parecía ser de fuego puro.

—Fíjate —Pasó un brazo cerca del de Ellen señalando una bisagra—. Creo que tu plan funcionará.

—Por supuesto —comentó ella haciéndose la indiferente ante él.

James levantó un par de cajas en busca de algo lo suficientemente resistente para hacer palanca, mientras ella hacía lo mismo.

—Me tienes fascinado, de veras —Le dedicó una mirada mientras apartaba una caja con berenjenas.

Ella simplemente le ignoró deseando por un instante que la luz de las velas se consumiera por completo para ocultar su rubor. Como si el universo quisiera reírse de ella, las dos últimas velas se apagaron y Ellen jadeó.

—Tranquila —susurró él con voz calma.

Justo un instante antes de que un grito de terror se escapara de la garganta de ella, la claridad proveniente de la bodega entró en la cámara como un rayo divino de libertad. Sin pensarlo un solo instante, Ellen apartó a la doncella cargada con una cesta de tomates y salió corriendo de allí.

XI

Charlotte se inclinó sobre ella acariciando su frente con cariño mientras hacía una mueca de lástima. Ellen llevaba varios días enferma a causa de un resfriado, ocasionado sin duda por haber estado en la máquina refrigeradora. Por suerte, aquella había sido la única consecuencia de su desafortunada aventura, pues ni la doncella ni James, habían dicho una palabra y, por lo tanto, su reputación seguía intacta a la vista de todos.

Después de todo, James no parecía ser tan malo como ella había imaginado.

—¿Vuelves a salir? —murmuró Ellen con los ojos entrecerrados.

—Tengo una cita para tomar el té.

—Estás preciosa.

Charlotte sonrió sincera mientras arropaba a su amiga con delicadeza.

—Ponte buena pronto, te echo mucho de menos.

Ellen sonrió mientras un cansancio repentino la hizo cerrar los ojos lentamente para caer en un profundo sueño.

Tras dos días más en cama, Ellen había conseguido recuperarse y, a pesar de que sabía que se había perdido unas cuantas reuniones sociales, entre ellas un picnic en el parque, se sentía animada.

Se lavó a conciencia y se perfumó con la fragancia de jazmín que Charlotte le había regalado; se sentía coqueta aquella mañana.

A un paso que casi era un trote alegre, bajó las escaleras esperando encontrar a su amiga leyendo en la biblioteca de la planta baja, pero no fue así. Por más que inspeccionó, no la encontró. Cuando estaba a punto de subir de nuevo a su cuarto, la puerta del despacho del Señor Bray se abrió y su corazón dio un vuelco. Quizás Anthony estaba reunido con él. Unos pasos firmes la hicieron poner algo nerviosa.

—Ellen, me alegra verla recuperada de nuevo. Hemos estado muy preocupados.

—Gracias, Señor Bray. ¿Está usted solo? —Miró hacia la puerta del despacho entreabierta.

—Me temo que sí, pero ahora que vuelve a ser la misma joven de siempre, será un placer que me acompañe en el almuerzo.

Con una cordial sonrisa, Ellen aceptó el brazo que George le ofrecía y ambos se encaminaron al comedor.

—Mucho me temo, que se ha perdido el almuerzo anual de damas de Lady Chambers y, a estas horas, —miró su reloj de bolsillo—, Charlotte y la Señora Bray deben de estar disfrutando de una maraña de chismes sobre las jóvenes debutantes.

Ellen empezó a reír ante la mirada de misterio que le dedicó su anfitrión.

Entraron en el comedor y tomaron asiento mientras les servían la comida eficazmente presentada.

—Espero que le guste la gelatina de cerdo, querida.

Ella miró cómo le servían algo similar a las manitas de cerdo y agradeció no ser demasiado remilgada a la hora de comer.

—Tienen muy buena pinta.

—Me alegra oírlo —sonrió mientras probaba un bocado—. A las señoras de la casa no les gusta nada este plato en especial, así que me veo obligado a reservarlo para días de soledad como éste.

Entre bromas y comentarios sobre el tiempo de Londres, los platos fueron pasando frente a Ellen hasta que por fin llegaron al postre. Una deliciosa tarta de chocolate.

—Quizás, si el tiempo se mantiene así, podamos ir a nuestras propiedades del norte a cazar.

Ella arrugó un poco la nariz. Matar animales por placer no era algo que le sedujera.

—¿Se refiere a la propiedad que el Señor Mackenzie le ayudó a comprar?

—Muy observadora, jovencita.

Ellen sonrió mientras cogía una pequeña porción de tarta con un delicado tenedor de plata.

—Espero no parecerle demasiado atrevida, pero ¿qué opinión le merece ese caballero en concreto?

El Señor Bray sonrió.

—¿Charlotte le ha mostrado sus reticencias hacia él como pretendiente y ahora está preocupada?

—Algo así.

—Conozco a Anthony desde que era imberbe, y sin duda no me importaría tenerle como yerno. Es un joven inteligente, capaz en su trabajo y de muy buena familia.

Ella tomó aire llenando sus pulmones sin saber cómo formular su siguiente opinión.

—Me alegra que así sea, sin embargo... —carraspeó molesta.

—¿Sí?

—No pude evitar oír cierto comentario sobre el Señor Mackenzie, donde ponían en entredicho su condición de caballero con las damas.

George dio un largo trago al vino que aún quedaba en su copa mientras ahogaba una carcajada sonora.

—Sin duda, no era el Señor Mackenzie adecuado.

—¿A qué se refiere? ¿Hay más de uno?

—Dos, en concreto —sonrió como si le estuviera enseñando el mundo a Ellen—. Verá, lo que sucede es que Anthony tiene un hermano.

Las neuronas de Ellen se congelaron un instante para, después, empezar a procesar la información velozmente.

—¿Quiere decir que tiene un hermano mayor? —titubeó.

—¡Oh! No, no Ellen, Anthony y James Mackenzie son gemelos, idénticos.

El tenedor de plata se deslizó de los dedos de Ellen mientras como un puzle comprendía todo lo que había vivido.

—No se altere, hasta donde yo sé, hace tiempo que James, el hermano menos respetable, por decirlo así, no aparece por Londres. Suele vivir en Irlanda ejerciendo de abogado allí.

Ella fingió una mueca de tranquilidad.

"No creo que esté tan lejos como crees"

El esfuerzo titánico que tuvo que hacer Ellen para terminar la comida junto al Señor Bray fingiendo no estar alterada, no hizo más que alimentar su mal humor que, para cuando pudo retirarse a su habitación, era equiparable a un dragón con ganas de arrasar un poblado entero.

—¡Será cretino y malnacido! Lleva semanas haciéndome volver loca, pensando que algo en mí no funciona por sentirme bien con él y odiarle al mismo tiempo.

Emitió un grito ronco contra la almohada de su cama.

—¡Me las pagará!

Dispuesta a enfrentarse a James, cogió un trozo de pergamino y se dispuso a redactar una nota urgente.

Mi querido, Anthony,

Siento no haberle hecho llegar antes esta nota, pero me he encontrado postrada en cama a causa de un resfriado. No obstante, creo que ha llegado el momento de que le agradezca en persona todos los esfuerzos que hizo por sacarme de la máquina refrigeradora.

Sé que es un tanto precipitado, pero espero verle esta tarde, después de la hora del té, en nuestro salón de baile particular.

Sinceramente suya,
Ellen.

Escribió con tanta fuerza causada por la ira el punto final, que a poco estuvo de agujerear el papel.

Alterada, salió de la habitación en busca de la doncella y le hizo prometer que aquella nota llegaría a manos del Señor Mackenzie con urgencia.

El librero la dejó subir a la buhardilla sin poner objeciones. Tras varias visitas allí con Phoebe y Anthony, la conocía de sobras. Así que mientras esperaba a James, se sentó al piano e interpretó una pieza musical con furia. Cuando casi llegaba al final de la partitura, la puerta se abrió y ella entrecerró los ojos a la espera de una señal que le indicara que estaba ante el gemelo correcto; no quería reprochar al bueno de Anthony todo lo mezquino que había sido su hermano.

—Buenas tardes, Ellen —ladeó una sonrisa mientras sus ojos brillaban—. Empezaba a pensar que la tierra se la había tragado.

"¡Ding ding ding, tenemos un ganador!"

—Buenas tardes, *Anthony* —sonrió coqueta—. Después de lo heroico que fue usted para liberarme de esa infernal caja de madera fría, no podía más que citarle para mostrarle mi agradecimiento… en persona —ronroneó.

La sonrisa de James fue triunfal mientras apoyaba una mano sobre las teclas del piano, que emitieron un sonido discordante, y se inclinaba ligeramente sobre Ellen.

—Parece que la fiebre le ha hecho ver las cosas muy claras.

Ella bajó la mirada para subirla lentamente por las piernas de él hasta llegar a sus intensos ojos azules. Más alterada de lo que estaba dispuesta a reconocer, bajó de nuevo sus ojos, paseándolos por el brazo de James hasta su muñeca, donde un tatuaje de un color marrón claro dibujaba algo similar a un carnero con los cuernos excesivamente retorcidos.

—Y bien, ¿vas a darme mi recompensa?

Ella sonrió dulcemente mientras miraba al frente.

—Por supuesto, *James.*

Sin darle tiempo a reaccionar, Ellen bajó la tapa del piano con fuerza golpeando la mano de él.

—¡¿Estás loca?! —bramó llevándose la mano al pecho.

Ellen se puso en pie y se acercó a la puerta para tener controlada la vía de escape.

—No, estoy indignada y enfadada por cómo has jugado conmigo.

Él movió los dedos de la mano para comprobar que no tenía nada roto y le dirigió una intensa mirada.

—Me has llamado James.

—Pues claro, ¿es que creías que era tonta? —rugió—. Más te vale mantenerte alejado de mí y de Charlotte y en lo que respecta a Anthony, que se aplique lo mismo.

Sin dar más tiempo a James para réplicas, salió de la buhardilla dando un portazo y poniendo punto y final a aquella extraña relación.

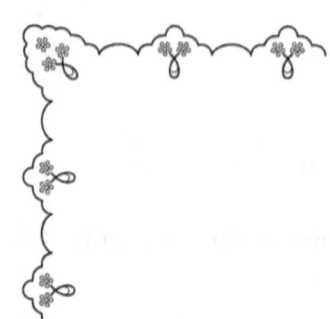

XII

El camisón se le empezó a enroscar en las piernas y un calor repentino se apoderó de ella, haciéndola saltar de la cama. No era insomnio lo que no la dejaba dormir, era un nerviosismo causado por un nombre: James.

No podía dejar de repasar mentalmente todo lo que había vivido junto a él. Sin duda, en los bailes se trataba de él, mientras que en las clases de danza era Anthony. La manera que tenía el hermano bueno, como a ella le gustaba llamarle, de cogerla mientras bailaban, distaba mucho de las manos fuertes y hábiles que sabían justo dónde posarse para poner nerviosa a una joven.

"Odioso, odioso libertino, ¡sal de mi cabeza!"

Enfadada consigo misma, abrió la puerta dispuesta a ir a hurtadillas a la cocina para buscar algo que calmara sus nervios. El sonido de la puerta de la calle al cerrarse, la dejó petrificada al pie de las escaleras de mármol. Oyó un suave suspiro y unos pasos lentos.

—¿Quién anda ahí? ¡Estoy armada! —bramó Ellen para ahuyentar a un posible ladrón mientras descendía oyendo como una puerta de armario se cerraba.

Una mano pequeña y suave le tapó la boca.

—Shhhhh… vas a despertarlos a todos.

Ellen aprovechó la luz de la calle para reconocer a Charlotte en la oscuridad.

—Charlotte. ¿Qué haces despierta?

Su amiga dejó escapar un nuevo suspiro, mientras la cogía de la mano y la arrastraba a la seguridad de la biblioteca. Allí, encendió unas velas.

—No sabes cómo me duele que tengas que enterarte de esta manera tan abrupta, amiga mía.

—Me estas asustando, ¿qué pasa?

Ambas se sentaron en un sofá tapizado de terciopelo rojo y fue entonces cuando Ellen se fijó en las mejillas rojas, los ojos brillantes y la sonrisa de su amiga.

—Estoy enamorada, Ellen.

—¿De quién?

—Mucho me temo que no le conoces, es un caballero español que conocí por casualidad cuando dimos el baile la semana pasada.

Ellen sonrió feliz por su amiga.

—Entonces, estos días cuando me venías a ver y me decías que tenías compromisos...

—En efecto, estaba saliendo con él. Pero nada indecoroso, te lo prometo. Ha sido de lo más gentil conmigo.

Las dos amigas se abrazaron compartiendo la felicidad de Charlotte.

—¿Y qué hacías despierta a estas horas? —la riñó Ellen con cariño.

—¡Lo mismo podría decirse de ti!

La mirada de Ellen se ensombreció y Charlotte se tensó al instante.

—¿Qué sucede?

—Tengo que contarte algo sobre los Mackenzie.

Los gritos en la habitación contigua hicieron que Anne, la doncella, clavara demasiado profundamente una horquilla en la cabeza de Ellen, que hizo una mueca de dolor. Catherine parecía llorar desconsolada en la habitación de Charlotte. Alarmada, Ellen se vistió a toda prisa con su traje de mañanas azul cielo, llamó a la puerta contigua y entró sin ser invitada. La siempre ordenada y pulcra estancia de su amiga, mostraba ahora un aspecto muy distinto. Algunos de sus vestidos estaban esparcidos por el suelo al igual que sus sombreros y algunos libros. En el centro, Catherine lloraba sobre la banqueta del tocador, mientras George sostenía un papel arrugado en su mano.

—¿Qué sucede? —pregunto Ellen con voz rota.

—Nuestra Charlotte —El Señor Bray agitó la carta que sostenía—. Se ha fugado con un desconocido.

—¿Fugado?

"Oh, dios mío, eso es terrible, acaba de arruinar su reputación"

Catherine sollozó sonoramente.

—Mi pobre y hermosa niña echada a perder —balbuceó.

George se acercó a Ellen y la miró suplicante.

—Tú eres su mejor amiga. ¿No te dijo nada sobre algún hombre?

La culpa cayó como una losa sobre ella. ¿Tan ciega había estado con su berrinche con James que no había visto las señales? Citas, Charlotte despierta a media noche, una puerta que se cerraba. Sin saber por qué, negó con la cabeza.

—No me dijo nada —Tragó saliva—. Pero tal vez su correspondencia pueda darnos alguna pista.

—Lo dudo —bramó entre lágrimas Catherine—. La quemó toda.

Ellen se arrodilló frente a las cenizas de la chimenea, como si esperara que por arte de magia los troncos chamuscados le dijeran el nombre del español que había seducido a su amiga. Desesperada, cogió el agitador y movió las cenizas. Una pequeña parte de pergamino medio chamuscado emergió de ellas, lo cogió con cuidado y lo giró entre sus dedos intentando adivinar qué era lo que estaba escrito en él. Después de dos vueltas completas, lo vio. No era un trozo de texto, era un fragmento de una marca de agua quemada. Se puso en pie algo pálida.

—¿Has encontrado algo?

—Me temo que no, Señor Bray —dio un paso hacia la puerta—. Siento mucho lo sucedido, pero si me disculpan, necesito salir a tomar el aire.

Las ideas bullían en su mente mientras corría por las escaleras camino a la calle, pero el fragmento de dibujo predominaba sobre ellas puesto que ya había visto antes al carnero de cuernos excesivamente retorcidos.

Sin importarle ir por la calle en plena mañana sin sombrero y sin sombrilla, y a unos pasos demasiado rápidos para una señorita de su posición, Ellen cruzó el parque que había frente la casa de los Bray dispuesta a alquilar un coche al otro lado. Debía ir con urgencia a casa de los Mackenzie, pues sin duda encontraría a su amiga allí. Por suerte, el intercambio de correspondencia con James le había facilitado su dirección.

Apenas unos minutos después, y tras pagar demasiadas monedas al cochero, bajó de un brinco y se encaminó por el camino de piedra que llevaba a la entrada de la imponente residencia de los gemelos.

Un mayordomo de avanzada edad le abrió la puerta con una

sonrisa que se difuminó al instante en el que vio el ceño fruncido de la joven.

—Anuncie al Señor Mackenzie que la Señorita Gladwell requiere urgentemente su presencia.

El mayordomo la vio entrar y miró hacia fuera.

—¿No esperamos a su escolta, señorita?

—Vengo sola.

El mayordomo cerró la puerta ahogando un grito, antes de desaparecer en busca de su señor.

Un minuto más tarde, los pasos rápidos de un hombre hicieron que Ellen se tensara y cerrara sus puños con fuerza.

—Ellen, es muy osado por su parte venir sola hasta aquí.

—Déjate de formalismos —Escrutó los ojos del chico antes de continuar—. ¿Dónde está James?

Anthony se quedó petrificado en el suelo y fingió una risa.

—En Irlanda desde hace muchos meses.

—¡Corta el rollo, Anthony! Sé que él está aquí.

—Disculpa, no sé qué es lo que debo cortar.

Ellen llenó de aire sus pulmones intentando recordar en el siglo en el que estaba.

—El Señor Bray me contó que sois gemelos idénticos y no me llevó mucho tiempo descubrir que tu querido hermano James estaba jugando conmigo, al igual que tú, sin duda. No te miento cuando digo que me había propuesto no volver a veros jamás hasta que tu hermano ha seducido a Charlotte para fugarse juntos.

Anthony dejó caer los brazos lánguidos a los lados de su cuerpo.

—Sí, es cierto y no sabes cómo lamento que te hayas visto involucrada en todo esto, pero te aseguro que jamás fue mi intención hacerte daño.

—Olvida eso, ya no importa. ¿Dónde está Charlotte?

—En cuanto a eso, siento discrepar. Por muy calavera que sea mi hermano, te aseguro que tiene un gran sentido del honor y jamás tocaría a Charlotte.

Ellen entrecerró los ojos mirando hacia dos largos pasillos y una gigantesca escalera.

—¡Charlotte! —gritó a todo pulmón—. ¡Charlotte! Aún no es tarde para que salvemos tu reputación, vuelve a casa conmigo, por favor.

Anthony se acercó a Ellen con el rostro algo desencajado.

—Ellen, te lo ruego, ella no está aquí, pero la que sí está es mi madre, que tiene una salud muy delicada e intenta descansar.

En otras circunstancias, aquello la habría hecho sentirse mal, pero en aquel momento una única idea ocupaba su mente: salvar a su amiga de una ruina total y absoluta.

Alertado por los gritos de Ellen, James apareció caminando por el pasillo, vestido con una fina camisa de hilo y unos pantalones de montar. Los ojos de ella se entrecerraron.

—¡Tú! —Corrió hacia él.

James se quedó petrificado cuando ella sostuvo con fuerza su muñeca y con un diestro movimiento levantaba la camisa para dejar al descubierto... nada.

—¡Cómo lo has borrado?

—¿De qué hablas?

—El tatuaje del carnero de los cuernos retorcidos, ayer lo vi justo aquí —Clavó su dedo en la carne de él.

James y Anthony se dedicaron una intensa mirada, y Ellen les miró nerviosa.

—No lo volveré a repetir. ¿Dónde está mi amiga Charlotte?

Anthony se alejó unos pasos.

—Pediré que nos lleven algo de té al despacho —Desapareció por una puerta cercana.

—Yo no quiero té, quiero respuestas.

James posó una de sus manos en la espalda de Ellen, llevándola hacia una habitación cercana.

—No sabes cómo lamento que te hayas visto envuelta en todo esto, Ellen, lo lamento, y mucho —su voz sonó ronca antes de cerrar la puerta.

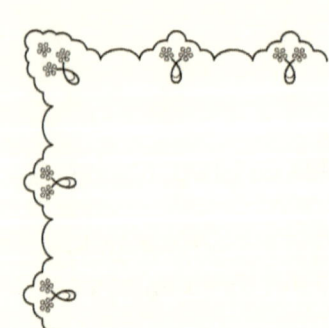

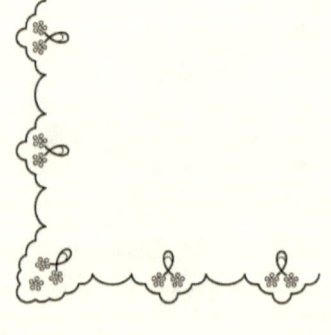

XIII

La alarma de peligro en la cabeza de Ellen se había disparado por completo en cuanto se vio encerrada en el despacho con James que, lejos de intimidarla, le había dado la espalda apoyándose sobre la repisa de la chimenea encendida. Por instinto, y ahora más nerviosa que enfadada, se hundió en el enorme sillón de cuero que desprendía cierto aroma a tierra mojada.

Ellen no pudo evitar recorrer con la mirada la espalda de James que se medio transparentaba bajo su camisa de hilo a causa de la luz anaranjada de las llamas.

El sonido seco de la puerta al abrirse les hizo mirar hacia la entrada para ver entrar a Anthony, que enseguida se sentó junto a Ellen en el otro sillón, y al mayordomo que llevaba una bandeja con el té y un plato de pastas.

James siguió con la mirada a su sirviente hasta que éste hubo abandonado la estancia.

—Bebe un poco de té.

Los ojos de Ellen se cerraron formando dos amenazantes líneas.

—¿Por qué, está envenenado? ¿Es a lo que jugáis, a borrar pistas?

Anthony abrió los ojos como platos mientras él mismo bebía un sorbo de té de su taza con flores azules.

—Ni mucho menos, simplemente queremos reconfortarte antes de contarte lo que sabemos.

Ante el rostro sincero de Anthony, ella se sintió absurda y bebió un poco tragando sonoramente.

—¿Qué sabéis?

James apoyó un codo en el respaldo del sillón de Ellen y le dedicó una seria y fría mirada.

—No, ¿qué es lo que tú sabes?

Ella le devolvió la mirada desafiante.

—Anoche, encontré a Charlotte en la planta baja de la casa. Estaba alterada, pero en el buen sentido, y alcancé a oír cómo una puerta se cerraba.

—Prosigue —rugió James.

—Me contó que conoció a un joven español muy apuesto en la fiesta en casa de sus padres y que mientras yo estuve enferma ellos se frecuentaron bastante —Anthony emitió un sonido de aprobación—. Esta mañana, había dejado una nota explicando que se había fugado y la única pista que encontré fue un fragmento del tatuaje que tú... —Miró a James— tenías ayer en el dorso de la muñeca.

—¿Aún tienes el trozo de pergamino? —la voz de James sonó autoritaria.

Ellen abrió su ridículo a juego con su traje azul y sacó el diminuto fragmento del grabado. James se lo arrebató de los dedos y se acercó a la ventana para verlo con mayor claridad.

—Es él, sin duda —murmuró.

Anthony palideció y, dejando la taza de té de nuevo sobre la bandeja, se levantó hacia un aparador y se sirvió un trago de whisky.

—Ahora, os toca a vosotros darme respuestas, porque hasta donde yo sé el único nexo de unión que tengo para construir una historia es que tú la sedujiste.

—Ojalá —murmuró Anthony, que estaba desencajado.

James se acercó a su hermano con grandes zancadas y le apretó con fuerza el hombro en señal de consuelo.

—La encontraré, hermano. Te lo juro —le susurró tan bajo que Ellen apenas pudo oírlo.

De pronto, la mirada azul intenso de James capturó la de Ellen mientras se sentaba junto a ella en el otro sillón.

—¿Quién más sabe lo que nos has contado?

—Sólo vosotros. Esta mañana no me vi con fuerzas de confesar que yo podía haber hecho algo para evitarlo —miró al suelo.

—No podías hacer nada, créeme.

Ella le miró con los ojos un poco vidriosos y algo en el interior de James se partió.

—¿Qué está pasando, James?

Él llenó de aire sus pulmones, miró a su hermano un segundo y bajó la cabeza.

—Lo que te voy a contar tiene que quedar entre nosotros tres. Es de vital importancia —La miró—. ¿Comprendes?

—Comprendo —musitó ella.

—Hace poco menos de un mes, desapareció la Señorita Elizabeth Wedgewood, la hija de un juez de la corte y buen amigo de mi familia —Ellen se limitó a asentir—. Como ya habrás oído, mi hermano y yo ejercemos la abogacía, sólo que yo soy más...

—Un abogado de campo —apuntó Anthony sirviéndose otra copa.

—¿Qué es un abogado de campo? —murmuró ella.

—Digamos que desde muy joven he manifestado dotes en la búsqueda de pistas y habilidades para resolver problemas. Es por eso que cuando el Juez Wedgewood requirió de mi presencia yo estaba en Irlanda, siguiendo las pistas de unos terrenos para otro cliente.

Ellen se removió incómoda en la banqueta y apuró su taza de té.

—¿Has encontrado a la Señorita Wedgewood?

James dejó vagar su vista entre las llamas bailarinas de la hoguera.

—Lamentablemente, estoy aún sumido de lleno en la investigación, puesto que las pistas no son demasiado claras y la sociedad secreta que se dedica a secuestrar jóvenes me lo ha puesto difícil para infiltrarme en ella.

Anthony dio unos pasos hacia ellos.

—Por eso, James se hacía pasar por mí, Ellen. Para todo Londres, él debe seguir en Irlanda, mientras que nuestra genética le da una ventaja maravillosa para colarse en el club secreto.

James sonrió amargamente.

—Nunca nadie sospecha nada oscuro del bueno de Anthony.

Ellen se quedó petrificada en su asiento, asumiendo la realidad de lo vivido aquellas últimas semanas. Tal vez, James sí había jugado con ella, pero debía reconocerle que existía una poderosa razón por la que ocultaba su identidad.

—Podéis estar tranquilos; por lo que a mí respecta, James está en Irlanda.

Ambos hombres hicieron un movimiento de cabeza educado dándole las gracias en silencio.

—Cuando nos vimos ayer —James movió instintivamente sus doloridos dedos de la mano—, llevaba un tatuaje temporal en mi muñeca porque, tras muchos intentos fallidos, por fin conseguí ser aceptado en la sociedad secreta.

Una luz de esperanza iluminó los ojos de Ellen.

—Eso quiere decir que ahora ya podrás saber dónde están las chicas.

—No creo que sea una tarea fácil, pero al menos estoy más cerca.

Una pregunta se formuló en los labios de ella; quería expresarla, pero temía la respuesta. Tras pensarlo unos segundos, la liberó.

—¿Qué hacen con ellas?

Los puños de Anthony se cerraron hasta que sus nudillos se pusieron blancos, mientras los ojos de James se oscurecían llenos de ira.

—Una dama como tú no debería saberlo.

Ellen se deslizó hasta el filo del sillón e irguiéndose en señal de su fortaleza le miró a los ojos.

—Creo que te he demostrado en varias ocasiones que yo no soy una joven como las demás, no soy frágil, no soy boba y te aseguro que de donde yo vengo hay historias muy terroríficas. Cuéntamelo.

Algo similar a una sonrisa de orgullo apareció, y se difuminó un instante después, en los labios de James.

—Hemos barajado diferentes hipótesis, pero por ahora la que más fuerza cobra es la de que están secuestrando jóvenes hermosas para venderlas como meretrices.

—Trata de blancas —balbuceó Ellen poniéndose en pie.

Ante la mirada preocupada de los gemelos, ella se acercó al aparador y llenó su delicada taza de té con whisky para, un segundo después, bebérsela de un trago. Tosió al sentir el potente ardor del alcohol en su garganta y, con pasos lentos, volvió a sentarse bajo la absorta mirada de los chicos.

—Quiero ayudar.

—¡Ni pensarlo! —bramaron los dos hermanos al unísono.

—No hay discusión —Les desafió con la mirada—. Soy excelente deduciendo pistas y quizás una mente femenina os ayude a ver las cosas de otro modo.

Anthony se acercó a ella suplicante.

—Ellen, entraña muchos riesgos. Ya hemos perdido a Charlotte y jamás permitiremos que tú también te expongas.

—Se lo debo a Charlotte, tengo que hacer todo lo que esté en mi mano para rescatarla antes de que sea demasiado tarde.

James se limitó a entrecerrar los ojos debatiéndose entre lo que era sensato y lo que sabía que ella podía aportar al caso.

—Será muy peligroso, Ellen —la voz de James sonó muy profunda.

El sexto sentido de ella la avisó de que James no rechazaría su ayuda.

—Como yo lo veo, tenéis dos opciones; o bien dejáis que os ayude, o bien corro a contarle a los Bray lo que sé sobre el tatuaje de James y que él no está en Irlanda.

Ambos hermanos se miraron durante unos segundos.

—Hay que reconocer que es buena —canturreó James con un tono divertido—. Está bien señorita, pero te limitarás sólo al seguimiento de las pistas que yo encuentre, es decir, no saldrás de esta casa.

—¿Cómo?

Anthony asintió mientras se paseaba nervioso.

—Es un buen trato, Ellen.

—De momento, me vale —hizo una mueca fingiendo ser dura.

—Avisaremos al servicio para que traslade tus cosas a…

—La habitación celeste le gustará —Anthony concluyó la frase de su hermano.

Ellen se puso en pie de un brinco.

—Esperad, ¿decíais literalmente lo de que no saliera de aquí?

Los ojos de James brillaron con algo similar a la lujuria.

—Se supone que estabas en Londres con los Bray bajo su protección. Sin duda, y ahora que han sufrido la pérdida de su hija, te mandarán a casa irremediablemente. Así que, si pretendes ser nuestra ayudante, debemos acogerte nosotros.

La boca de Ellen se desencajó mostrando su asombro.

—Pero es indecoroso que yo viva en la casa de un hombre.

—Mira, ahora le preocupa el decoro —bromeó James.

Anthony se acercó a ella sonriente.

—Tranquila, mi madre tiene una reputación intachable y me encargaré de que a vista de todos sea ella tu protectora.

—¿Pero, qué pensara vuestra madre al verme aquí?

—Conoce de sobras a James, ha visto cosas peores.

James le propinó un sonoro puñetazo en el brazo a su hermano, que se tambaleó con una sonrisilla.

—Madre está casi todo el tiempo postrada en la cama, no será un problema —aclaró James.

Ellen les miró durante unos minutos, meditando las posibilidades.

—Está bien, hagámoslo.

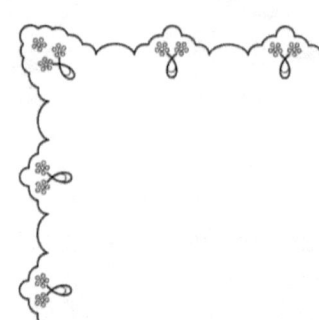

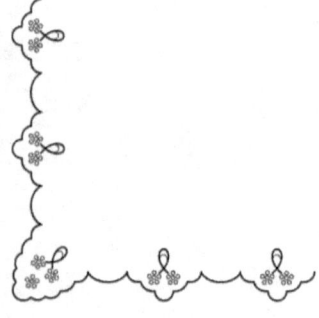

XIV

$\mathcal{L}$a desconsolada familia Bray apenas puso impedimentos en cuanto Anthony les entregó una misiva por parte de su madre, evidentemente falsificada por James, expresando su interés en la joven Ellen y sus atributos. Tras avisar por carta a los padres de ella de la nueva localización y protectora, el traslado fue algo sencillo y rápido, llevándose a cabo a la mañana siguiente del encuentro con los gemelos.

La enorme abadía en el límite de la ciudad de Londres que poseían los Mackenzie, era un sitio un tanto aterrador con sus torreones terminados en puntas afiladas y su piedra gris oscuro. A diferencia de la primera vez que Ellen había estado allí, ahora veía los detalles. La residencia, carecía de jardines a su alrededor, en su lugar, una extensión de terreno verde y un bosque gigantesco con un lago lejano, eran su entorno. El interior solía estar en penumbra, impidiendo la entrada de los rayos de sol con gruesas cortinas oscuras. La decoración, más bien escasa, era de un estilo similar al medieval. Sin duda, la enfermedad de la Señora Mackenzie no le dejaba fuerzas para mantener el lugar actualizado acorde a las últimas tendencias de la moda de interiores.

A pesar de lo lúgubre del lugar, la habitación que le habían asignado a Ellen en la primera planta, situada en medio de un largo corredor, era luminosa y cálida; con un papel pintado de color turquesa y ropa de cama a juego. Era una estancia lujosa dotada de chimenea, tocador, escritorio y un diván de terciopelo azul marino bajo un enorme ventanal con vistas al lago.

Tras ordenar a una doncella de cabello pelirrojo y acento claramente escocés, cómo quería distribuidos sus objetos personales, Ellen se refrescó un poco y bajó al único lugar de la planta baja de la casa que conocía. El despacho de los hermanos Mackenzie. Sobre un escritorio presidido por una banqueta de piel clara, estaba uno de ellos moviendo papeles y tomando notas en una pequeña libreta.

Estaba tan concentrado que ni el sonido de la puerta al cerrarse le molestó.

Ellen se acercó con cuidado a él, entrecerrando los ojos y disfrutando con su habitual juego de adivinar cuál de los dos hermanos era. Respiró hondo pasando por detrás y sonrió.

—Ya estoy instalada —canturreó.

James pareció no inmutarse mientras abría un pequeño diario de piel rojiza y grabados florales.

—Espero que estés cómoda en esa habitación.

—Lo estaré, es muy bonita.

La ignoró mientras se pasaba la mano por su cabello, despeinándolo con desespero.

—¿Necesitas ayuda?

Él le dedicó una mirada sin demasiada expresión y señaló el puzle de papeles que componían las claves del caso.

—Éstas son las pistas que he recabado por el momento.

Ellen se sentó en la butaca frente al escritorio y le miró sonriente, sin saber que su acto era un claro desafío, pues una mujer jamás debía sentarse en el escritorio de un hombre.

—Ponme al día, no debemos perder el tiempo —La imagen de lo que le podía estar pasando a Charlotte la tensó al instante.

James la miró sin importarle que ella hubiera rebasado algunos límites sociales; incluso le gustaba que ella lo hiciera.

—Éstas son dos cartas de nuestro principal sospechoso, un tal señor A.B.

Ellen miró los papeles que él le mostraba haciendo hincapié en la firma de letra pulcra. El secuestrador se encargaba de firmar sólo con sus iniciales.

—¿Algún dato relevante en ellas que sirva de ayuda?

—Nada, sólo un cúmulo de memeces para jóvenes necesitadas de romance.

Ellen enarcó las cejas algo ofendida, mientras él movía algunos papeles más.

—Esto son las invitaciones a los bailes a los que asistió Elizabeth.

—¿Elizabeth?

—La señorita Wedgewood, la conozco desde que era una niña muy inocente y por eso la llamo por su nombre de pila.

Sin saber cómo, algo parecido a los celos habló por Ellen sin que pudiera contenerse.

—¿Ella es tu prometida?

James soltó una sonora carcajada que hizo eco en el techo alto del despacho.

—En absoluto, las niñas inexpertas e inocentes no me interesan demasiado.

—Ya, claro —bufó.

James apoyó ambas manos en el escritorio y se inclinó sutilmente hacia Ellen mientras esbozaba una sonrisa ladeada.

—El padre de Elizabeth era el mejor amigo de mi difunto padre, por ello y porque fue nuestro promotor y guía en la carrera de abogacía brindándonos un lugar de trabajo respetable, le debemos este favor.

—Ah —musitó ella sintiéndose ridícula—. ¿Qué es eso?

Señaló la libreta de cuero rojizo grabado, para romper el contacto visual con James.

—El diario de… la Señorita Wedgewood —sus últimas palabras sonaron con picardía—. Lo más notorio de sus páginas es esto.

James deslizó sus manos entre las hojas del diario y, abriéndolo por una página en concreto, le mostró a Ellen una burda reproducción del carnero de cuernos retorcidos, sólo que bastante más siniestro que el que ella había visto en la muñeca de James.

—¡Es el grabado de la carta de Charlotte!

—Efectivamente, en un principio creí que se trataba de alguna representación de Lucifer —Ellen palideció—. Pero posteriormente di con esto.

Sacó del bolsillo de su chaleco una pequeña moneda de oro, que con cuidado depositó sobre la mano de Ellen.

Ella empezó a examinarla detenidamente. Los bordes parecían muy gastados e incluso maltratados y, mientras que una de las caras presentaba rastros de haber sido limada para borrar algún tipo de marca o inscripción, en la otra se veía claramente el dibujo del carnero.

—¿De dónde la sacaste?

—Fue por casualidad. Tras una semana en Londres en busca de pistas y siguiendo rastros inútiles, decidí ir a un club de boxeo para desfogarme —Ellen puso los ojos en blanco—. Esa pequeña moneda estaba entre las que le gané a un joven aristócrata. Sin duda, me la dio por error.

Los ojos de Ellen se abrieron como platos y se irguió en la butaca.

—Quizás él sea A.B.

James menó la cabeza mientras abría una caja con más cartas y unas flores secas.

—No, se llama Thomas Lerwick.

—Pero puede usar un seudónimo para seducir jovencitas, ¿cómo es?

—De estatura media, cabello castaño rojizo y de complexión tirando a floja; alguien muy común que pasaría fácilmente desapercibido.

Ella bufó ante su descripción tirando a ofensiva.

—No todos pueden ser altos, guapos y musculosos —murmuró más para sí que en respuesta a las palabras de James.

Él le dedicó una intensa mirada juguetona y al instante ella se acaloró encendiéndose como un farolillo.

Carraspeó.

—Charlotte me dijo que su amante era español, por lo que deduzco que será moreno y de piel bronceada.

—Es posible que haya más de un secuestrador —ronroneó James acercándose a ella.

Sin darse cuenta, Ellen cogió el diario y empezó a abanicarse con él.

—¿Y en qué punto estás ahora mismo? ¿Dónde te llevó Thomas Lerwick?

—Aquí —James se acercó a ella y, abriendo un cajón del escritorio, sacó un sobre—. Me llegó la noche antes de que me hicieran el tatuaje.

Ellen abrió la carta con cuidado; en el lacre, se podía ver aún una marca mal recreada del carnero. Dentro, había un pergamino de bastante grosor, cortado de forma rectangular.

Señor Mackenzie,

Nos complace informarle que esta noche tendrá lugar la ceremonia de iniciación para algunos selectos miembros, entre los que usted está incluido.

Bienvenido a Cernunnos.

Una oleada de adrenalina corrió por las venas de Ellen, que dejó el diario sobre la mesa.

—¿Qué descubriste?

—Prácticamente nada, o al menos eso creo, no recuerdo mucho de esa noche. Nos citaron en un bosque a las afueras de la ciudad y me dieron a beber alcohol mezclado con alguna sustancia que me dejó sin sentido prácticamente hasta la mañana siguiente. La única muestra de que fui iniciado fue que tenía una marca marrón con el carnero en la muñeca y la dirección de un club para caballeros cerca del puerto.

—¿Cómo borraste la marca?

James se levantó la manga dejando al descubierto su piel limpia.

—Al lavarme al día siguiente, desapareció con el jabón.

—Estaría hecha con algún tipo de pigmento poco resistente al agua —farfulló ella.

Aquella conclusión hizo sonreír a James, orgulloso de la deductiva de su nueva compañera.

—Esta noche iré al club.

Ellen se puso en pie de un respingo que hizo tambalear la butaca donde había estado sentada.

—Seguramente, tienen a Charlotte allí encerrada.

—Es muy probable.

Dejándose llevar por sus sentimientos, se acercó a James y se encaró a él. Hasta ese preciso momento, cuando tuvo que levantar la cabeza, no se había dado cuenta de lo alto que era para su época.

—James, por favor, tienes que salvarla. No dejes que nada malo le pase.

Atraído por la cercanía de ella, le apartó un rizo rebelde de la frente, mientras se pasaba la lengua por los labios con deliberada lentitud.

—Te lo prometo.

El corazón de Ellen empezó a latir con fuerza contra sus costillas justo en el momento en el que Anthony entraba en el despacho.

—Ellen —Sonrió a la joven que, de un salto, se había alejado de James como si quemara—. Madre quiere conocerte.

Como si un jarro de agua helada hubiera caído en la espalda de ella, su respiración se cortó. Debía conocer a la madre de los hermanos Mackenzie y no estaba preparada para ello.

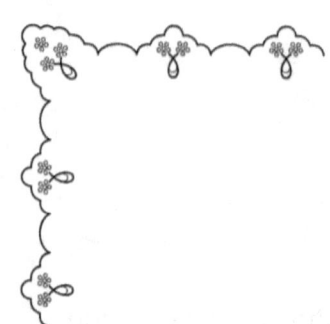

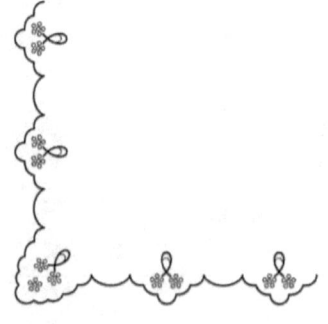

XV

$\mathcal{L}$a taza de té tintineó contra el platillo que Ellen sostenía en su mano. Anthony le había contado a su madre una pequeña mentira para justificar que los Mackenzie la acogieran, basada en parte en la realidad de la situación de la joven, y que a la vista de que los Bray debían irse de la ciudad para atender unos negocios, Ellen se había quedado sin protector para el resto de la temporada de bailes. En consecuencia él, caballerosamente, junto a James, se habían ofrecido a hospedarla.

Ellen carraspeó y miró a la mujer de mediana edad que tenía enfrente. A pesar de tener un aspecto frágil y enfermizo, Agatha Mackenzie conservaba aún muchos rasgos hermosos, entre ellos los mismos ojos azules de sus dos hijos.

—¿Está cómoda en sus aposentos, querida?

—Sí, señora Mackenzie, es una estancia de lo más hermosa. De nuevo, muchas gracias por acogerme.

Ella se inclinó hacia delante y posó una de sus manos sobre la de Ellen.

—Es todo un placer. Lamentablemente, sé lo que supone que una joven de pocos recursos no pueda ser presentada en sociedad, así que haré cuanto esté en mi mano para que ése no sea su caso —Bebió un delicado sorbo de su taza—. Cuénteme, jovencita, ¿ya ha tenido alguna propuesta?

Ellen se atragantó e hizo una mueca mientras simulaba limpiarse con la delicada servilleta bordada.

—Aún no he tenido esa suerte —sonrió con cordialidad.

—No desespere, todo llega en la vida; sobre todo, si se es poseedora de una belleza tan exquisita como la suya.

Las mejillas de Ellen se encendieron, cosa que hizo que Agatha sonriera ante su inocencia.

—Gracias.

—No obstante, y si acepta el consejo de esta vieja viuda, ándese con ojo con algunos jóvenes. No todos son merecedores de la virtud de una dama.

"Y eso lo dice la madre del, posiblemente, libertino más prolífico de Londres"

—No sufra, Señora Mackenzie, por suerte Dios me dotó de una intuición muy aguda.

La mujer sonrió, justo en el instante en el que uno de los gemelos entraba en el salón de té.

—¡Querido! —Le alargó una mano a su hijo, que se acercó a ella para besarla en la mejilla con delicadeza—. ¿Conoces ya a nuestra invitada, la deliciosa Señorita Gladwell?

James levantó la vista lentamente hasta ella y, esbozando una pícara sonrisa, contestó con una voz extremadamente dulce:

—Vagamente, madre; ya sabes que mis investigaciones requieren todo mi tiempo.

Agatha se cubrió la boca con las manos.

—No habré puesto en peligro tu misión secreta revelando tu identidad —le susurró en el oído.

—Tranquila, madre, la Señorita Gladwell es de total y absoluta confianza para nosotros.

—Gracias —murmuró Ellen nerviosa.

La señora Mackenzie se llevó las manos al pecho de una manera muy teatral y soltó un largo suspiro.

—Menos mal —suspiró aliviada, mirando hacia el piano de cola negro que había al otro extremo de la sala—. ¿Toca usted, señorita Gladwell?

James sonrió mientras se dejaba caer en el brazo del sofá, sentándose junto a su madre, que le miró con amor.

—Sí, ¿toca usted? —la voz de James sonó algo burlona.

Ellen se puso en pie orgullosa. Si James esperaba que tocara igual que bailaba cuando se conocieron, estaba muy equivocado. Con pasos lentos, se sentó en la banqueta del piano y sonrió.

—En realidad, y si me permite la osadía de decirlo, querida Señora Mackenzie, aquellos que me han oído tocar me han comparado con un ángel.

Agatha aplaudió animada.

—Veámoslo; hace demasiados años que no se oye música celestial en esta casa.

Dedicándole una cínica mirada a James, Ellen interpretó a la perfección una sonata que, efectivamente, dejó anonadados a los Mackenzie.

Tras una hora tocando canciones a petición de Agatha, la mujer se disculpó alegando un dolor de espalda repentino, dejándoles a solas sin importarle el decoro.

—¿Anthony te enseñó también a tocar el piano en las clases de baile?

—¿Tu madre conoce los detalles de tu peligrosa investigación? —le contestó con una pregunta mientras se levantaba y alisaba la falda de su vestido.

—No, ella cree que mi trabajo se basa en la búsqueda de caballeros morosos.

Ellen dedicó una larga mirada al mayordomo, que había entrado a recoger las tazas y que un minuto después les dejó a solas.

—Me alegra saberlo. Tu madre parece una mujer muy dulce, y saber la naturaleza de tu trabajo la pondría aún más enferma —James sonrió sin poder evitarlo—. Si puedo preguntar, ¿qué le sucede?

Él se levantó dando unos pasos lentos hacia un retrato cubierto con una tela negra, que había colgado sobre la chimenea.

—Después de que la vieran muchos médicos, llegamos a la conclusión de que, tras la muerte de mi padre, simplemente perdió las ganas de vivir puesto que cada varios meses sus síntomas son distintos.

—Lo siento. Debía de quererle mucho.

James le dio la espalda y, por una vez, no dijo nada. Ellen había tocado un tema sensible para él.

—Me iré a preparar para la cena —murmuró ella.

—Yo no asistiré. Cenarás sola con Anthony —Ellen frunció el ceño—. Madre rara vez come fuera de sus aposentos y yo tengo asuntos que atender en el club Cernunnos.

Sin decir nada más, y notando cómo el ambiente se había puesto tenso entre ellos, Ellen le dejó a solas mientras James miraba la tela negra que cubría el cuadro.

Tras una solitaria cena junto a Anthony, Ellen se había retirado a su habitación con una libreta que amablemente él le había cedido para tomar notas. Para cuando dieron las doce de la noche, se paseaba nerviosa. Durante el día, más o menos controlaba su ansiedad y el terror que le causaba pensar en la muerte de su amiga Charlotte, pero cuando la noche caía, invadían su mente imágenes de violaciones y torturas. Cada pocos minutos, se asomaba a la ventana para ver si James volvía del club con buenas noticias, pero con cada nueva hora sus nervios se descontrolaban haciendo añicos su paciencia.

Decidida a hacer algo útil, se propuso bajar al despacho para revisar con calma todos los documentos que James había recabado en su investigación en busca de algún pequeño detalle que se les hubiera escapado. Cogió la bata de color amarillo pastel que Charlotte había encargado a juego con sus camisones y bajó las escaleras, convencida de que a aquellas horas no se tropezaría con nadie.

Cuando sus pies tocaron el suelo del gran distribuidor, un sonido ahogado le llamó la atención. Miró hacia el pasillo de donde provenía y descubrió una puerta entreabierta que arrojaba un haz de luz naranja sobre el suelo de madera.

Sin pensarlo dos veces, se encaminó hacia allí convencida de que en la habitación hallaría a James. Con cuidado, pero con pulso firme, abrió la puerta de lo que resultó ser una gran biblioteca llena de libros hasta el techo. En un lateral, había dos sillones orejeros tapizados con un estampado de color marrón que rodeaban una gigantesca chimenea de piedra.

—¿James? —dudó al decir el nombre, puesto que no veía la cara del chico con claridad.

Anthony se secó las lágrimas rápidamente con el dorso de la mano antes de inclinarse y encarar a Ellen que, con pasos lentos, estaba acercándose a él.

—Soy Anthony —su voz sonó ronca—. ¿Qué haces levantada?

Al ver los ojos enrojecidos del chico, un instinto protector se despertó en ella y, arrodillándose frente a él, sin importarle un ápice el decoro, le miró con dulzura.

—Al parecer, el mismo sentimiento que te atormenta a ti, me quita el sueño a mí.

Anthony parecía un niño desvalido.

—No hago más que pensar que si hubiera tenido tan sólo un ápice del coraje de mi hermano y hubiera cortejado a Charlotte como es debido ahora no estaría...

Ellen le puso una mano en el pecho.

—No, no lo digas. Ella estará bien.

—Ellen, eres un ángel, pero tu inocencia no te permite imaginarte todo lo que le pueden estar haciendo ahora mismo —cerró los puños con fuerza y resopló liberando tensión.

—Quizás sea una joven inocente, pero no soy ignorante mi querido amigo —le sonrió—. Debemos aferrarnos a una sola idea, y es que hasta donde yo sé, las jóvenes que secuestran para venderlas como... señoritas de compañía, son más valiosas si conservan su virtud intacta.

Anthony sonrió sin humor.

—Sin duda, eres una joven ilustrada.

—El tiempo no corre a nuestro favor, eso es cierto, pero la condición de Charlotte nos da ventaja.

Él enterró la cara entre sus manos para intentar ocultar su fragilidad ante Ellen.

—Si tan sólo le hubiera dicho lo que sentía por ella.

—Sé lo podrás decir, te lo prometo, haré todo lo que esté en mi mano para poder volver a tener a Charlotte en nuestras vidas.

Conmovida por su dolor, Ellen se acercó aún más a él y le abrazó en un intento desesperado de infundirle ánimos y coraje. Sin pensar en lo que hacía, Anthony la rodeó con sus brazos, dejando que algunas lágrimas silenciosas cayeran por sus mejillas.

Desde la puerta, un silencioso James observó el abrazo y, sin mediar una sola palabra y a pasos rápidos y furiosos, se alejó de allí subiendo por las escaleras.

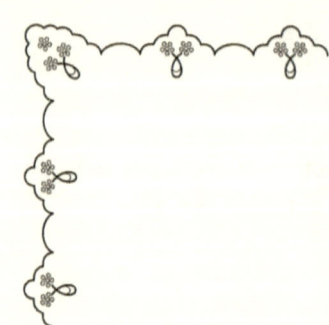

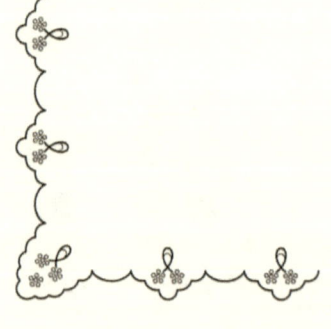

XVI

Ellen dejó el diario de Elizabeth sobre la mesa mientras bufaba llamando la atención de Anthony, que frente a la chimenea repasaba unas cartas.

—¡Es que no lo comprendo! —bramó alterada—. ¿Tan absorbido y ocupado le tiene el club secreto que no ha sido capaz en dos días, ¡dos días completos!, de decirnos algo o dejarse ver por esta casa?

Anthony hizo una mueca de disgusto.

—Seguramente, esté haciendo muchos avances.

—No le defiendas, sé que estás igual de nervioso que yo.

Él asintió resignado.

—Te acostumbrarás, así es James. Independiente y…

—¡Egoísta! Eso es lo que es.

—No, ni mucho menos. No te dejes engañar por esa fachada distante y altanera que se empeña en poseer. James es un buen hombre, quizás con tendencias demasiado desarrolladas hacía la diversión pero, a pesar de todo, es sensato y responsable.

Ellen entrecerró los ojos.

—¿Hablamos del mismo James Mackenzie que corretea por los jardines con damas?

—Hablamos del James Mackenzie que, mientras yo viajaba por trabajo a Escocia, no se movió ni un solo día del lecho de nuestra madre cuando una extraña fiebre la postró un mes.

El corazón de Ellen dejó de latir un instante para volver a hacerlo, repartiendo por todo su sistema una culpabilidad líquida y fría. Avergonzada, bajó la cabeza y continuó tomando notas en su libreta con las posibles pistas.

Unos golpes en la puerta alertaron a Anthony.

—Adelante.

—Señorita Gladwell —El mayordomo lanzó una mirada de reprobación a Ellen, que estaba felizmente sentada en el escritorio de Anthony—. La Señora Mackenzie requiere su presencia.

Los ojos de Ellen se abrieron como platos.

—Yo… eh… enseguida… —farfulló.

—Yo la acompañaré en un instante, gracias Edgard —El mayordomo hizo un gesto con la cabeza y cerró la puerta—. No te alarmes, Ellen. Seguramente, madre quiere que la informes de tus planes para esta noche.

—¿Qué pasa esta noche?

—Se celebra uno de los bailes más importantes de la temporada. Toda la sociedad Londinense estará allí. Si queremos mantener tu coartada y, dicho sea de paso, la de mi hermano, deberemos asistir.

—Está bien, quizás alejarme un poco de toda esta información me haga ver las cosas más claras.

Anthony sonrió y, con un gesto amable, sostuvo la puerta para ella. Una vez en el corredor, la guió por el pasillo opuesto al que estaban hasta llegar a una puerta doble. No era habitual que la señora de la casa se alojara en la planta baja de su residencia pero, debido al reto que le suponían las escaleras a Agatha, habían trasladado sus aposentos a la que en una ocasión fue una luminosa y hermosa sala con vistas al lago y a un invernadero lleno de flores y estatuas de dioses. Anthony, nuevamente sostuvo la puerta para Ellen y la dejó a solas con su madre que, acostada en un diván entre almohadones, recolocaba una manta sobre sus piernas.

—¿Ha mandado llamarme, Señora Mackenzie?

—¡Querida! —Sonrió con los ojos—. Ruego disculpes mis ausencias en las comidas y en la hora del té, como verás, mi salud es delicada. Toma asiento.

Ellen se sentó en un sillón que había frente a ella.

—Lo único que lamento es verla tan abatida —respondió con sinceridad—. Dígame, ¿Hay algo que pueda hacer para que se sienta mejor?

Agatha rió antes de toser con mucha discreción y elegancia.

—Eres un auténtico primor, jovencita —Ellen se limitó a sonreír—. Verás, en realidad, sí hay algo que puedes hacer por mí.

—Lo que necesite.

—Como es evidente, nunca he tenido el placer de tener una hija, y me he perdido la dicha de los cotilleos de la sociedad —Ellen ahogó una risita—. ¿Asistirás esta noche con Anthony al Baile del Conde de Lamberth?

—Por supuesto. Y, si a usted le parece bien, mañana por la tarde le puedo contar todo lo que llegue a mis oídos.

Agatha sonrió ampliamente mientras la miraba con orgullo.

—Vendrás a despedirte antes de partir, ¿verdad, querida? Muero de gozo por ver tu vestido de baile.

—Cuente con ello.

Cuando, tras un poco más de charla, Ellen dejó descansar a la Señora Mackenzie, tuvo la sensación por primera vez en muchas semanas de que aquel lugar y en especial aquel siglo eran su hogar.

Anthony salió del despacho justo en el momento en el que ella se disponía a entrar, chocando contra él y estallando en carcajadas nerviosas sin poder evitarlo; él empezó a hacer lo mismo por instinto.

—Lo siento.

—Culpa mía, Ellen, salía sin mirar. ¿Te he lastimado?

—En absoluto.

—¿Madre está bien?

Ella sonrió.

—Sí, quería que la mantuviera al día de los cotilleos de la sociedad, en especial de los que se cuenten esta noche, así que no nos quedará más remedio que enterarnos de alguno suculento para hacerla feliz —canturreó animada.

—Gracias, Ellen —Anthony sonó con un punto desesperado.

—¿Por qué?

—No sé cómo lo haces, pero desde que estás por aquí ella parece más… vital.

—¿De veras?

Sin que ella pudiera hacer nada más, y conmovido por el momento, Anthony la abrazó con fuerza, transgrediendo deliberadamente los límites del decoro, y Ellen se vio perdida entre los brazos del fuerte chico.

—Tendría una inmensa suerte si fueras mi hermana.

Ella le devolvió el abrazo con ternura.

—Lo mismo digo, Anthony.

La risilla nerviosa de una doncella que se encaminaba a la cocina les hizo romper el contacto al instante. Anthony sabía que aquello era una falta grave de caballerosidad, pero por alguna razón Ellen les instaba a todos a saltarse las normas con su manera de ser.

La sobredimensionada fiesta del Conde de Lamberth, sirvió para que Ellen y Anthony olvidaran por unos instantes la tragedia de la pérdida de Charlotte. Juntos, formaban un buen equipo ya que, en síntesis, se parecían mucho. Tras compartir un par de bailes que, para el pesar de Ellen, distaban mucho de los pasos sensuales de James, se habían unido a varios grupos para poder nutrirse de suficientes cotilleos que saciaran la sed de Agatha. Pero, en el intento de interesarse por la vida social londinense, no fueron conscientes de que ésta les tenía también en su punto de mira, iniciando algunas preguntas sobre ellos como por qué Ellen vivía en casa de él o cuál era la auténtica naturaleza de la complicidad que mostraban.

Para cuando el baile llegó a su fin, una lluvia torrencial se encargó de empapar a todos los invitados que osaban correr hasta sus carruajes, entre ellos Ellen y Anthony, que a pesar de haberse refugiado bajo un paraguas estaban calados hasta los huesos.

Cuando el coche se puso en marcha, Ellen aún reía llevándose las manos a la cabeza al ver sus zapatos blancos echados a perder por el barro.

—Creo que ésta ha sido la primera velada que he disfrutado de veras.

—Me alegra —Anthony sonrió mientras agitaba una manga que se había pegado a su piel.

Durante unos segundos, el silencio se instauró entre ellos y la sombra de Charlotte entristeció a Ellen.

—¿Crees que James estará ya en casa?

—Estoy convencido de ello, y seguro que trae muy buenas noticias.

Ella le sonrió, agradeciendo sus mentiras.

Poco a poco, la lluvia dejó de repiquetear sobre el techo del carruaje indicándoles que la tormenta se disipaba. Al llegar a la abadía, la precipitación había cesado.

El cochero les abrió la puerta y Anthony, después de pisar tierra firme, ayudó a Ellen a bajar; al hacerlo, inclinó la cabeza sobre ella y un pequeño charco de agua que se había acumulado en el ala de su sombrero se precipitó sobre el escote de ella, que gritó al sentir el agua helada.

—¡Dios mío! Cómo lo lamento —se disculpó alarmado, mientras su rostro se volvía pálido.

Ellen empezó a reír con tanta fuerza que no tardó en contagiar su risa musical a su acompañante que, juguetón, se quitó el sombrero y lo agitó lanzando unas gotas en dirección al bosque, que no hicieron más que aumentar el divertimento de ella.

—Me alegra que forméis una pareja tan encantadora y risueña, mientras algunos nos jugamos el pellejo intentando rescatar a jóvenes en apuros.

Ambos, y en especial Ellen, se quedaron inmóviles mientras veían la silueta de James junto a su caballo negro, completamente empapados.

—James esto no es lo que pa… —intentó decir Anthony.

—Algo teníamos que hacer para controlar la ansiedad de pasarnos casi tres días sin noticias tuyas, preguntándonos si Charlotte estaría bien o, ya dicho sea de paso —se acercó a James con los ojos grises llenos de furia—, si tú estarías muerto. ¿Sabes lo que hemos sufrido? La próxima vez, mándanos al menos una triste nota para saber que estás bien.

Durante un instante, James no pudo contener su sorpresa, borrando cualquier atisbo de celos o enfado hacia ellos. Aquella joven tenía las agallas de hacerse valer más que algunos caballeros.

—Pues ya lo ves, estoy bien.

—¡Sí! ¡Eso es evidente! —espetó Ellen.

Ambos se miraron con intensidad y Anthony carraspeó para relajar el ambiente.

—Vayamos dentro, estamos todos empapados. Cambiémonos y ya tendremos tiempo de ponernos al día.

Ellen le dedicó una mirada de furia a James antes de emprender el sendero de piedra hasta la abadía con pasos sonoros. Él cerró los puños debatiéndose entre dos emociones muy claras y enfrentadas, la ira y el deseo por aquella pequeña insolente.

Ellen se acercó al fuego con la esperanza de que su melena, en esta ocasión suelta, se secara con el calor de la chimenea. No era habitual para una joven de su edad llevar el cabello sin recoger pero, tal y como ella se había dicho a sí misma, tampoco lo era vivir con dos gemelos idénticos e investigar un caso de trata de blancas a esas horas intempestivas de la noche.

James no podía apartar la mirada de ella, que vestida con un traje de tarde agitaba de vez en cuando los rizos que ya empezaban a formarse y descendían por su espalda.

Anthony se acercó a Ellen y le ofreció una taza de té, acompañada de una tierna sonrisa, que ella no tardó en corresponder. Aquella complicidad, desató una tormenta dentro de James.

—¿Aún te interesa Charlotte, hermano? —dijo sin pensar.

Anthony le miró confuso.

—Evidentemente, sabes que desde hace mucho tiempo estoy enamorado de ella.

Ellen no disimuló un suspiro; adoraba la facilidad que tenía Anthony para expresar sus sentimientos.

—¿La has encontrado?

Ellen se acercó a James, que rodeó el escritorio para alejarse. Si la tenía cerca, no sabía si tendría suficiente autocontrol.

—Me ha costado unas cuantas libras y mucha paciencia, pero tengo una pista muy fiable respecto a ella, y me atrevería a decir casi al cien por cien que se encuentra bien.

—¿De veras? —preguntaron Anthony y Ellen al unísono.

—Sí —James dio un paso hacia atrás al percibir como el júbilo invadía los ojos de la joven.

—¡Anthony, qué buenas noticias! —Ella saltó a los brazos de su amigo, quien la abrazó estrechamente.

James cerró los puños con fuerza mientras intentaba entender la situación. ¿No se suponía que, de sobrepasar el decoro, debía ser él quien recibiera el abrazo de la chica por su hazaña?

Con mal humor, se acercó al aparador y se sirvió una copa de whisky que desapareció como un rayo.

Unos golpes en la puerta les alertaron, justo antes de que Edgard, vestido con un ridículo camisón y una gorra con borla, asomara la cabeza.

—Disculpen la intromisión —meneó la cabeza al ver a Ellen con el cabello suelto—. Señorita Gladwell, la Señora Mackenzie está sufriendo un episodio de insomnio y pregunta si es tan amable de visitarla en sus aposentos.

—Por supuesto —sonrió Ellen—. Anthony, le contaré todos los cotilleos y estaré de vuelta en un santiamén para que me pongáis al día.

Sin decir nada más, Ellen les dejó a solas.

"No sólo se ha enamorado de mi hermano, sino que ahora encima me roba la madre... ¡estupendo!" —se dijo a sí mismo James.

Una hora más tarde, Ellen regresó al despacho, que tenía la puerta entreabierta. Antes de entrar, se quedó paralizada, escuchando la conversación entre los dos hermanos.

—Es la única manera, Anthony; a mí, me es imposible llegar.

—Es muy arriesgado.

James se pasó la mano por el cabello, despeinándolo deliciosamente.

—¿Crees que no he pensado mil alternativas? Pero no me permiten el acceso. He probado hasta con el soborno, pero es impenetrable.

—Desde luego, quien diga que ese tipo de mujeres no tienen integridad va muy equivocado. Aún y así me opongo, James, no puedes pedírselo.

—Lo sé… lo sé… —bufó agobiado—. Pero tú la has visto; no es como las otras jóvenes de su edad. Es osada, intrépida y valiente.

Ellen no pudo evitar sonreír al comprender que hablaban de ella.

—Si le dices que es la única manera de salvar a Charlotte, lo hará. Saltaría a un volcán por ella.

James rugió desesperado.

—Odio hacerlo, pero no hay más opción que esa. Debo pedirle que se infiltre en el burdel para salvar a su amiga.

La sangre de Ellen se heló un solo instante, antes de que un valor movido en especial por la amistad hacia Charlotte hablara por ella. De un golpe, entró en el despacho con la determinación grabada en sus retinas y dijo con voz firme:

—Lo haré.

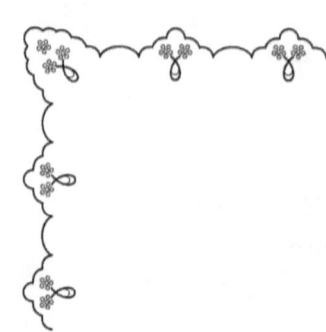

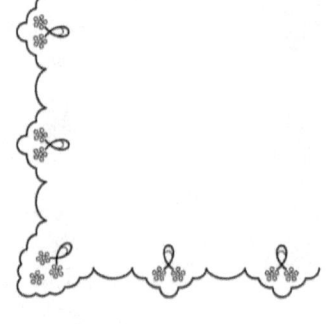

XVII

El sonido de la taza de té vacía repicando contra el platillo de porcelana, fue lo único que se oyó en el silencioso comedor. Tras una noche un tanto movida entre pesadillas y nervios, Ellen disfrutaba ahora de un desayuno tardío para ella sola, que, a regañadientes, le había servido Edgard.

Un carraspeo musical alteró la quietud del gran comedor.

—Buenos días, Ellen.

Ella le miró con el ceño fruncido.

—Buenos días, ¿James?

Él se limitó a asentir con un semblante serio.

—¿Damos un paseo?

Sin decir nada más, Ellen se levantó de la silla y le siguió con pasos firmes hasta el exterior de la casa. Unas nubes grises enmascaraban el sol de primavera, mientras ambos, sin mediar palabra, caminaban hasta la orilla del lago.

Ellen giró sobre sí misma para disfrutar de la panorámica de la abadía que se veía desde allí.

—¿Qué descubriste en el club?

James la miró de reojo.

—La primera noche apenas nada; entré como un miembro más y estuve vagando por la planta baja entre las salas de juego y los salones para beber y fumar puros, habituales de estos lugares, hasta que, poco después, un miembro de la sociedad secreta de Cernunnos, me reconoció y me llevó al auténtico club. El lugar está situado en el piso superior y, en síntesis, no dista mucho de las actividades del club de caballeros, a parte de un fumadero de opio y el trasiego constante de meretrices. Pero lo interesante está en el ático.

—¿Qué hay allí? —preguntó sin ganas Ellen.

—El burdel —Hizo una larga pausa—. Tras frecuentar las mesas de juego destinadas a los miembros de Cernunnos y gastar una importante suma de dinero en apuestas, conseguí hablar con algunas de las meretrices, hasta que una de ellas me dio información. Al parecer, Madame Evelyn, la dueña del lugar, había acogido a una joven de alta cuna, de cabello y ojos negros como la noche, salvándola de un crudo destino.

—Ser vendida como esclava sexual —apostilló ella.

—Sí, se conoce que la dueña del prostíbulo se apiada de las jóvenes maltratadas.

Una brisa un tanto fría despeinó los rizos de Ellen que se escapaban de su recogido.

—¿Le pediste a Madame Evelyn que liberara a Charlotte?

Él asintió amargamente.

—Lo intenté, incluso me ofrecí a pagar por ella, pero la mujer no creyó que un caballero que fuera miembro del club secreto tuviera buenas intenciones, así que lo negó todo.

Ambos se quedaron en silencio, sabiendo que el momento de la verdad había llegado.

—Ellen —murmuró James mirando hacia el cielo y entrecerrando los ojos—. No tienes por qué hacerlo.

Ella, no necesitó ni una palabra más para saber de qué hablaba.

—No es que quiera hacerlo —respiró lentamente—. Pero debo

hacerlo; de lo contrario, si le pasara algo a Charlotte, jamás me perdonaría no haberlo intentado.

—Absolutamente nadie tendría el derecho de reprocharte algo así.

—Mi conciencia lo haría —le sonrió de una manera triste—. ¿Cómo quieres hacerlo?

James apretó los puños con fuerza.

—No va a ser algo sencillo ni bonito, Ellen.

—¿Cómo propones hacerlo? —repitió ella con una voz dura.

Él soltó el aire lentamente. Odiaba tener que ponerla en aquel aprieto.

—Lo haremos esta tarde, antes de que el sol se ponga y el club esté muy concurrido —Ella asintió—. Nos disfrazaremos de mendigos y yo fingiré ser tu hermano mayor que va a venderte como mercancía semi usada.

Los ojos de Ellen se abrieron lentamente.

—Yo no estoy semi usada.

—Sé que no. No pongo en entredicho tu virtud, pero es mucho mejor que finjamos que no eres una joven virgen, o de lo contrario Madame Evelyn te reservará para un aristócrata.

Un escalofrío recorrió la espalda de Ellen, mientras se encaminaba a un árbol cercano.

—¿Qué propones después?

—Deberás interpretar un papel, y es de vital importancia que lo hagas al pie de la letra. Tienes que fingir ser una joven sin demasiadas luces que ha sido maltratada por tu hermano, o sea yo. De esta manera, seguramente despertarás un instinto protector en Madame Evelyn y te pondrá a hacer tareas de limpieza en el burdel.

—No parece difícil.

James se posicionó frente a ella asegurándose de que le miraba a los ojos.

—Hay posibilidades de que algo pueda salir mal.

—James, lo comprendo y lo asumo. Lo haré. Haré lo que sea necesario para salvar a Charlotte —Apartó la vista volviendo a la superficie gris del lago—. ¿Qué debo hacer después?

—Tendrás que intentar hablar con las meretrices para sacarles la información de dónde tienen escondida a Charlotte.

Ellen asintió lentamente.

—Está bien.

James percibió cómo el cuerpo de Ellen se estremecía, a pesar de que ella quería aparentar una calma absoluta.

—Cuando estés lista ve a tu habitación, he hecho que te suban los ropajes de tu disfraz.

Sin apenas mirarla, y presa de un dolor intenso en el pecho por lo que estaban a punto de hacer, James la dejó a solas.

De no ser por lo crudo de la situación, Ellen se habría pasado todo el viaje hasta el burdel riéndose del aspecto que tenía James, que con unos pantalones de lana marrón que le quedaban cortos, una raída chaqueta gris oscuro y un sombrero con el ala rota, distaba mucho del aspecto de caballero elegante que solía tener. Para complementar su disfraz, se había puesto una barba postiza y, después de meter las manos en las cenizas de una de las chimeneas de la abadía, se había restregado el hollín por las mejillas.

Ellen tampoco era el modelo clásico de dama de Londres, con un vestido hecho de algo similar a la tela de saco con jirones y el cabello suelto y enmarañado. Siguiendo el ejemplo de James, también había procurado que sus uñas quedaran negras con la ceniza, pero había respetado su cara limpia.

—Ellen, es posible que tengamos que improvisar en algún momento, así que te ruego que no cuestiones mis actos ni mis palabras y que seas consecuente con ellos.

—Lo comprendo —le sonrió amargamente.

—Confía en mí, no dejaré que te pase nada malo.

Ella se limitó a asentir mientras el carruaje paraba enfrente de un local de puerta roja y ventanas oscurecidas.

En un abrir y cerrar de ojos, bajaron del coche y, entrando por un callejón junto al edificio, abrieron una pequeña puerta que conducía a unas estrechas y oscuras escaleras con un ligero olor a moho que les llevaron directos al ático; sin duda, aquella era una puerta trasera para procurar privacidad a los miembros del club que querían salir sin ser vistos. James le ofreció una última mirada cordial a Ellen, antes de cambiar por completo, convirtiéndose en un desconocido, mientras entraban a un salón decorado con tonos naranjas y rojizos a juego con cojines y velos brillantes que, diseminados por la estancia, pretendían dar un toque exótico.

—¡Madame Evelyn! —bramó James con una voz tosca.

De detrás de una cortina de cuentas, apareció una mujer morena, de grandes dimensiones y labios rojos como la sangre.

—Está cerrado, vuelva dentro de una hora.

—No vengo por placer —James arrastró las erres.

Dando un tirón brusco al brazo de Ellen, la posicionó entre ellos.

—¿Pretendes venderme a esta moza? —arrugó la nariz.

—No quiero mantenerla más y el dinero me iría bien. Ha catado sólo un varón, así que es valiosa.

Madame Evelyn pellizcó las mejillas de Ellen, que luchaba por no salir corriendo de allí, para después abrirle la boca y revisarle los dientes.

—Bonitas perlas, niña —Miró a James—. ¿Semi usada, dices?

—Sí, Madame.

Tras mirarla un poco más, la mujer frunció el ceño.

—No, no me interesa, tengo varias como ella.

Ellen se quedó petrificada en el suelo, mientras la mujer les daba la espalda y se alejaba.

—Lo siento —susurró tan bajo James que apenas Ellen lo oyó.

De un golpe seco la tiró al suelo, haciéndola aterrizar de culo.

—¡Ni para puta sirves! Eres una inútil, no me quedará más remedio que darte una paliza hasta que mueras o aprendas a cagar dinero.

Ellen tembló horrorizada por la frialdad de la mirada de James, mientras elevaba su mano con el puño cerrado preparándose para golpearla.

—¡Detente! —bramó Madame Evelyn—. Está bien, me la quedo.

Sacando una bolsa de un bolsillo de su abultado traje de colores, le lanzó unas monedas al suelo a James que, como si fuera un yonki en busca de droga, las recogió jadeando.

—Gracias, Madame Evelyn —musitó Ellen con dulzura—. Sepa que limpiaré y cocinaré para usted tanto como necesite.

—¿Cocinar? —Soltó una carcajada—. No bonita, ya tenemos cocinera, tú te pondrás a trabajar esta misma noche como mis otras chicas.

Los ojos de James se abrieron como platos mientras se incorporaba lentamente, intentando que la Madame no le viera.

—No creo que le sea rentable *pa* eso.

Madame Evelyn le miró con furia.

—¿Aún estás aquí? Coge tu dinero y lárgate —Dándole la espalda y arrastrando a Ellen con ella, se alejó—. ¡Camille!

Una soñolienta mujer vestida sólo con una bata de seda corta salió de un pasillo oscuro.

—Mande, Madame Evelyn.

—Acicala a la nueva chica.

De un empujón, mandó a Ellen hasta los brazos de Camille, que sonrió mostrando tan sólo cinco dientes.

—Vamos, niña nueva.

Ellen se giró aterrada y miró a James con sus ojos grises que gritaban desesperados: *socorro*.

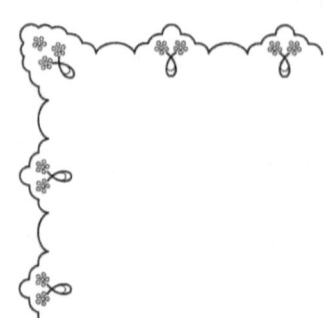

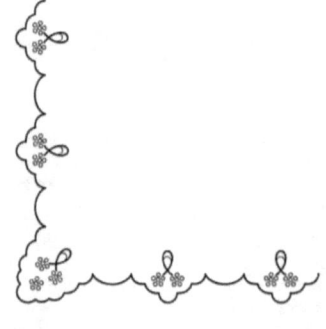

XVIII

El corazón de James palpitaba tan intensamente que pareció que se le fuera a salir por la boca, mientras corría escaleras abajo. No entendía cómo se habían torcido tanto sus planes, pero no permitiría que nadie tocara ni un solo pelo de la cabeza de Ellen. Abriendo la puerta de un empujón, mientras se arrancaba la barba postiza y la tiraba a una esquina del callejón, corrió a una fuente cercana y se lavó con frenesí las manchas de hollín de la cara y las manos, a la vez que algunos transeúntes le lanzaban miradas de horror y asco. Un minuto después, saltaba al interior de su coche de caballos, indicándole a su cochero de confianza que diera un rodeo entre las calles colindantes. Con tirones desesperados, se deshizo de sus ropas ajadas sustituyéndolas por su habitual traje de hombre de la alta sociedad. Apenas diez minutos después, el carruaje paró en la puerta principal del club y, fingiendo una calma que era inexistente, bajó.

A diferencia de las horas más oscuras de la noche, el local estaba prácticamente desierto, y James subió por la escalera de caracol que llevaba al club secreto de los auténticos miembros de Cernunnos, dispuesto a entrar en el burdel antes que ningún otro cliente, para pedir únicamente los servicios de la chica nueva de ojos grises. Cuando su mano se posó en la barandilla de la escalera que llevaba al ático, un hombre con barba de dos días y ojos enrojecidos le sonrió.

—¡Mackenzie!

—Paul —sonrió sin ganas intentando subir un escalón.

—No tengas prisa por satisfacer tu inquieta entrepierna, amigo y déjame la oportunidad de ganarte a una partida de póker.

James frunció los labios.

—Tal vez más tarde, amigo.

—¡Vamos! —Le rodeó los hombros con el brazo mientras un aliento pestilente a alcohol delataba su estado—. Si no respetas el descanso de las chicas de Madame Evelyn, se cabreará con nosotros.

La ira ascendió por los pies de James, mientras se dejaba arrastrar hasta la mesa de póker. Deseaba subir a rescatar a Ellen, pero no podía poner en peligro su relación con los miembros del club, ya que aún necesitaba su coartada un poco más de tiempo.

Camille había llevado a Ellen a una habitación con un fuerte olor a incienso, sin duda para enmascarar el olor a sudor y a sexo. Sin que ella pudiera evitarlo, le había arrancado el vestido a tirones para meterla en una especie de barreño de metal. Pudorosa, se tapó con los brazos los pechos y todo aquello que no deseaba que fuera visto.

—Acostúmbrate, niña —rió Camille echándole un cubo de agua fría por la cabeza—. Ahora éste será tu mejor vestido.

De un fuerte tirón, apartó su brazo y empezó a frotarle las

axilas con un paño rugoso que dejó roja la fina piel de Ellen.

Un par de lágrimas amenazaron con caer por sus mejillas, pero obligándose a pensar en Charlotte consiguió sacar el coraje suficiente para soportar aquella humillación.

—¿Madame Evelyn compra muchas chicas?

—No *demasiás*, pero las que caemos aquí tenemos suerte; éste es uno de los mejores putiferios de la ciudad. Si te pones enferma, no te echa a la calle y te da sopa caliente —le dedicó una sonrisa desdentada.

Camille le tiró un paño grande a Ellen para que se secara, mientras rebuscaba en un viejo baúl.

—¿Y compra a chicas vírgenes?

La meretriz la miró con una expresión extraña mientras le pasaba por la cabeza un camisón de hilo negro de generoso escote para, después, enfundarla en un apretado corsé de satén rojo que cortó la circulación de Ellen.

—Mira, niña nueva —la miró entrecerrando los ojos—. Acepta un consejo de esta veterana, las putas *callaitas* viven más y *mejó*, así que no preguntes tanto.

De un tirón, la arrastró hasta un viejo tocador de espejo oxidado y sacando varias cajitas del primer cajón, la maquilló echándole polvos rojizos en las mejillas, una sombra oscura en los ojos y una nota de carmín brillante hecha con algo similar a la manteca. Finalmente, pasó un cepillo sin muchas ganas, encrespando sus rizos y haciendo que algunos cayeran sobre sus ojos.

—¡Venga! —La obligó a ponerse de pie y le dio una palmada al trasero—. Pasa *pal* salón.

Con pasos titubeantes, Ellen salió al oscuro pasillo tapizado con terciopelo rojo. Una chica de grandes ojos asustados y constitución menuda le dedicó una leve sonrisa.

—Suerte —murmuró con amargura.

Cuando llegó al salón, la Madame estaba revisando a sus chicas antes de abrir las puertas al público. Al verla, sonrió ampliamente y se acercó a ella.

—Fíjate, parece que no has sido una mala compra finalmente —Metió un par de dedos entre la piel de Ellen y el corsé, haciendo que sus pechos sobresalieran un poco más—. Estupenda.

Tras verificar que las chicas formaban una línea recta, Madame Evelyn se acercó a la puerta doble y, con un teatral movimiento, la abrió. Apenas un segundo después, un hombre de aspecto fatigado y con un sobrepeso más que evidente, empezó a subir las escaleras hacia la sala. Con un jadeo, llegó al rellano y, apoyándose en la puerta para recuperar el aliento, pasó la vista rápidamente sobre las chicas con una mirada aburrida. Estaba claro que ya las conocía a todas pero, cuando sus ojos se posaron sobre Ellen, sonrió lascivamente mientras un cúmulo de saliva se formaba en sus comisuras.

Ella cerró los ojos con fuerza ante la terrible pesadilla que estaba a punto de vivir.

De pronto, un sonido de monedas esparciéndose por el suelo y golpeando contra los peldaños de la escalera la hizo mirar hacia la puerta, justo para ver a James con una sonrisa de niño travieso.

—Walter, esas monedas creo que son tuyas.

—¿Qué? —farfulló el hombre.

—Anda, ve a recogerlas y a jugar un poco más al póker.

Dando un amistoso empujón al hombre, que se agachó con dificultad, James entró en el salón con paso lento y mirada juguetona.

—Madame Evelyn —hizo una reverencia.

—Usted. Si ha venido a hacer más preguntas absurdas, pierde el tiempo.

James sonrió mostrando sus dientes.

—Nada más lejos de mi intención, mi señora —Sacó una bolsa repleta de monedas y esparció algunas sobre las manos de la Madame—. He tenido una buena racha y me propongo celebrarlo con alguna de sus mujeres.

—Eso ya me gusta más —Madame Evelyn contó las monedas—. Puedo ofrecerle a la exótica Esmeralda.

Una chica de piel bronceada y cabello azabache dio un paso al frente mientras con la lengua dibujaba el contorno de su carnosa boca.

James se acercó a ella y la acarició mostrando interés, mientras Ellen luchaba contra sus ganas de gritarle que no perdiera el tiempo y la sacara de allí.

—Aunque es tentadora, hoy busco algo un poco más —miró a Ellen con una intensidad y lujuria que la hicieron enrojecer— inocente y delicado.

Con pasos firmes y lentos se acercó a Ellen, que aguantó la respiración.

—Me quedo con ésta —Pasó su dedo por encima de la piel del escote de ella, que sintió como si su tacto la abrasara.

—¡Oh!, muy buen ojo señor, es nuestro juguete menos usado y novedoso.

James se acercó a la Madame y le lanzó algunas monedas más.

—Si está poco usada, la quiero hasta el alba.

Madame Evelyn sonrió con avaricia al ver las monedas relucir en sus manos.

—Suya es. Habitación del fondo a la derecha.

Mientras James se acercaba a Ellen, la chica de ojos asustados la miró.

—Has tenido suerte, es muy guapo.

Antes de que Ellen pudiera decir nada, James se acercó a ella y, agarrándola de la cintura como un saco de patatas, la elevó y se perdió con ella en el lúgubre pasillo.

Cuando James cerró la puerta tras de sí, Ellen empezó a hiperventilar dando rienda suelta a sus sentimientos. Él posó sus manos sobre los hombros de ella y buscó su mirada con desespero.

—¿Estás bien?

—Sí —jadeó.

Aliviado, la estrechó contra su pecho mientras la rodeaba con sus brazos. Ellen se sintió segura allí, tanto como lo estaba con Anthony, pero con un punto menos fraternal.

—Lo siento, lo siento, lo siento —farfulló contra su cabello—. Jamás debí dejar que hicieras esto. Ha sido una total y absoluta locura. Si algo te hubiera sucedido, yo…

—Estoy bien —musitó contra su camisa aspirando su aroma a jabón de hierbas y tierra mojada.

Unos pasos en el pasillo alertaron a James, que contra su voluntad se separó de Ellen y se dirigió hacia la cama con dosel. Tras un rápido vistazo a las sábanas de dudosa higiene, se sentó y empezó a mecer las caderas de una manera rítmica que hizo que el cabecero diera golpes contra la pared.

Ellen se tapó la boca ahogando una carcajada, señal que James malinterpretó creyendo que estaba escandalizada.

Tras cinco minutos moviendo el dosel, cuyas cortinas de gasa roja se agitaban rítmicamente. James se puso en pie y se acercó a Ellen, que se había apoyado contra una cómoda desconchada y arañada.

—Tenemos que fingir que nos entretenemos —le explicó él en un susurro.

—Buena idea.

James pegó la oreja a la puerta escuchando el exterior. A lo lejos se oían gemidos exagerados.

—No hay peligro —sonrió—. ¿Has dado con Charlotte?

—No aún no. Pero pensaré en algo.

La mandíbula de él se tensó.

—Después de lo que te he hecho pasar, no puedo pedirte que te arriesgues más.

Ellen se sintió conmovida por su pesar.

—Tranquilo, estoy bien, por suerte has llegado a tiempo y tu generoso pago me concede inmunidad hasta el amanecer.

James sonrió amargamente, antes de volver a sentarse en la cama y mecerla de nuevo con frenesí.

Cuando había transcurrido una hora, Ellen paseaba nerviosa por la habitación, luchando cada dos pasos con su corsé, que no la dejaba respirar.

—Tengo una idea —Paró en seco.

James, que estaba inspeccionando la ventana de la habitación con vistas al oscuro callejón, la miró con el ceño fruncido.

—¿Qué propones?

—Saldré en busca de vino para ti e intentaré buscar el escondrijo donde tienen a Charlotte.

James tensó los labios.

—Si dentro de quince minutos no has vuelto, saldré a por ti, así que más te vale ser rápida —Ellen sonrió mientras posaba su mano en el pomo de la puerta—. ¡Espera!

—¿Qué pasa?

—¿No pretenderás salir ahí afuera así?

Ellen se miró de arriba abajo y se encogió de hombros.

—Soy una prostituta, ¿cómo esperas que me vista?

Él soltó una ligera carcajada ante su inocencia.

—Me refiero a que se supone que nosotros… —miró hacia la cama con un brillo pícaro en sus ojos azules—. No puedes salir con ese aspecto fresco que luces ahora.

Lo evidente hizo sonreír a Ellen, que con un atisbo de rubor en sus mejillas tiró del camisón dejando al descubierto uno de sus hombros, agitó la cabeza hasta despeinar con fuerza su cabello y, acercándose a una jarra de agua, llenó un barreño de cerámica, para después hundir sus manos en ella. Con destreza mojó los rizos de su frente y la nuca, y luego, con los dedos, salpicó pequeñas gotas sobre su escote y frente.

—¿Mejor ahora?

La mandíbula de James estaba completamente desencajada.

—¿Cómo sabes con tanta exactitud el aspecto de una mujer después del sexo?

Ellen se mordió el labio inferior nerviosa. Su moderna procedencia le había jugado una mala pasada.

—He leído a Lord Byron.

Sin esperar respuesta, abrió la puerta de un tirón y salió al pasillo con el corazón martilleándole en el pecho.

Intentando olvidar lo sucedido y aclarando su mente y sentidos, miró a los dos lados del pasillo sin tener ni idea de dónde podía estar la cocina. Cogiendo una bocanada de aire viciado, decidió encaminarse hacia el fondo del pasillo.

—¿Dónde vas? —susurró una voz fina y delicada.

Ellen se quedó paralizada antes de girarse y ver a la joven de ojos asustados.

—El señor quiere un poco de vino y estoy buscando la cocina.

La chica la cogió de la mano y la llevó hasta el final del pasillo donde, tras subir un breve tramo de escaleras, se encontraron en una modesta cocina. Una puerta de madera pintada de verde llamó la atención de Ellen al instante como si su sexto sentido le quisiera decir algo.

—¿Cómo te llamas? —entabló una conversación para encontrar pistas.

—Nina —murmuró mientras de puntillas abría un armario y cogía una tina con vino.

Ellen localizó un vaso en un estante y lo cogió.

—Oye, Nina —sonrió—. ¿Qué hay ahí?

La chica abrió aún más los ojos.

—*Ná*... sólo una despensa.

Una alarma sonó en la mente de Ellen, instándola a seguir presionando a la joven.

—Madame Evelyn no es mala del todo —Ellen jugueteó con sus rizos—. Al menos, aquí no me pegará más mi hermano.

—Sí, es buena persona, aunque a veces es *mejó* con algunas que con otras —Llenó el vaso de vino que Ellen sostenía.

—¿Te refieres a que tiene favoritas?

Nina negó con la cabeza.

—No —miró a la puerta de la cocina—. Me refiero a que favorece a las jóvenes de alta cuna que llegan aquí.

La sangre se heló en las venas de Ellen, obligándose a aparentar estar en calma.

—Las jóvenes de buena casa nunca terminan siendo putas como nostras —suspiró fingiendo pesar.

—Eso no es *verdá* —Se acercó a ella—. ¿Me guardas un secreto?

—Por supuesto —Ellen sonrió con dulzura.

—Hace unos días, trajeron a una joven morena con aspecto de aristócrata —Ellen apretó los puños obligándose a sonreír—. Creo que a Madame Evelyn le enterneció el corazón, porque su aspecto no es como el de las otras.

—¿Cómo son las otras?

Nina se le acercó misteriosa.

—Como ángeles de piel blanca y cabellos de oro.

Ellen respiró profundamente intentando calmar su angustia; tenía que jugar bien sus cartas.

—No te creo —sonrió juguetona.

—Qué sí, no te miento.

—La vida me ha enseñado a no creer en lo que no veo.

Nina dudó un instante pero, tras una mirada a Ellen, se encaminó a la despensa y abrió la puerta verde.

—Míralo tú misma —musitó.

Ellen se acercó a la pequeña habitación y vio a Charlotte en un camastro hecho a base de almohadas y mantas. Parecía inconsciente y su aspecto era desolador, con su vestido violeta lleno de manchas, jirones y su cabello enmarañado.

—¿Ahora ya me crees? —Cerró la puerta.

Un grito se quedó a medio camino en la garganta de Ellen.

—¿Y las otras?

—Se las lleva Alistair, no sé dónde —Miró a la puerta—. Ésta tuvo suerte de ponerse enferma.

Luchando contra el irrefrenable deseo de abrir la despensa y abrazar a Charlotte para cuidarla y decirle que estaba a salvo, Ellen sonrió a Nina y salió de allí con pasos rápidos.

Apenas unos segundos después, entraba en la habitación y, lanzándole una mirada desesperada a James, susurró:

—La he visto… he visto a Charlotte.

XIX

*L*a cama martilleaba con fuerza la pared con golpes acompasados, mientras la mirada de Ellen se perdía en el tapizado horrible de las cortinas de la ventana.

James se acercó a ella y, posando las manos sobre sus hombros, hizo que sus caderas se detuvieran, y con ellas el movimiento del dosel.

—Intentamos hacer creer que aquí hay sexo, no una carrera de caballos desbocados. Si sigues así, harás un boquete en la pared.

Ellen se puso en pie y miró por la ventana, había una altura de tres pisos hasta el callejón.

—¿Cómo vamos a sacarla de aquí?

James tamborileó con sus dedos sobre su muslo, mientras ponía a trabajar su ingenio. De pronto, sus ojos miraron a Ellen, para después mirar a las sábanas de la cama.

Ella frunció el ceño sin comprender nada.

—Es arriesgado, pero tendrá que funcionar.

—¿Qué se te ha ocurrido?

James tensó la mandíbula y, acercándose a la ventana, miró a Ellen.

—No te va a gustar.

—Sorpréndeme —canturreó.

Él sacó su reloj de bolsillo y comprobó la hora.

—Faltan dos horas para el amanecer; propongo esperar un poco más para asegurarnos de que los clientes están lo suficientemente borrachos y las chicas lo suficientemente cansadas, para que pueda escabullirme a la cocina y rescatar a Charlotte.

Ellen asintió.

—Sigue, de momento me parece un buen plan.

—La traeré hasta aquí y, anudando las sabanas, crearemos una cuerda para posteriormente hacerla bajar hasta el callejón.

—¡Estás loco! —gritó antes de que James le cubriera la boca con la mano—. No voy a permitir que la bajes por aquí con el riesgo de que caiga, por no decir que en ese callejón puede haber de todo —farfulló contra la piel de él.

James sacó una pequeña libreta del interior de su chaqueta y arrancó una hoja.

—Tranquila, avisaré a Anthony para que esté en el callejón justo antes del alba para poder llevarse a Charlotte sana y salva.

Ellen hizo un movimiento con la cabeza sin llegar a asentir del todo. La idea no le gustaba pero era la mejor opción que tenían.

Tras revolver algunos cajones, James dio con un carboncillo en una caja con otros artilugios de maquillaje y empezó a elaborar la nota con él.

Lord Mapache,

Tienes que probar antes de desposar a Alba, que será tu callejón y evidentemente fin del estupendo y maravilloso club de los felices hombres solteros, estas putas.

¡Corre!

Curiosa, Ellen se acercó a él y leyó la nota asomándose por un costado.

—Pero, ¿qué bobada estás escribiendo?

James no pudo evitar sonreír.

—Es una nota cifrada, aquí no tengo el material necesario para elaborar una carta sellada, así que para evitar riesgos he usado un código que Anthony y yo usábamos cuando éramos niños para mandarnos notas sin que nuestra institutriz las entendiera —James le dio la hoja a Ellen y señaló con el dedo—. La clave para que mi hermano sepa que está cifrado es la palabra *mapache*, que, precedida de *Lord*, palabra de cuatro letras, le dice que el mensaje oculto está leyendo cada cuatro palabras.

Ella entrecerró los ojos y leyó con cuidado:

—*Antes alba, callejón del club hombres, corre* —Le miró asombrada—. Es brillante.

—Lo sé —dijo con una autosuficiencia fingida.

Sin dudar un instante, se quitó la chaqueta, dejándola cuidadosamente sobre una butaca cercana, para hacer lo mismo con el chaleco y los zapatos. Con una mano hábil, abrió su camisa dejando al descubierto una buena parte de piel de su pecho y sonrió con descaro a Ellen, que no podía apartar los ojos de él.

—Voy a pedirle a Madame Evelyn que mande a un mozo para que entregue la nota.

—¿Crees que lo hará?

James agitó una bolsa con monedas.

—Le daré unas brillantes razones.

Él desapareció unos minutos para regresar con una pletórica sonrisa y las manos vacías.

—Hecho. Ahora sólo nos queda esperar.

Ellen le miró con desesperación. Tenía los nervios de punta y su estómago se retorcía haciéndole sentir nauseas. Sin poder evitarlo, empezó a pasear por la habitación nerviosa, entrelazando las manos y suspirando a cada pocos pasos.

—Así que te gusta Lord Byron —James sonrió desde la cama intentando tranquilizarla.

—Yo no he dicho eso —frenó en seco y le miró.

—Creía que habías aprendido sobre sexo leyendo sus novelas y poemas.

Ellen apartó con cuidado la chaqueta de James y se sentó en la butaca.

—Leer una obra no significa que te guste su autor —se justificó—. Le leí por mera curiosidad.

—Para ilustrarte —su sonrisa ladeada iluminó sus ojos.

—Para saber por qué la señorita Jane Austen le catalogaba de hombre con moral dudosa.

—¡Ah! Mi querida Señorita Austen. Una gran mujer con una moralidad intachable.

Ellen le miró con los ojos entrecerrados. Había captado su atención.

—Creía que sólo Anthony la conocía.

—Ambos la conocemos, pero yo soy su predilecto, sin duda —alardeó juguetón—. ¿Cuál es tu novela favorita?

—Emma —respondió sin pensar.

James se inclinó hacia delante apoyando sus codos sobre sus muslos.

—Por supuesto, no podía ser otra.

—¿Por qué dices eso?

—Es un hecho comúnmente conocido que las jóvenes se identifican con las heroínas de las novelas.

Ellen se removió incómoda en su silla.

—¿Insinúas que soy una niña mimada y manipuladora?

Una carcajada musical salió de los labios de James.

—Afirmo que eres una joven valiente, mordaz y que dice lo que piensa —Sus ojos azules la traspasaron—. Pero que también posee un espíritu dulce y frágil.

—Conoces muy bien al personaje, ¿es que a caso lees novelas para mujeres? —carraspeó algo acalorada.

Él enarcó las cejas divertido.

—Sólo las novelas de la Señorita Austen; le tengo una gran estima, además —hizo una pausa mientras se levantaba de la cama—, siempre he dicho que en ese tipo de literatura reside la clave para comprender la psique femenina, y por lo tanto saber cómo seducirla.

Al verle acercarse, Ellen se puso de pie de un respingo y se asomó a la ventana, más para tomar una bocanada de aire fresco, que para comprobar si Anthony había llegado. James sonrió divertido mientras la dejaba enfriarse con la brisa de la noche.

—¿Y si no le llega? —musitó preocupada.

—¿Te refieres a la nota? —Ella asintió—. Le llegará.

Pocos minutos después, el sonido de unos cascos de caballo contra el pavimento alertó a Ellen, que vio como un carruaje se adentraba en el callejón.

—James —susurró ella.

Él se asomó justo a tiempo para ver a su hermano, que descendía del coche con el semblante preocupado. Ellen le saludó con la mano y Anthony hizo un gesto con la cabeza.

—Ellen, quédate aquí anudando las sábanas de la cama, asegúrate de que los nudos son lo suficientemente resistentes, ¿de acuerdo?

—Entendido.

Sin pensárselo mucho, James salió al pasillo e intentando no hacer ruido se encaminó hacia la dirección que Ellen le había indicado, en busca de la puerta verde de la despensa. No tardó mucho en dar con el lugar exacto y, tras cerciorarse de que nadie le había visto, abrió la puerta de la despensa con cuidado. Charlotte emitió un gemido ahogado cuando James la acomodó entre sus brazos y, con pasos rápidos y silenciosos, volvió al cuarto, donde Ellen, que espiaba por una pequeña rendija de la puerta entreabierta, le cedió el paso.

—¡La tienes! —Se inclinó sobre su amiga poniéndole una mano en la frente.

Charlotte lucía como una niña desvalida.

—No hay tiempo que perder, hay que bajarla.

Ellen pasó un extremo de las sábanas por debajo de los brazos de su amiga y lo ató con fuerza, deseando que fuera suficiente para soportar su peso. James se aseguró tirando del nudo y sonrió a Ellen.

—Buen trabajo.

Sin perder ni un solo instante y con mucha lentitud, fue deslizando el cuerpo de Charlotte por la ventana mientras, abajo, Anthony se echaba las manos a la cabeza. Cuando el cuerpo de la chica estuvo completamente fuera, la sábana se tensó y James fue bajándola poco a poco. Las piernas y los brazos de la joven se tambaleaban con cada nuevo tramo de sábana que liberaba.

Ellen apartó la mirada, no quería verlo.

—Ya falta muy poco —la voz de James sonó tensa.

Ellen se asomó para ver como, desde abajo, Anthony estiraba los brazos hacia el cuerpo de Charlotte, que estaba apenas a algunos metros, pero de pronto un sonido rasgando les alertó para ver justo a tiempo como la improvisada cuerda de sábanas se sesgaba por la mitad. En un alarde de agilidad, Anthony agarró a Charlotte salvándola de una dura caída y, tras dedicar una mirada a su hermano, se metieron en el coche para desaparecer rápidamente por la calle colindante.

Ellen se llevó la mano al pecho como si así pudiera contener su desbocado corazón.

—Ha faltado poco —sonrió.

James hizo caso omiso del comentario de ella mientras inspeccionaba la raída sábana.

—Esto complica mucho tu huida.

—¿Mi huida?

James asintió con el semblante serio.

—Tenía planeado bajarte a ti después, usando la misma técnica —Ellen abrió la boca asustada—. No me mires así, no puedes salir de aquí caminando junto a mí como si nada pasara.

Unos golpes en la puerta les hicieron quedarse mudos.

—Caballero, está amaneciendo y, a no ser que tenga más libras, va siendo hora de que deje a mi chica descansar. Le doy cinco minutos.

—Maldición —farfulló James abriendo todos los cajones que encontraba a su paso—. Hay que encontrar más sabanas.

Ellen le ayudó con el pulso martilleando en sus sienes, estaba aterrorizada.

—James, no hay nada que nos sirva.

—Sí lo hay —De un tirón fuerte, descolgó las cortinas de la ventana.

—No será suficientemente largo.

Dedicándole una rápida mirada, James subió un pie a la cama y sacó una daga de un amarre de su pantorrilla. Ellen no supo por qué, pero aquello la hizo enrojecer.

Con una destreza propia de un carnicero, James cortó la tela en cuatro piezas alargadas que anudó eficientemente.

—No hay tiempo que perder —Ató las cortinas alrededor de la cintura de Ellen—. Escúchame con atención. Cuando llegues abajo, quiero que corras hacia el norte; estamos a cuatro calles de la librería donde ensayabas con Anthony.

Ella tembló.

—Pero, a estas horas estará cerrado.

James metió la mano por el cuello de su camisa y sacó un largo cordel de cuero del que colgaba una llave.

—Corre tanto como puedas. Yo te veré allí.

Deslizó la cálida llave en el cuello de Ellen y ató con firmeza el otro extremo de las cortinas a la pequeña barandilla de hierro forjado que decoraba el alfeizar de la ventana.

—Antes de bajarte, tengo que pedirte un favor —Cogió un candelabro y apagó las velas—. Yo debo mantener mi coartada aquí un poco más, para eso debo fingir que te escapaste después de dejarme inconsciente.

Ellen miró el candelabro que le ofrecía.

—Por mucho que a veces me atraiga la idea de golpearte, no pienso hacerlo.

—Vamos —sonrió con un punto divertido.

—No —entrecerró los ojos.

—Señor, ha llegado la hora, voy a entrar —amenazó Madame Evelyn desde el otro lado de la puerta.

Sin darle tiempo a reaccionar, James cogió en volandas a Ellen y la sentó en el alfeizar de la ventana.

—Deberás bajar sola, no hay tiempo.

Los ojos de Ellen miraron los metros que la separaban del suelo y palideció, volviendo a mirarle.

—James —jadeó asustada.

Unos nuevos golpes en la puerta aceleraron las cosas. Ellen cogió las cortinas antes de dejarse caer, ahogando un grito de pánico, mientras veía una última imagen de James que, después de golpearse con fuerza la cabeza con el candelabro, se deshacía de su ropa para, después, tirarse al suelo. La panorámica de su trasero, hizo que Ellen perdiera la fuerza, deslizándose dos metros de golpe. El tirón la dejó sin aire mientras se balanceaba. A lo lejos, oyó la voz de la Madame que intentaba despertar a James. Ellen se armó de coraje y, apoyándose en la pared, fue descendiendo poco a poco. De pronto, un grito la alertó.

—Pequeña zorra, ¡dónde crees que vas! —bramó la Madame desde la ventana.

Alarmada, Ellen se dejó caer con la esperanza de que la cortina fuera más corta que la longitud que le quedaba por salvar para no estamparse contra el suelo; para su desgracia, lo fue demasiado, quedándose colgada a metro y medio. Con fuerza, Madame Evelyn empezó a tirar de la cortina haciendo subir a Ellen, que temió ponerse a gritar. Con los dedos entumecidos de la fuerza que había tenido que usar en el descenso, desanudó la cortina de su cuerpo e irremediablemente aterrizó contra el suelo, golpeándose de costado. Echando una rápida mirada a la Madame, que profería gritos e insultos, salió corriendo calle arriba. Sus pies descalzos emitían un sonido sordo con cada nueva zancada, mientras esquivaba la fauna propia de aquellas horas de la mañana, compuesta por prostitutas cansadas, jugadores borrachos y maleantes.

Cinco minutos después, y sin mirar atrás, llegó a la puerta de cristal y madera de la librería y, con manos temblorosas, metió la llave en la cerradura. Un segundo más tarde, cerraba por dentro y corría tras el mostrador, quedando oculta entre las sombras. Poco después, dos fornidos hombres pasaban corriendo por enfrente del establecimiento. Sin duda, eran los matones de Madame Evelyn, que la estaban buscando.

En respuesta a la subida de adrenalina y los nervios de su osada aventura, Ellen empezó a temblar y no paró hasta que, media hora más tarde, unos suaves golpes la hicieron asomarse discretamente por encima del mostrador. Al ver a James llamando a la puerta salió corriendo y le dejó entrar. Él cerró y, cogiéndola de la mano, la llevó al ático. Cuando la seguridad del lugar les dio la bienvenida, James sostuvo la cara de Ellen entre sus manos y la miró preocupado.

—¿Estás bien?

Ella le miró sin moverse mucho; parecía haber entrado en un estado de shock.

James la acompañó hasta el piano y la sentó en la banqueta como si fuera una muñeca. Tras verificar que ella no se movía, entró en una pequeña cocina, para salir poco después con un paño mojado. Se arrodilló frente a ella y, poco a poco y con delicadeza, borró el exagerado maquillaje del rostro de Ellen.

—Será mejor que nos deshagamos de esto antes de volver a casa o Edgard sufrirá un infarto.

Algo similar a una sonrisa bailó en los labios de ella y, presa de un arranque de valentía, se abrazó a él; necesitaba sentirse segura. James correspondió al gesto sin dudarlo.

—Llévame a casa por favor —suplicó como una niña.

La búsqueda de un coche de alquiler y el viaje de vuelta a casa, fueron lo último que pudo soportar Ellen que, agotada, se durmió en el carruaje. Conmovido por la belleza de la joven mientras dormía, James la cogió en volandas cuando llegaron y, ganándose una intensa mirada de asombro y reprobación por parte de Edgard, entró en la abadía.

XX

$\mathcal{T}$ras despertar con una sensación de cansancio en su cama, Ellen se había lavado, perfumado y puesto uno de sus vestidos de mañana, para bajar a la planta baja por las enormes escaleras de la abadía. Cuando sólo estaba en la mitad del recorrido, se encaminó hacia el gran ventanal del rellano, cubierto con una gruesa cortina, y lo abrió para que la luz entrara. Había tenido suficiente con unas horas en el lúgubre y oscuro burdel, y ahora necesitaba luz en su vida, una luz limpia y pura, que le recordaba que debía dar las gracias por su procedencia y clase social. Cuando sus ojos se acostumbraron a la claridad, descendió hasta el distribuidor y empezó a abrir todas las cortinas, haciendo que la entrada se iluminara con la luz cálida de la mañana.

—¿Cómo te encuentras, Ellen?

Ella miró al hombre de ojos tiernos y sonrisa de niño inocente que le hablaba desde la entrada al pasillo que llevaba al despacho. Sin pensarlo un momento, y saltándose las normas de decoro, se arrojó a los brazos de él, hundiendo la cara en su pecho y sintiéndose segura al momento. Asombrado, pero feliz con la cercanía de la chica, él bajó la cabeza oliendo el perfume de sus cabellos y acercándola aún más a su cuerpo. No se cansaba nunca de tenerla entre sus brazos. Cuando la inocencia del contacto pasó a ser una sensación cálida que ascendía por el cuerpo de Ellen, se separó un poco y escrutó los ojos azules que brillaban con deseo bajo una frente que presentaba un corte reciente encubierto por un mechón de cabello.

—¡James! —Se separó nerviosa a pesar de que algo en su mente gritaba que siguiera perdida entre sus brazos.

—Lo siento, no he tenido tiempo de decirte que era yo.

Las mejillas de Ellen ardieron y, antes de que pudiera hacer o decir nada más, Anthony descendió por las escaleras acompañado de un hombre de mediana edad con un maletín.

—Gracias por todo, Doctor Miller, le mantendré informado de nuestra decisión.

El médico asintió mientras terminaban de bajar.

—Lo lamento de veras, es un caso complejo.

Anthony se limitó a asentir amargamente.

—Edgard, ten la bondad de acompañar al doctor a la salida —El mayordomo que había aparecido al oír las voces, asintió—. De nuevo, gracias doctor.

Tras estrecharse la mano, Edgard acompañó al médico hasta la puerta.

—¡Ellen! Me alegra verte mejor.

Anthony dio un paso hacia ella y, esta vez, con la certeza de saber quién era, Ellen se echó en sus brazos. Él la abrazó, cada vez más habituado al íntimo contacto.

—¡Anthony!

—Ni te imaginas lo preocupado que me tuviste todo el día —Ella hizo un leve sonido—. Ellen, gracias por ser tan sumamente excepcional y valiente y devolver la dicha a mi vida al rescatar a Charlotte.

—Tuve ayuda —Se apartó un poco de su amigo y miró a James, que parecía nervioso.

Él se movió incómodo. Durante veinticuatro horas, los celos habían desaparecido de su mente, ya que la tarea de rescatar a

Charlotte los había aplacado con otros sentimientos más importantes; pero, ahora que estaba superado, habían vuelto y, a juzgar por su ansiedad, con mucha más fuerza.

—No te quites mérito —soltó el aire al ver que Ellen y Anthony dejaban de abrazarse—. ¿Qué ha dicho el doctor?

Anthony se puso serio.

—No son buenas noticias.

—¿Está bien Charlotte? —Los ojos de Ellen se abrieron como platos.

—Me temo que la drogaron repetidamente y ahora su cuerpo está sobrecargado con alguna sustancia dañina que la mantiene en coma.

—Pero seguro que existe un fármaco que puede despertarla —miró a los dos hermanos rápidamente—. ¿Verdad?

Anthony se balanceó nervioso.

—Ahí reside el problema, el doctor no sabe a ciencia cierta qué droga la ha sumido en ese trance y sospecha de dos sustancias, que al parecer reaccionan igual en el ser humano, pero son de distinta naturaleza.

—¡Pues que le de los dos remedios! —Ellen sonó desesperada.

—No es tan sencillo, si le administra el remedio equivocado su corazón puede pararse, así que estamos ante una encrucijada.

Ellen se acercó a la barandilla de la escalera y se cogió con fuerza; sus piernas parecían no sostenerla.

—¿Quieres decir que o se queda como está o podemos matarla en el intento de recuperarla?

Anthony asintió amargamente y Ellen temió ponerse a gritar. En aquella ocasión, vivir en el siglo XIX suponía un gran problema al no contar con los medios médicos suficientes para salvar a su mejor amiga.

Tras pasar la mañana y parte de la tarde en la habitación frente a la suya, donde habían instalado eficientemente a Charlotte, Ellen bajó al despacho dispuesta a averiguar qué clase de droga corría por las venas de su amiga. Algo le decía que entre las cartas debía quedar algún residuo o restos de olor que pudieran indicarle qué era.

Al entrar, no localizó al instante a James, que, dormido en uno de los sillones frente al fuego, presentaba un aspecto de niño inocente que la conmovió. La herida de su frente se había empezado a rodear de un hematoma morado y, sin pensar en lo que hacía, se acercó a él y pasó los dedos alrededor del corte. Con un acto reflejo, y a la velocidad del rayo, James abrió los ojos apresando la muñeca de Ellen, que ahogó un grito de terror. Al reconocerla, la soltó.

—Perdona, estaba teniendo una pesadilla.

Los ojos azules de James brillaban al son de las llamas de la chimenea, mientras Ellen seguía peligrosamente cerca de él. Su olor la emborrachaba y la leve sonrisa que apenas podía percibirse en sus labios la seducía para que fusionara los suyos con los de él, dando rienda suelta a lo que sentía, pero un pensamiento la había mantenido a raya y era que ella estaba de paso en aquella época. Aún no sabía cómo y por qué había despertado en 1816, pero estaba segura de que tarde o temprano aquello terminaría, y era mejor que finalizara con un deseo respecto a James, que con su corazón roto por su causa.

—No pasa nada —Ellen se encaminó al escritorio acariciando los papeles que componían las pistas para aclarar un poco su mente—. Siento que no tengamos rastro del paradero de Elizabeth.

James se puso en pie y se acercó al escritorio, posicionándose peligrosamente cerca de ella. A pesar de que creía que ella estaba enamorada de su hermano, no podía evitarlo, necesitaba su cercanía.

—Seguiré investigando, sigo siendo un miembro respetable de Cernunnos —Agitó la invitación con el siniestro carnero que había sobre la mesa.

De pronto, algo volvió a la mente de Ellen; era un dato olvidado, pero de vital importancia.

—¡Nina!

—¿Nina?

Ellen asintió.

—Sí, la joven delgada de ojos asustados del burdel.

—¿Qué pasa con ella?

—Cuando estaba buscando el escondite de Charlotte, conseguí sonsacarle bastante información —Se echó las manos a la cabeza mientras sonreía—. ¿Cómo pude olvidarlo?

James le sonrió con compasión.

—Bastante tuviste como para, encima, recordar otros detalles al momento.

—Sí... de todas maneras, tengo una pista maravillosa. Nina me dijo que un tal Alistair solía llevar a chicas rubias de ojos azules al burdel para luego venderlas y que por suerte para Charlotte, a parte de su aspecto distinto, estaba enferma.

—Alistair... —murmuró James empezando a pasear por la sala—. No me suena ningún miembro con ese nombre.

—Quizás si preguntas a los otros integrantes del club, puedas dar con él.

Él sonrió pletórico.

—Eres una criatura excepcional —Ellen se sonrojó con el cambio de tema—. Si no hubiera sido por ti y tu inteligente colaboración, jamás habría conseguido todo esto.

Un hormigueo cálido se apoderó por completo del cuerpo de ella, mientras James se acercaba acorralándola entre la butaca y el escritorio.

"Esto es un error, saldrás herida" —se auto convenció cuando a él le quedaba menos de un metro para tocarla.

James se movía por instinto, la deseaba, perteneciera a quien perteneciera su corazón.

—Ellen... —ronroneó.

Ella puso una mano firme en el pecho de él, frenado su avance y abrió sus enormes ojos grises que brillaban aún más sobre sus sonrojadas mejillas.

—¡Anthony!

James dio un paso atrás, decepcionado.

—¿Qué pasa con mi hermano?

—Debemos investigar para saber qué droga corre por la venas de Charlotte.

Ella, se inclinó sobre el escritorio y llenó una caja, que contenía unas flores secas, con algunas cartas y el diario de Elizabeth.

—Sabes que mi hermano ama a Charlotte, ¿verdad?

Ella le miró sin comprender a qué se refería, mientras con pasos rápidos huía de la proximidad de él.

—Lo sé, y precisamente porque quiero la felicidad de ambos debo ayudarles.

Él se dejó caer en la butaca frente al escritorio con el ceño fruncido.

—Muy altruista por tu parte —soltó una carcajada irónica.

Algo se removió en el interior de Ellen, causándole un sentimiento de ira.

—Quizás a ti no te importe un bledo la salud de mi amiga, y por supuesto no estoy pidiendo tu ayuda, así que tú dedícate a rescatar a tu amada Elizabeth, que yo hare lo propio con Charlotte.

Sin dejar lugar a que él respondiera y dando un sonoro portazo, Ellen desapareció de allí dejando que James se sintiera como el peor ser sobre la faz de la tierra.

✺✺✺✺✺✺✺

La cabeza de Ellen bullía entre las palabras de Elizabeth en su diario, las notas de amor de su secuestrador y, lamentablemente para ella, el residuo del enfado que el poco tacto de James le había producido. Él no era más que un aventurero libertino, amante del riesgo, de las peleas por dinero y seguramente de las prostitutas; no comprendía cómo por un breve lapso de tiempo había creído que podía ser un ser dulce y atento a quien querer. Sin duda, aquellas cualidades se las había quedado todas el bueno de Anthony. Agobiada, se acercó a la ventana observando la luz de la luna, que, cuando alguna nube lo permitía, iluminaba la superficie del lago lejano. Estaba atrapada en lo que ella consideraba la época más romántica de todos los tiempos, donde las galanterías y el honor aún significaban algo, pero no había nada de eso para Ellen. Mientras suspiraba, dejó vagar la vista sobre los pergaminos y reparó en las flores secas.

—Hasta los secuestradores son más románticos que James.

En un acto reflejo, se acercó a las rosas y las olió como si algo de la fragancia y su romanticismo aún pudiera permanecer en ellas. Al instante, un fuerte mareo se apoderó de ella haciéndola tambalearse para, unos minutos después, caer estrepitosamente contra el suelo.

Al parecer, las flores sí que conservaban algo.

XXI

$\mathcal{L}$os enormes ojos vidriosos de Edgar fueron lo primero que vio cuando recobró la consciencia tumbada en el diván de su habitación. Al verla abrir los párpados, una feliz pero breve sonrisa apareció en los labios del mayordomo.

—Parece que despierta.

Anthony se inclinó sobre ella con el rostro pálido.

—¿Estás bien?

Ellen se sentó sintiendo aún los efectos de la droga en su adormecida mente.

—Llama al doctor.

Los ojos de Anthony se abrieron como platos haciendo palpable su preocupación y sosteniendo la mano de su amiga con fuerza.

—¡Corre, Edgard, manda ir a buscarle!

El mayordomo abandonó la estancia a toda prisa.

—Ellen, ¿qué te sucede?

Ella le miró sonriente.

—A mí, nada importante, pero sé que droga usaron con Charlotte.

—¿Cómo es eso posible?

—Las flores —señaló con la mano las rosas muertas sobre la alfombra—. Estaba buscando alguna pista sobre la droga y las olí sin pensar mucho en lo que hacía.

Anthony abrió la boca preocupado.

—Ellen, podías haber enfermado.

—Estoy bien, y ha valido la pena para saber que es láudano lo que corre por las venas de Charlotte.

Anthony se inclinó y recogió las rosas inspeccionando su interior; un polvo negro voló delicado al separar unos pétalos.

—¿Cómo no se nos ocurrió mirar en las flores? —murmuró para sí.

—Os dije que os hacía falta un punto de vista femenino. Sé qué droga es porque mi madre es una amante del láudano y en ocasiones me lo ha administrado sin saberlo yo en el té y posteriormente me provoca un dolor de cabeza… —Se llevó la mano a la frente— terrible, como éste de ahora.

—No es láudano, Ellen —Ella le miró decepcionada—. Es su esencia; esto es opio.

✧❧❀❧✧❀❧✧

El Doctor Miller llegó una hora antes del alba con el remedio para despertar a Charlotte. Tras administrárselo vía intravenosa, y a pesar de las negativas de Anthony para que se fuera a su cama a descansar, Ellen se había acurrucado en un sillón junto a la cama de su amiga a la espera de que despertara. Mientras las horas pasaban, una idea le punzaba el corazón, James no se había preocupado por ella y su desmayo. Seguramente, andaría perdido en el despacho, entre las pistas de Elizabeth, que de nuevo era su prioridad.

—¿Cómo has podido estar tan ciega? —farfulló para sí misma.

Unos ligeros golpes sonaron en la puerta y sin esperar respuesta el rostro de Anthony apareció tras ella.

—¿Cómo está?

Ellen se sentó, alisando su falda con esmero.

—Aún está dormida, pero me parece que tiene mejor color —Acarició la mano de Charlotte—. ¿No crees?

Él se acercó cauto y sonrió con lástima quedándose a los pies de la cama.

—Anthony, ¿has notificado a sus padres que está sana y salva?

—Me cuesta reconocer esto, pero... —bajó la mirada—. No he podido. No me malinterpretes, supongo que el Señor y la Señora Bray deben estar ansiosos por tener noticias de su hija pero, a pesar de que redacté la misiva, me fue imposible mandarla.

Ellen le dedicó una tierna mirada.

—¿Estabas esperando a que ella mejorara?

—Me temo, querida amiga, que mi propósito era mucho más egoísta. No quería tenerla lejos de nuevo.

Conteniendo unas enormes ganas de dar un grito de emoción ante lo romántico de las palabras de Anthony, Ellen se llevó las manos al pecho.

—A pesar de la situación, me parece lo más dulce del mundo.

—Pero está mal, muy mal —Negó con la cabeza apesadumbrado—. Me temo que no seré capaz de informar a los Bray yo mismo, me faltan fuerzas y voluntad. ¿Podrías mandar tú la carta? Está redactada y lista para su envío en el primer cajón de mi escritorio, simplemente dásela a Edgard para que la envíe.

Ellen se puso en pie con una sonrisa y se encaminó hacia la puerta. Anthony siguió sus pasos y ella frenó, girándose para encarar a su amigo.

—Sé que es indecoroso, pero debo pedirte algo —Él frunció

el ceño—. ¿Podrías quedarte junto a ella por si despierta? Estará aterrada y deber ver una cara amiga al volver en sí.

Anthony titubeó un segundo, pero finalmente se sentó en el sillón que había ocupado Ellen.

Tras echar una rápida mirada, salió de la habitación sintiéndose bien por haber podido dejar a solas a Anthony con Charlotte. Sabía que él disfrutaba hasta el más mínimo segundo con ella.

Llenando de aire sus pulmones, descendió por la escalera hasta la planta baja y se encaminó decidida al despacho, donde sabía que estaría James absorto entre sus papeles. Estaba dispuesta a entrar sin decirle nada y dirigirse al escritorio del otro extremo de la estancia, el de Anthony, para recuperar la carta y salir corriendo de allí. Estaba furiosa con James.

Cuando la puerta del despacho se abrió, se quedó decepcionada; estaba vacío. Con pasos lentos, cruzó la habitación y, acercándose al escritorio de Anthony, abrió el primer cajón usando un tirador cromado y metió la mano. El tacto le reveló varios pergaminos, por lo que lo abrió un poco más para inspeccionar su contenido. Sacó varias cartas selladas con lacre y una sin terminar. Todas, excepto una que estaba dirigida al Señor Bray con una dirección del norte de Escocia, contenían el nombre de Charlotte como destinatario. Apartando a un lado la misiva que realmente había ido a buscar, se sentó en la butaca frente al escritorio y leyó la carta incompleta.

Apreciada Señorita Bray,

Son muchos los escritos que he intentado realizar para expresarle algo que en persona soy incapaz de transmitir, puesto que su sola presencia y su belleza me dejan sin habla. Durante muchos meses, la he admirado profundamente,

tanto que me duele respirar, y si usted fuera capaz de dar-
me una oportunidad estaría encantado de entablar algo más
que una profunda y sincera amistad con su dulce persona.

La boca de Ellen se abrió mientras dibujaba una sonrisa bo-
balicona.

—Yo habría perdido las bragas —murmuró.

—¿Disculpe?

Ella dio un respingo en la butaca mirando hacia Edgard, que,
de pie junto a la puerta del despacho, la miraba con su semblante
arrugado y serio.

—Yo… no… he dicho…

—Si precisa de mi ayuda para buscar sus bragas, será un placer ayudarla, aunque deberá ilustrarme sobre de qué objeto se
trata, ya que me es totalmente desconocido.

Una carcajada amenazó con salir de la boca de Ellen, que
tosió para disimular, mientras sus mejillas enrojecían.

—Bueno, Edgard, unas bragas son… unos pequeños artilugios planos de metal para recoger el cabello —improvisó—. Al
desmayarme, creo que perdí un par.

—Daré orden a la doncella de que las busque.

—Gracias.

Sin hacer ruido, el mayordomo cerró la puerta y Ellen se cubrió la boca mientras un ataque de risa la hacía llorar. Debía ser
más cuidadosa.

Cuando consiguió reponerse, volvió su vista a las cartas.
Charlotte merecía ser amada con aquella intensidad, y realmente
no había sido justa con Anthony, pues ni tan sólo se había es-
forzado en conocerle. Miró al escritorio de James, que quedaba
justo enfrente y bufó. Quizás ella no tendría un amor de novela,
pero su amiga sí.

Decidida a cambiar el curso de las cosas, Ellen se encargó de mandar la misiva que advertía a los padres de Charlotte de su ubicación mientras, dispuesta a jugar a ser *Emma*, se guardaba las cartas de amor de su amigo.

XXII

$\mathscr{R}$eordenó las cartas en su mano, colocándolas en el orden correcto y con su semblante más serio e impasible las dejó sobre la mesa para que sus oponentes pudieran verlas.

—Escalera real —se permitió el lujo de sonreír mientras recogía sus ganancias con ambas manos.

—¡Vamos, Mackenzie! Es la tercera mano seguida que ganas.

—Es mi noche de suerte.

Uno de los miembros de Cernunnos se levantó al ver pasar una prostituta cargada con una jarra de vino. James la escrutó discretamente; no, no era Nina.

Tras la conversación con Ellen en su despacho y lo mal que había terminado todo entre ellos, había cogido una buena suma de dinero y se había marchado al club para seguir con las averiguaciones. Tenía que sonsacar a alguno de los miembros quién era el tal Alistair y conseguir hablar con Nina para lograr más pistas sobre el paradero de la joven Elizabeth. Para su desgracia, tras pasar más de ocho horas jugando al póker y bebiendo, ninguno de sus colegas había arrojado luz al caso sobre el misterioso secuestrador, por lo que ahora sólo quedaba una alternativa, Nina.

En ocasiones, Madame Evelyn dejaba que algunas de sus chicas bajaran a la primera planta para mostrar sus encantos, un reclamo que solía enriquecer a la Madame, ya que los borrachos y adormilados hombres del club, se dejaban encandilar por un par de pechos en cuanto los veían.

James se puso en pie e hizo una reverencia con la cabeza.

—Señores, un placer ganarles.

Un par de hombres le abuchearon mientras se alejaba en dirección al salón, donde varios sillones lujosamente tapizados estaban colocados frente a una chimenea y algunos hombres fumaban puros y bebían whisky de malta. James echó un rápido vistazo pero no encontró a Nina. Recordaba haberla visto como habitual en aquella planta y, a pesar de no saber cómo se llamaba, sí se acordaba de sus enormes ojos asustados. Tras pasar por la sala de color verde oscuro llena de almohadones de estilo oriental y fuerte olor a opio, verifico que ella tampoco estaba atrapada entre los brazos de ningún hombre en el fumadero. Resignado, llegó a la conclusión de que Nina estaría en el burdel, pero antes de que pusiera un solo pie en la escalera que le llevaría al ático, la vio salir de un cuartito para el servicio.

—¡Nina!

Ella le miró con los ojos más abiertos que de costumbre mientras se acercaba con pasos sinuosos y decididos.

—¿Sí?

—Dime, ese cuartito del que sales, ¿está vacío ahora?

—Señor, Madame no quiere que hagamos *na* fuera del ático, estoy aquí sólo *pa* recordar que arriba está el putiferio.

James sonrió dulcemente mientras la empujaba al cuarto del servicio, que resultó ser un armario de ropa blanca.

—No quiero sexo, no sufras —Ella le miró desconfiada mientras cerraba la puerta—. Sólo quiero información.

Nina frunció el ceño al ver cómo James sacaba algunas monedas y las ponía en la palma de su mano.

—¿Qué quiere *sabé*? ¿El nombre de la puta que le atizó?

Él contuvo una sonrisa.

—Me interesa otro nombre. ¿Quién es Alistair?

Nina se removió nerviosa dando un paso atrás hasta que chocó contra unas sábanas rojas.

—No le he visto nunca.

—¿Pero sabrás algo de él? —Dejó caer un par de monedas más en la mano de la chica.

—Sé que traen jóvenes, pero no *pal* putiferio de mi Madame, porque después de unas horas allí bajo el cuidado de Camille, Alistair se las lleva.

James le dedicó una dura mirada.

—¿Nunca le has visto?

—No señor, nunca.

—¿Dónde las lleva?

—No lo sé, señor.

Los inmensos ojos de la chica le indicaron que no mentía y que poco más sabía.

—¿Quién es Camille? ¿La de aspecto exótico?

—No, Camille es la puta desdentada.

Él asintió, mientras se hacía a un lado y Nina salía del armario a toda prisa.

Sin más dilación, James subió directo al ático. Camille tenía que ser la respuesta a sus incógnitas.

Al verle entrar por la puerta doble, Madame Evelyn ahogó un grito de terror. Aquel hombre no hacía más que traerle problemas, ya que la última vez que había frecuentado el burdel, le tuvo que devolver todo lo pagado por la noche con la nueva prostituta, por haber sido agredido.

—Madame Evelyn —James hizo una reverencia.

—Señor —le sonrió sin ganas—. No vendrá a reclamar una indemnización por lo que le sucedió, ya le dije que yo no me hacía responsable de algunas circunstancias.

—En absoluto, mi señora, vengo a por diversión y esta vez quiero ir sobre seguro y estar con una de las veteranas. Se rumorea que tiene usted a una chica en nómina con pocos dientes que hace que un hombre esté en el cielo en pocos minutos.

James dejó unas monedas sobre el mostrador que frecuentaba la Madame.

—¡Camille! —A los pocos segundos la chica apareció con el carmín corrido y un aspecto poco higiénico—. Que disfrute, señor.

—Eso espero —James sonrió mientras seguía a Camille, que apenas le había mirado.

Ambos se adentraron en el lúgubre pasillo hasta una puerta entreabierta de la que salía un olor intenso que amenazó con marear a James. La habitación no tenía ventanas y aquello se notaba.

—¿Qué va a *sé*? —Camille sonrió cerrando la puerta.

—Necesito algo de ti y no es lo habitual —James sacó la bolsa con monedas.

Sin que lo viera venir y con una velocidad pasmosa, Camille se arrodilló frente a él y empezó a desabrocharle los pantalones.

—Déjese, es mi *especialidá*.

James la cogió por los hombros poniéndola de pie como si no pesara nada.

—No es eso lo que quiero.

—A Madame no le gustan las cosas raras.

—Tranquila, sólo busco respuestas a un misterio.

Ella frunció el ceño hasta que las monedas empezaron a salir del saquito de James, haciendo brillar la avaricia en los iris de Camille.

—¿Qué misterio?

—Estoy buscando a un amigo —ella entrecerró los ojos—. Se llama Alistair.

El rostro de la prostituta se puso serio un segundo para, después, brillar con una sonrisa.

—Si quiere *sabé* cosas sobre él, me *tendrá* que dar más de éstas —mordió una moneda con las encías.

James dejó caer todo el contenido del saco sobre el suelo y Camille se arrodilló cogiendo las monedas.

—¿Qué puedes contarme?

—Venía *to* los jueves y se llevaba las putas nuevas que traían, pero éste ya no ha *venío*. Creo que ha *tenío* problemas con la Madame por la chica morena —bufó—. Tanto que le costó comprársela, *pa* que la muy zorra se escapara con la nueva.

Él se puso de cuclillas para mirar a los ojos de Camille.

—¿De dónde salían las chicas nuevas?

—No lo sé. Yo simplemente les quitaba las joyas y cosas de *való pa* dárselo a la Madame.

—¿Y Alistair, cómo es?

Camille entrecerró los ojos poniéndose de pie mientras ponía las monedas en su canalillo.

—¿No ha dicho que le conocía?

—De eso hace años, éramos unos niños.

—Pues ni con más monedas se lo diría, nunca le vi.

James ahogó un rugido de frustración, estaba en un callejón sin salida de nuevo. Tan sólo sabía con certeza lo que sospechaba.

Agobiado por el peso de la misión, salió del club usando la salida del callejón y empezó a vagar sin sentido por las calles a pesar de ser altas horas de la madrugada. Necesitaba una pista fiable que le condujera a Alistair, porque con cada nuevo amanecer aumentaban las posibilidades de no encontrar nunca a Elizabeth.

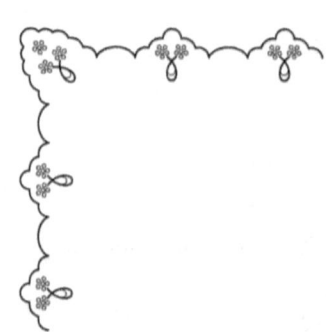

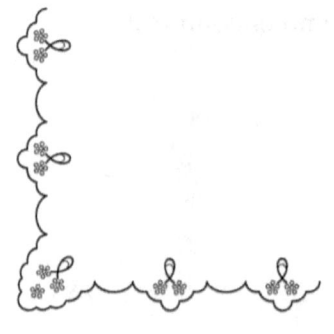

XXIII

$\mathcal{L}$as familiares voces que susurraban cerca de ella se filtraron en sus pesadillas hasta que la realidad empezó a ganar terreno, haciéndola despertar en una sensación de nebulosa, que hacía que sus miembros hormiguearan doloridos y que su cabeza se sintiera como en un banco de niebla.

—Hace más de un día que el doctor le administró la cura; creo que deberíamos volver a llamarle —la voz de Ellen sonaba un poco desesperada.

—Creo que tienes razón. Aunque su aspecto ha mejorado notablemente, aún luce ese aire enfermizo en su piel —Se oyeron unos pasos que acompañaban a la voz de Anthony.

—Sabéis que hablar así de mí es de muy mala educación —balbuceó Charlotte con un hilo de voz.

Ellen saltó de su asiento para sentarse en la cama junto a su amiga, mientras Anthony se quedaba nervioso a los pies de la misma.

—Charlotte, ¿cómo estás?

—Como si me hubiera caído de un acantilado.

—Pobrecita —Ellen la abrazó y Charlotte soltó un gemido—. Perdona.

Con mucho cariño, Ellen le dio de beber un poco del agua que había sobre la mesilla de noche y sonrió aliviada al ver a su amiga despierta.

—¿Dónde estoy? —sus ojos enfocaron a Anthony e instintivamente se cubrió con la sábana hasta el cuello—. ¡¿Señor Mackenzie, qué hace aquí?!

Anthony se puso algo rojo.

—Mis disculpas, las dejaré a solas —Sin decir nada más, salió casi corriendo de la habitación.

Ellen meneó la cabeza. Quería contárselo todo a su amiga, pero no debía saturarla con la información hasta hacer una evaluación de daños.

—¿Recuerdas lo que te pasó?

—Hubo un baile en casa y… —frunció el ceño—. No lo recuerdo con exactitud, sólo sé que conocí a alguien en el jardín, pero está todo… borroso.

—Tranquila, es normal haber perdido un poco de memoria después de lo que te ha pasado.

Charlotte se sentó con movimientos lentos en la cama y la miró con los ojos asustados.

—Ellen, ¿qué me ha pasado? ¿Dónde estoy?

—Estamos en la Abadía de los Mackenzie.

—¡¿Qué?! —se cubrió la boca alarmada—. Mis padres sufrirán un colapso si se enteran.

Ellen le acarició un hombro para tranquilizarla mientras la miraba dulcemente.

—Charlotte, te lo contaré todo, pero prométeme que mantendrás la calma. Ahora estás aquí, a salvo —Sonrió con picardía—. Con Anthony.

—¿Con Anthony? ¿Desde cuándo le llamas Anthony?

Ellen inclinó la cabeza coqueta mientras suspiraba exageradamente.

—Desde que te salvó de un terrible destino.

—¿Anthony Mackenzie, el ser más anodino del planeta, me salvó?

—Iré a pedir que te suban un té y te lo contaré con todo lujo de detalles. Descansa mientras vuelvo.

Ellen le guiñó un ojo mientras Charlotte sacudía la cabeza.

Unos minutos después, y justo cuando la doncella seguía a Ellen con una bandeja con el té para Charlotte, Anthony aparecía con una carta en la mano.

—Ellen.

Ella le miró con una sonrisa.

—¿Qué sucede?

—Ha llegado la respuesta del Señor Bray.

—¿Y qué dice?

Él miró al cielo nervioso, agitando el sobre en la mano.

—No puedo abrirla.

—Súbele el té a la Señorita Bray, yo iré enseguida —ordenó Ellen a la sirvienta, que empezó a subir las escaleras—. ¿Quieres que la lea yo, Anthony?

Él se limitó a asentir y Ellen rompió el lacre para leer el contenido.

Apreciado Señor Mackenzie,

A pesar de que deseamos saber las circunstancias de la desaparición de nuestra hija, ya que en su misiva no quedan claras, le agradecemos que esté bajo su amparo y protección. Partiremos ipso facto hacia Londres con la esperanza de que aún se pueda hacer algo para salvar la maltrecha reputación de Charlotte.

Agradecido
G. Bray

Una sonrisa juguetona se paseó discretamente por los labios de Ellen, mientras plegaba la carta y miraba a su amigo.

—Anthony —él la miró ansioso—. Estamos en un grave apuro, y creo que sólo hay una salida posible.

—¿A qué te refieres?

Ellen empezó a pasearse dando leves golpes con la carta en su cadera.

—James aún necesita que su coartada funcione, ¿no es cierto?

—Sí, al menos hasta que dé con el paradero de la Señorita Elizabeth.

—Por lo tanto, no podemos revelar la auténtica naturaleza de la desaparición de Charlotte, por no decir lo que eso podría hacer en la familia Bray y que el pánico que se desataría entre las jóvenes de Londres —Le miró alarmada.

Anthony se acercó a ella con pasos lentos.

—Los Señores Bray creyeron que Charlotte se había fugado para casarse.

Ellen se dejó caer en el primer peldaño de la escalera, deslizándose por los barrotes de la barandilla.

—La reputación de mi pobre amiga está arruinada, haga lo que haga —Se tapó la cara con un dramatismo exagerado—. ¿Qué podemos hacer para salvarla?

Los músculos de Anthony se tensaron, mientras sus ojos se elevaban mirando el piso superior.

—Yo… —titubeó.

—¡Oh, Anthony! Será su ruina.

"Vamos dilo, no seas vergonzoso, di que te casarás con ella" —rogó Ellen en sus pensamientos.

—Si ella me aceptara, yo me casaría con ella sin reticencia alguna.

—¿De veras? —Ellen se puso en pie.

El semblante de él se ensombreció un instante.

—Pero no sería feliz junto a mí, sé que me considera aburrido.

—¿Cómo va a ser aburrido el hombre que la rescató en plena noche de un burdel?

—Pero ella eso no lo sabe.

Ellen sonrió subiendo un par de peldaños con lentitud.

—Puesto que parece que mi amiga no recuerda nada de lo sucedido, cosa de la que me alegro, habrá que darle algunos rasgos de tu heroica actuación.

Sin que pudiera decir nada más, Ellen se encaminó al piso superior con una gran sonrisa.

Un poco de té se derramó sobre el platito que Charlotte sostenía, mientras ella y Ellen charlaban sentadas en la cama.

—¿Me secuestraron?

—Sí, al parecer un hombre te sedujo en el baile en casa de tus padres y te secuestró.

—¿Y me hizo escribir una nota diciendo que me fugaba? —Tragó saliva asustada.

Ellen asintió con lentitud.

—Pero hasta donde yo sé, no se ha filtrado la noticia en los círculos sociales; en el último baile en el que estuve sólo oí comentar que habías partido abruptamente al norte con tu familia.

—Pero mis padres creen que hui con un hombre —Palideció cada vez más y Ellen le arrebató la taza de la mano—. Estoy perdida, me repudiarán.

—La actuación de Anthony te salvó de cualquier posible mal, créeme amiga, estás intacta.

El aspecto de Charlotte risueño y activo de siempre se había esfumado, pasando a ser un rostro pálido y asustado.

—¿Cómo supo dónde estaba?

—No lo sé, sólo sé que no durmió hasta que te encontró. Estuvo revisando los restos quemados de tu correspondencia hasta que halló una pista para dar contigo. Si le hubieras visto… Creo que habría matado por ti.

—¿De veras?

Ellen asintió apurando su té.

—¿Puedo enseñarte algo? —Charlotte movió la cabeza—. Pero debes jurarme que jamás le dirás a nadie que lo has visto.

—Lo juro.

Ellen se puso en pie encaminándose al escritorio bajo la ventana y con un rápido movimiento abrió un cajón, sacando las declaraciones de amor que había robado a Anthony.

—Cuando los Mackenzie tuvieron la bondad de acogerme en su casa encontré esto por casualidad.

Charlotte miró las cartas y leyó la que estaba a medio terminar. Con cada palabra, sus mejillas se enrojecían aún más.

—¿Ellen, esto son…?

—Las cartas de un hombre profundamente enamorado de ti —suspiró—. ¿No crees que has sido un poco injusta con él? Al fin y al cabo, es el caballero que te ha salvado de un terrible destino; si no hubiera sido por él, quién sabe qué habría sido de ti.

Charlotte se tapó la boca negando con la cabeza. Poco después, sus ojos miraron el resto de cartas.

—Te dejaré a solas, debes descansar.

Con una brillante sonrisa, Ellen abandonó la habitación con la certeza de que su pequeña manipulación arrojaría dicha y felicidad a la vida de sus dos amigos.

XXIV

$\mathcal{L}$as manos habitualmente serenas y seguras de Charlotte acariciaron los rizos de su frente mientras comprobaba su peinado. Ellen le había prestado un vestido de mañana que le iba un poco grande y largo, cosa que aumentó su inseguridad. Abrumada por aquel estado anormal en ella, se puso en pie con lentitud y salió de la habitación para encaminarse a la planta baja, donde Ellen le había indicado y prometido que desayunaría con ella en el gran comedor.

Al oír los suaves pasos en el pasillo, Ellen abrió un poco la puerta de su habitación justo a tiempo para ver alejarse escaleras abajo a su amiga.

Las largas escaleras en curva supusieron un gran reto para Charlotte que, al llegar al rellano, tuvo que sostenerse en la barandilla para recuperar fuerzas. Anthony, que salía puntual de su despacho para encaminarse al comedor, percibió la silueta de la joven recortada contra la luz del sol que entraba por la ventana.

—¿Ellen? —Dudó al reconocer el vestido pero no la silueta de la joven.

—Soy Charlotte —Jadeó.

Anthony subió a toda prisa los escalones que les separaban.

—¿Necesita mi ayuda para bajar?

Los enormes ojos oscuros de Charlotte se iluminaron, mientras las palabras de las cartas de Anthony revoloteaban en su mente y en su estómago como mariposas ansiosas. Las había leído una y otra vez durante toda la noche hasta memorizar cada una de las frases.

—Si no supone una molestia, agradecería realmente su ayuda.

—Usted jamás supone tal cosa, Señorita Bray.

Él le ofreció su brazo y ella se apoyó discretamente mientras descendían con cuidado.

—Llámeme Charlotte, por favor.

—Sólo si usted me llama Anthony.

La sonrisa de ella pareció iluminar por completo el mundo de él que, pletórico, sonrió mientras se encaminaban al comedor.

Minutos después, Edgard y una joven doncella les servían el desayuno, a la vez que una nota de indisposición de Ellen excusándose de la comida.

Durante un buen rato, ninguno de los dos dijo ni una sola palabra, limitándose a intercambiar leves miradas, sobre todo por parte de Charlotte, que escrutaba el rostro de Anthony, que parecía ser algo nuevo para ella. Le había estado mirando durante un año, pero ahora, le veía.

—Me alegra ver que tiene apetito.

Charlotte dejó la tostada que había estado mordisqueando sin prestar atención por temor a parecer una glotona.

—Me encuentro muy bien.

Anthony sonrió sincero y ella hizo lo mismo como una niña boba.

Un ligero crujido de la puerta del comedor no pareció perturbar a la pareja, mientras Ellen, presa de la curiosidad, asomaba discreta un ojo por una rendija para comprobar si su plan estaba surgiendo efecto.

—Sus padres llegarán esta tarde y estoy convencido de que se alegrarán de encontrarla en plena forma.

—¿Tan pronto? —se quejó Charlotte sin pensar—. Quiero decir, que apenas he tenido la ocasión de agradecerle que me salvara.

—¿Ellen se lo ha contado? —ella asintió—. De veras que no fue una gran hazaña.

—No se quite mérito, me ha salvado de un terrible destino —bajó la cabeza sonrojándose—. Es un héroe, Anthony.

Los dedos de él se aferraron alrededor de su copa, haciendo acopio de todo el decoro posible para no saltar sobre la mesa y reclamar los labios de Charlotte como si le fuera la vida en ello.

El cortejo y el romanticismo flotaban en el ambiente y Ellen decidió dar intimidad a la pareja, que ahora se miraba en silencio, mientras Edgard les servía el té.

De camino a su habitación, y al pasar frente a la puerta de las dependencias de la Señora Mackenzie, Ellen habría jurado que un suspiro dulce se escapaba de detrás de la puerta.

Desde la punta del sillón del salón de té de los Mackenzie, Ellen observaba los ojos brillantes de Charlotte, que enrojecía cuando Anthony la miraba. No podía creer lo sencillo que había sido unir a la pareja. Sin duda, la inocencia de la época había sido un elemento clave en su plan.

En cuanto llegaron los Señores Bray a la residencia de los Mackenzie, Anthony había expuesto con todo lujo de detalles una versión edulcorada de la desaparición de Charlotte, haciéndoles creer que, lejos de haberse fugado con un desconocido, había sido la víctima de un secuestro que, por suerte, él había conseguido truncar antes de que llegara a ser demasiado tarde.

El Señor Bray, apoyado cerca de una ventana con vistas al lago, retorcía los dedos inquieto.

—Jamás podré dejar de estar en deuda con usted, Anthony. Sin embargo, y a pesar de que no ha sucedido nada extremadamente grave, deberemos exiliarnos al norte una temporada.

La Señora Bray soltó un grito ahogado.

—¡Dios mío! Qué tragedia tener que ocultarnos después de haber sufrido tanto.

—Nuestra clase social es cruel, querida —George movió la cabeza.

—Ojalá hubiera algo que se pudiera hacer para que Charlotte no perdiera su reputación —Ellen cruzó las manos en su regazo con lentitud mientras suspiraba lentamente.

Charlotte miró a Anthony, que se puso de pie elegantemente dando unos firmes pasos hasta George.

—Es posible que yo sea… quiero decir, tenga, la solución a sus problemas Señor Bray.

Al leer entre líneas, Catherine soltó un leve gritito mientras aferraba con fuerza su abanico.

—Quizás debamos salir a disfrutar del aire de la tarde —comentó Ellen dulcemente—. ¿Aún no han visto el lago, verdad Señor y Señora Bray?

Ellen se puso en pie y Catherine la siguió hasta la puerta.

—Gracias —George estrechó la mano a Anthony sabiendo perfectamente lo que pasaría.

Al cerrarse la puerta tras ellos, Charlotte empezó a sentir cómo su corazón golpeaba contra sus costillas como si estuviera teniendo un ataque, en especial cuando Anthony se arrodilló frente a ella.

—Mi querida Charlotte, asumo que no soy la clase de hombre que usted ha anhelado toda su vida, no soy impulsivo ni valiente pero, si decide aceptarme, le juro solemnemente que la protegeré y daré todo de mí para hacerla feliz hasta el día de mi último aliento —Ella dejó que él cogiera una de sus manos—. ¿Sería usted mi esposa, mi adorada Charlotte?

Sin poder decir ni una palabra, ella se lanzó al cuello de él en un cálido abrazo que, instintivamente, les llevó a un suave y tierno beso.

Ella se apartó un poco con las mejillas encendidas.

—Mi dulce e intrépido Anthony, sois más osado y valiente de lo que pensáis y seré vuestra para siempre.

Anthony perdió el control de sí mismo, fusionando sus labios con fiereza con los de ella, mientras Charlotte gemía ante el contacto y lo que estallaba en su interior.

Él era de todo menos anodino.

Tras pedir las bendiciones de su madre, Anthony, lleno de dicha y sin ser capaz de soltar la mano de Charlotte, que parecía flotar en una nube rosa, decidió no perder ni un solo instante y viajar con su amada y sus padres a Irlanda, donde un pastor de confianza de la familia les casaría en secreto para que la reputación de Charlotte no se viera excesivamente dañada. Tras la efusiva despedida de rigor, Ellen se vio sola en aquella inmensa abadía, ya que la señora Mackenzie, aquejada de un fuerte dolor de espalda, se había retirado como de costumbre a sus aposentos. Ellen había jugado a ser *Emma* y lo había logrado con éxito, pero la felicidad de la casamentera era efímera.

¿Quién procuraría la felicidad de la chica contemporánea atrapada en 1816?

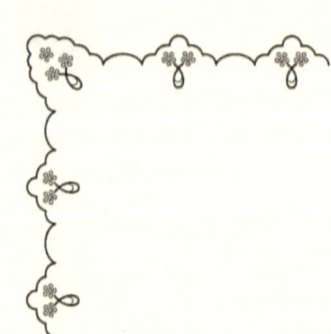

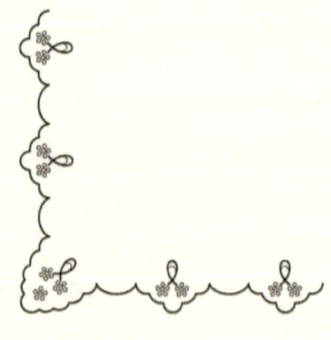

XXV

El puño pasó peligrosamente cerca de la mandíbula de James que, por suerte, hizo acopio de sus rápidos reflejos y pudo esquivarlo. Los gritos de los hombres que formaban un círculo alrededor de los dos luchadores vitoreaban por igual su nombre y el del otro luchador que, con una ceja partida, sangraba como un cerdo degollado.

Cuando su contrincante se desestabilizó al fallar el golpe, James le asestó un puñetazo en las costillas que le hizo caer al suelo casi sin sentido. Los gritos de los apostantes a favor de James se hicieron con la sala.

—¡Fabuloso, Mackenzie! —gritó un corredor de apuestas mientras se acercaba a él—. Éstas son tus ganancias.

Tras darle una bolsa con monedas al vencedor, empezó a cobrar sus beneficios de los perdedores. Mientras James se volvía a colocar su camisa y chaqueta, vio brillar algo por el rabillo del ojo y, movido por el instinto, se giró. A pocos metros de él, un joven de estatura media y cabello castaño rojizo, pagaba su deuda con libras, pero entre ellas había un par de monedas extrañas, de un color dorado y con un dibujo muy familiar que James reconoció al instante.

Era el carnero siniestro.

Al sentirse observado, el joven serpenteó alejándose entre la multitud, que ya había empezado a vitorear a dos nuevos boxeadores, saliendo del club de lucha. James le siguió rápidamente. Cuando el aire de la noche le refrescó el sudor de la frente, entrecerró los ojos para ver cómo su sospechoso corría calle arriba. Sin pensarlo, empezó a perseguirle, pero dejando cierta distancia, a la espera de que creyera que ya no corría peligro.

Después de tres manzanas, el joven se giró escrutando la oscura avenida, mientras James se escondía en un saliente de un callejón cercano. Sintiéndose seguro, se encaminó hacia una calle colindante y se metió en un pub. James hizo lo mismo.

El olor a cerveza y vino barato flotaba en el ambiente de la taberna mal iluminada, entre los gritos de los borrachos propios de aquellas horas de la noche. En una mesa lejana, junto a una ventana, se había sentado el joven con el rostro sonrojado por la carrera. James se acercó decidido y se sentó junto a él, interceptando cualquier vía de escape al chico.

—¿Qué quieres? —Le miró asustado.

—Nada —James sonrió—. Simplemente, tomar una copa con un hermano del club.

Sacó de un pequeño bolsillo de su chaqueta la moneda con el carnero y la hizo girar en la mesa con habilidad.

El joven la miró y palideció.

—¡Vienes a matarme!

—Nada más lejos de la realidad, compañero —dijo con una voz tranquila—. Busco respuestas.

Una camarera de escote generoso se acercó a ellos con una jarra de vino y dos copas.

—¿Vino?

—Por favor —Ella llenó dos copas y James le ofreció una deslumbrante sonrisa cuando se fue.

El joven se removía incómodo en la silla intentando huir.

—¿Te ha mandado Alistair?

—No.

—Pero trabajas para él, eso está claro —miró la moneda—. Además, tú eres su clase de hombre.

James frunció el ceño, mientras miraba su ropa como si le hubiera insultado.

—¿Qué quieres decir?

—Vamos, tú seguro que consigues embaucar más jovencitas en una hora que yo en una semana; sin duda, le sales más rentable de lo que yo jamás fui.

Intentando controlar sus nervios, James bebió un trago del vino, arrepintiéndose al instante. Estaba rancio.

—¿Has visto a Alistair últimamente?

—No desde que lo dejé —miró hacia la calle nervioso—. ¿No has venido a asesinarme?

—No. ¿Por qué quiere matarte?

El joven retorció las manos.

—Porque no quise seguir. Me negué a secuestrar a más chicas —Jugó con la copa de vino—. Al principio, me auto convencí de que necesitaba el dinero para cubrir mis gastos de juego, y que era más importante el futuro económico de mi madre y hermana que la vida de algunas niñas pudientes, pero luego comprendí que cualquiera de ellas podría ser mi hermana y, entonces, quise dejarlo.

Lejos de sentirse apiadado del joven, James cerró los puños con fuerza, mientras se contenía con esfuerzo.

—¿Cómo te llamas?

—Oliver, Oliver Walls.

James le miró con el azul frío de sus ojos.

—Está bien, Oliver, te lo voy a contar. Me encuentro sumido en la búsqueda de una buena amiga que desapareció hace más de un mes, estoy convencido que a manos de calaña como tú —rugió—. Pero estoy dispuesto a hacer una concesión con tu penosa vida y darte un sitio para esconderte, si me dices todo lo que sabes y dónde puedo encontrar a las chicas.

Los ojos de Oliver se volvieron vidriosos.

—Sólo sé que Alistair me reclutó en el club Cernunnos. Creo que somos varios hombres a los que nos paga por seducir jóvenes rubias y, tras drogarlas, llevarlas al burdel que hay en el ático del club. Pero cuando alguna vez había vuelto por mi cuenta, las chicas ya no estaban, no sé que hacen con ellas luego —sollozó.

—¿Dónde puedo encontrar a Alistair?

El joven negó con la cabeza agobiado.

—Él solía encontrarme a mí.

—Está bien, pierdo el tiempo —James se puso en pie dispuesto a marcharse.

—¡No! Por favor, has dicho que me ayudarías, tengo familia a la que cuidar —James dio un paso hacia la puerta—. ¡En las fiestas!

—¿Qué?

—Lo último que supe es que Alistair estaba relevando a sus señuelos para embaucar a las chicas en las fiestas.

—¿Te refieres a los bailes de sociedad?

Oliver asintió nervioso.

Sin volver a mirarle, James empezó a caminar hacia la salida de la taberna seguido de un nervioso Oliver que, justo al llegar a la calle, se arrodilló en el suelo suplicante.

—¡Por favor, ayúdame!

La mandíbula de James se tensó haciendo patente su lucha interior entre la venganza y su bondad, mientras de los ojos cobardes de aquel hombre brotaban lágrimas de terror.

—Escóndete en el ático de la librería de la calle Strand.

De un tirón, James soltó la llave de su cuello y se la arrojó antes de marcharse a paso rápido.

El sol apenas había salido para cuando Ellen se encaminaba hacia la planta baja con un humor bastante sombrío. Tras la partida de sus amigos, había estado sola, puesto que la Señora Mackenzie estaba demasiado débil para acompañarla. Las pesadas cortinas volvían a estar echadas en todas las ventanas de la abadía, cosa que alimentaba su sombrío humor. Tras mirar la que tenía enfrente, justo en el rellano de la escalera, llenó de aire sus pulmones, resuelta a no dejarse llevar por la tristeza.

—¡Hágase la luz! —gritó como si lanzara un hechizo mágico abriendo las cortinas y riéndose de sí misma.

Aquello se estaba convirtiendo en costumbre para ella.

Al ver por la ventana el precioso día recién nacido, bajó al trote las escaleras levantando la falda de su vestido y salió al exterior. La brisa aún fresca de la mañana la hizo estremecerse un poco, pero no le importó. Quién necesitaba un romance de novela, pudiendo disfrutar de todo lo demás que le brindaba aquella época.

Tras caminar hasta el lago, que empezaba a brillar con destellos dorados a causa del sol, pasó la mano sobre unos arbustos en flor, poblados de preciosas y diminutas flores violetas y empezó a recogerlas.

Una hora más tarde y algo acalorada, Ellen entraba en la gran casa con varios ramos de flores silvestres que distribuyó en jarrones que fue encontrando, entre la entrada, el salón de té y el despacho de James y Anthony que, para su pesar, aún estaba vacío.

James llevaba casi cuatro días sin dar señales de vida y algo similar al desasosiego y la preocupación empezaba a brotar en el interior de Ellen.

Echó una rápida mirada a las ya familiares cartas y notas de Elizabeth y desechó al acto revisarlas, puesto que empezaba a sabérselas de memoria; allí no encontraría ninguna pista más.

Con cuidado, cerró la puerta del despacho y, antes de que pudiera dar un paso hacia el comedor, un ligero carraspeo femenino la hizo girarse.

—Buenos días, mi querida Ellen.

—Buenos días, Señora Mackenzie —hizo una leve reverencia—. Me alegra ver que se encuentra mejor.

Agatha miró la luz que inundaba todos los rincones de la casa y sonrió radiante.

—La luz ha vuelto a mi vida —miró discretamente hacia el despacho—. Casi por completo.

Al oír la voz de la Señora Mackenzie, Edgard apareció de la nada.

—¿Desea que la acompañe de vuelta a sus aposentos? —le tendió un brazo.

—Hoy me siento intrépida y prefiero acompañar a nuestra invitada durante el desayuno.

El mayordomo asintió, mientras escoltaba a Agatha hasta el comedor, seguidos por Ellen.

Tras acomodarse en su silla y remover con extremada elegancia una modesta cantidad de azúcar en su té, Agatha miró con los ojos brillantes a Ellen, que, sentada frente a ella, intentaba ser una pizca de lo refinada que era aquella dama.

—Lamento de veras que, por su estado de salud, se haya visto privada de asistir a la boda de Anthony.

—No sufras en demasía por ello, mi inocente y joven amiga —sonrió—. Nunca debes menospreciar el poder de una madre para seducir a sus hijos para celebrar grandes fiestas. Puede que me pierda el casamiento, pero no me negarán una fiesta de presentación de la nueva Señora Mackenzie.

Ellen sonrió divertida; aquella mujer era encantadoramente mandona.

—En tal caso, no me arrepiento de haber permanecido aquí.

—Es cierto —carraspeó musicalmente—. ¿Por qué motivo no les acompañaste?

"Pues está claro, porque soy idiota y prefiero ver al descastado y borde de su hijo cinco segundos, aunque yo para él no represente nada de nada, antes de ir a la boda de mis amigos" —se dijo a sí misma mientas bebía un poco de té.

Agatha pestañeó esperando su respuesta.

—No me pareció correcto dejarla aquí sola —comentó sintiendo que en realidad también era cierto—. James está muy ocupado y no sé cuándo volverá y usted puede necesitar compañía.

—¡Oh, querida! Eres un primor —Mordisqueó una tostada.

Durante unos minutos, ninguna de las dos dijo nada más pero, lejos de ser uno de esos silencios incómodos, Ellen se sintió relajada y como en casa.

—Si me permite el atrevimiento, Señora Mackenzie, ¿qué le pareció Charlotte?

—Verás, Ellen, debo confesarte un pequeño secretillo sobre mi persona —Dejó solemnemente la cucharilla del té sobre el platito—. Soy una vieja excéntrica y romántica empedernida y, a pesar de que es un pensamiento más que reprobable, jamás me ha quitado el sueño el origen o la renta anual de mis futuras nueras; mientras mis hijos sean felices no me importa si la joven de su elección es una duquesa o una joven de origen humilde y rural —sonrió con picardía.

Ellen esbozó una sonrisa más pendiente de los pensamientos progresistas de Agatha que de sus indirectas.

—Por suerte, Charlotte es de buena familia y con una renta más que generosa.

—Como te digo, eso no importa, los Mackenzie hemos amasado una gran fortuna para no tener que preocuparme por ello.

—Es una manera arriesgada de pensar, aunque no me malinterprete, la admiro profundamente por ello. Me parece usted una mujer muy valiente.

Agatha sonrió animada.

—En eso nos parecemos querida —Un leve rubor se adueño de las mejillas de Ellen—. Mañana espero que no tengas planes y que James haya regresado ya; está descuidando sus labores de escolta y no puedo permitirlo. ¿Qué pensarán tus padres?

—No se enfade con él, está trabajando —Al instante, frunció el ceño sorprendida por defenderle—. En cuanto a mis padres, saben la verdad, que disfruto de la maravillosa hospitalidad de su familia.

—Eres muy gentil, pero si no sucede nada excitante en tu vida no tendrás con que rellenar las cartas que les mandes.

"Bueno, en realidad mi aventura en el puticlub daría para unas cuantas cartas interesantes"

—No quiero ser una carga para James, y más ahora, puesto que su coartada peligrará si nos dejamos ver juntos, ya que Anthony estará casado con Charlotte y no sería decoroso dejarse ver con otra joven.

Agatha se inclinó un poco hacia delante con un brillo picarón en sus ojos.

—Mi querido Anthony tardará en regresar, y no veo qué mal puede hacerle a James que te escolte a, por ejemplo, el partido de cricket de la familia Monroe. Es un evento anual donde puedes hacer nuevas amistades y ampliar horizontes y, casualmente, se celebra dentro de dos días.

Ellen se limitó a encogerse de hombros.

—De veras que no creo... —Una tos seca de Agatha la interrumpió—. Señora Mackenzie, ¿está usted bien? Será mejor que la acompañemos a su habitación para que descanse.

—Buena idea, querida. Así tendrás tiempo de informar a tus padres de tus maravillosos planes.

Edgard ayudó a Agatha a levantarse y la acompañó dejando a Ellen sola, que no pudo ver como la mujer sonreía triunfal. Al parecer, Ellen no era la única casamentera de la Abadía.

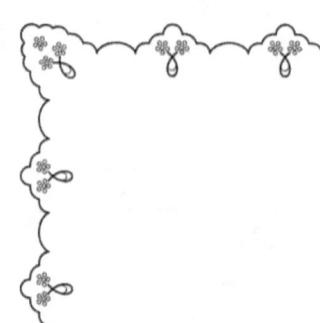

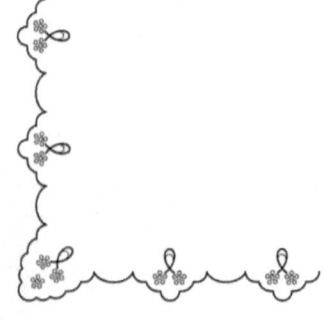

XXVI

Frotó con fuerza un pañuelo de hilo sobre la mancha de tinta que estaba dejando la pluma sobre sus dedos, sin poder borrarla del todo. Escribir cartas era algo sucio en aquella época. Resignada, leyó las tres escasas líneas que había escrito en una nueva misiva para su familia y suspiró agobiada. Sin más, dejó que la pluma vagara por el papel garabateando, mientras sus pensamientos se adueñaban de ella. Tras el breve desayuno con Agatha, Ellen había vuelto a comer sola y, después de que el aburrimiento se hubiera apoderado de ella de nuevo, había subido a su habitación para escribir.

Cuando un fuerte suspiro, que se mezcló con un bostezo, la devolvió a la realidad, soltó la pluma sin importarle manchar la mesa de tinta. Su mano había tomado vida propia dibujando a un hombre alto, con chistera y patillas que sonreía pícaro. Enfadada con su subconsciente, arrugó el papel y lo tiró al suelo.

Se levantó y miró por la ventana la fina lluvia que, para su desdicha, la mantenía encerrada en la abadía. Se alisó el vestido con las manos, atusó los rizos de su pelo y tomó aire. Debía disfrutar, y aquella casa era enorme y llena de recovecos que ella aún no conocía. Divertida con la nueva idea de explorar la mansión, salió al pasillo y, dando una vuelta sobre sí misma como si fuera una bailarina, cerró de golpe la puerta de su habitación.

—¿Por dónde empiezo? —murmuró juguetona mirando las escaleras que llevaban al piso inferior y que tanto conocía.

Dejando que una sonrisa pícara se dibujara en sus labios, emprendió el camino opuesto a las escaleras paseando por el ancho pasillo repleto de puertas, cuadros y antigüedades. No tardó en pasar junto a la que había sido la habitación de Charlotte, cuya puerta estaba abierta dejando entrar la luz del exterior.

Tras cinco minutos asomándose a las ventanas del pasillo, a una terraza de piedra e investigar con cautela algunas habitaciones de invitados cuyas puertas estaban cerradas, Ellen se encontró con una bifurcación. A la derecha, el pasillo seguía hasta unas escaleras de madera, algo más modestas que las que conducían a la planta baja; a la izquierda, una puerta de haya maciza parecía esconder un secreto. Animada, y tras revisar que no había ningún sirviente cerca, Ellen decidió abrir la puerta.

—Buffff —suspiró cuando un armario de ropa blanca tiró por tierra sus ilusiones.

Resignada, y meneando la cabeza, tomó el pasillo de la derecha hasta que una voz familiar la dejó clavada en el suelo. Era James. Estaba en la abadía y ni tan sólo se había dignado a avisarla, saludarla o informar de que aún estaba sano y salvo.

Enfurecida, se acercó a la puerta, que se abrió de par en par antes de que ella pudiera coger el pomo.

—Le traeremos enseguida el agua, señor —Edgar frenó en seco al chocar con Ellen—. Señorita Gladwell, discúlpeme.

—Culpa mía, Edgard.

El mayordomo la miró entrecerrando los ojos.

—¿Puedo ayudarla en algo?

Ella rodeó a Edgard, que intentaba impedirle el paso a la habitación de James.

—No, gracias.

—Mmmmm —fue lo único que dijo el viejo hombre, antes de marcharse conteniendo sus pensamientos ante el comportamiento indecoroso de la joven.

En un acto más de desafío que de cordura, Ellen entró en la estancia y localizó a James de pie junto a una enorme bañera blanca y un biombo pintado a mano con escenas de cacerías.

—Ellen, no deberías entrar así en los aposentos de un hombre —sonrió.

Todo rastro de cualquier otro pensamiento o sentimiento se vio dominado por la ira que ella sentía en aquel momento.

—Disculpa si me salto las normas del decoro, pero quería cerciorarme de que aún estás bien, puesto que llevas cuatro días completamente desaparecido —Se apoyó en la columna del dosel de la cama de James rugiendo de furia.

—Es halagador que te preocupes por mi salud, pero estoy bien, como puedes ver —Se quitó la chaqueta dejándola caer al suelo y empezó a deshacer la lazada de la camisa—. Un poco sudado por los combates, pero bien.

Ellen le dedicó una mirada fría, mientras James, divertido, sacaba la camisa de sus pantalones con unos tirones firmes y, poniendo un pie sobre una silla, se sacaba las botas. Los ojos de Ellen repararon al instante en la daga del tobillo de él, que quedaba perfectamente oculta con el calzado.

—¿Combates?

—Boxeo —sonrió.

Una sonora y sarcástica carcajada sonó con eco en la habitación.

—Me alegra saber que andabas pasándotelo tan bien, mientras aquí tu hermano y yo nos preocupábamos por la salud de Charlotte —James la miró serio—. Pero no sufras, descubrí cómo drogan a las chicas y con qué, y gracias a eso mi amiga está bien.

Él dio un par de pasos hacia Ellen, que nerviosa tropezó con la cama, sentándose en ella sin pensar en lo que hacía realmente.

—¿Cómo lo hacen?

—¿Ahora te interesa?

James miró al cielo haciendo acopio de toda su paciencia; no estaba bien gritarle a una joven dama.

—Ellen, me marché para seguir investigando.

—Te marchaste sin decirme nada —carraspeó—. Sin *decirnos* nada. Te he encubierto ante tu madre para que no se preocupara, pero no sabíamos dónde estabas o cuándo volverías. Esa costumbre tuya de desaparecer es exasperante.

Una sonrisa iluminó el rostro de James, justo antes de quitarse la camisa y dejar al descubierto un cuerpo brillante por el sudor. Ellen se quedó sin respiración al ver los dibujados músculos bajo su piel.

—No tenías por qué preocuparte por mí; además, Anthony cuida bien de ti, no me necesitas —los celos hablaron por él sin poder evitarlo.

—Sí, lo hacía, cuando estaba aquí y cuando no tenía una esposa a la que proteger.

Los ojos azules de James brillaron mientras fruncía el ceño sin comprender las palabras de Ellen.

—¿Qué esposa?

—¿No es evidente? Charlotte —siseó enfadada—. Tu hermano, que es todo un caballero, se ha marchado con ella y con los Señores Bray a Irlanda, para casarse y evitar que la reputación de mi amiga quede del todo arruinada.

—¿Por eso estás de tan mal humor?

—Por eso y porque tú estabas divirtiéndote en vez de investigar.

Un carraspeó les interrumpió.

—Adelante, Edgard —James sonó serio.

Sin decir ni una sola palabra, pero moviendo la cabeza nervioso, el mayordomo entró seguido de dos doncellas, cargados con cubos, con los que en pocos minutos llenaron de agua la bañera.

Los ojos de James estaban fijos en Ellen, que, al sentirse reprobada por el mayordomo, se había puesto de pie y escrutaba la habitación, reparando en cada detalle. Parecía nerviosa y enfadada, pero el hecho de tenerla allí le gustaba, aunque había quedado más que claro que su corazón pertenecía a Anthony, a pesar de que ahora fuera a ser el marido de su mejor amiga.

Al notar los intensos ojos de él, Ellen se ruborizó, dejando a un lado su enfado y asumiendo dónde se encontraba. Los objetos personales de James estaban por toda la habitación, había montones de libros sobre un escritorio, un enorme armario y las cortinas y su cama estaban empapadas con un olor demasiado familiar para ella.

Cuando el servicio salió de la habitación, Ellen se dispuso a hacer lo mismo.

—¿Te vas?

—Lo siento, me he dejado llevar por mi enfado y no me he dado cuenta de lo indecoroso que es… —abrió la boca al ver cómo James se quitaba los pantalones y se metía en la bañera—. Hablaremos luego—. Sonó desafinada.

—El daño ya está hecho —se rió mientras se sumergía en el agua jabonosa—. Necesito saber qué descubriste de la droga.

Ellen se aferró con fuerza al pomo de la puerta mientras el olor del jabón de hierbas la aturdía.

—Hablaremos más tarde.

—No, no podrá ser, a pesar de lo que crees yo también he hecho mis descubrimientos, y en cuanto me asee y cambie de ropa me volveré a marchar. Tengo un testigo.

Olvidándose de su pudor, dio un par de pasos hacia el centro de la habitación, pero sin mirar directamente a la bañera.

—¿Un testigo?

—Sí —sonrió—. Si quieres te lo contaré todo, pero tú primera. ¿Qué has descubierto?

—La droga es opio en polvo —Se acercó a una de las ventanas más alejadas de la bañera y observó cómo la lluvia chocaba en los cristales—. Lo esconden entre los pétalos de las flores que regalan a las chicas para cortejarlas.

James se sentó en la bañera, mientras la espuma de jabón resbalaba por sus pectorales.

La mano de Ellen se aferró a la cortina.

—Las flores —murmuró—. ¿Cómo no lo vi? Es brillante.

—Necesitabas un punto de vista femenino.

—Sin duda —le dedicó una gran sonrisa.

Mientras el calor intenso ascendía hasta las mejillas de Ellen, carraspeó nerviosa.

—Ahora tú. ¿Quién es el testigo?

James se hundió por completo en el agua para emerger completamente empapado segundos después.

—Se llama Oliver Walls y es uno de los hombres que seducen a las jóvenes y las secuestran.

—¿Y sigue vivo después de que dieras con él?

Él emitió algo similar a un gruñido.

—Me es más útil vivo que muerto. Está en el ático de la librería y, a decir verdad… —Se puso en pie y salió de la bañera envolviéndose en algo similar a una toalla—, va siendo hora de que me marche para sacarle más información.

Ellen había reaccionado a tiempo y parecía mostrar un repentino interés por el papel pintado de la pared, mientras James contenía una carcajada juguetona.

—Voy contigo.

—No, no es lugar para una señorita. Puede ser peligroso.

—Vamos, James, sabes perfectamente que mi punto de vista femenino te es muy útil.

—Está bien —la voz de él sonó peligrosamente cerca de Ellen—. Pero deberás hacerme caso y no cuestionar mis órdenes.

Nerviosa por su proximidad y desnudez, ella corrió hacia la puerta sin mirarle.

—Voy a cambiarme y te veo abajo en diez minutos.

Sin esperar respuesta, Ellen cerró la puerta dejando atrás a un sonriente James, embelesado con el carácter intrépido de ella.

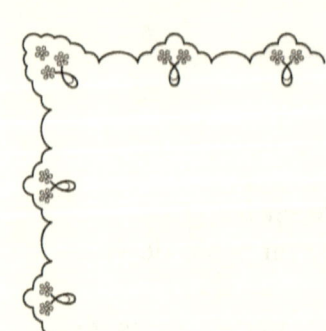

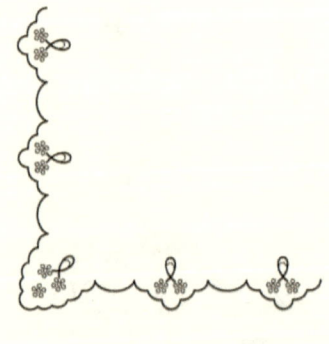

XXVII

$\mathcal{J}$ames no podía apartar los ojos de Ellen, que vestida con un traje de tarde de color azul se removía nerviosa en el asiento del coche de caballos, consciente de la mirada de él. Quizás el hecho de saber que ella era inalcanzable, la hacía aún más deseable.

—Mi madre me ha dicho que te has aburrido bastante.

—Bastante se queda corto —contestó sin pensar mientras miraba por la ventana el paisaje que cambiaba de boscoso a urbanita.

—Lo lamento.

—No soy tu responsabilidad —le miró seria.

—En realidad no, lo eras de Anthony, pero al no estar él, has pasado a ser… *mía* —Ella simuló buscar algo en su ridículo ocultando su rubor—. Mi madre ha sugerido que vayamos al partido de cricket de los Monroe.

—No quiero ser una molestia para ti.

Sin saber por qué, Ellen se había puesto a la defensiva y James lo notó.

—Sé que no soy mi hermano, pero le he prometido a mi madre que te llevaría.

—No, no eres Anthony —le miró seria—. Ni yo soy Elizabeth.

Al instante, Ellen se sintió terriblemente mal por sus palabras. ¿Por qué le decía aquello?

—Tú no te pareces ni un ápice a ella —Los labios de ella se tensaron—. Y me alegro de ello.

—¿Cómo?

James se limitó a sonreír mientras el carruaje tomaba la calle que les llevaría a la librería. Antes de que Ellen pudiera seguir preguntando, el sonido de gritos y un fuerte olor a quemado llamó su atención.

El cochero paró a pocos metros de la librería y James abrió la puerta asomándose al exterior. Cuando ella quiso hacer lo mismo, James la frenó.

—Quédate aquí, Ellen, es peligroso.

—Pero, ¿qué pasa? —Intentó asomarse sin resultado.

Los ojos de James estaban completamente fríos e inexpresivos al igual que su voz.

—Han incendiado la librería.

—¡¿Qué?!

—Volveré enseguida.

Ellen impidió que James cerrara la puerta del carruaje con su pie.

—No, voy contigo.

—No podemos hacer nada, Ellen, es tarde —Cerró la puerta con cuidado—. No tardaré.

La mano de ella se posó en el cristal de la puerta, justo en el momento en que James, al ver que ella no acataría sus órdenes, bloqueaba la maneta anudando un pañuelo.

—¡¿Estás de broma?! —le gritó ella desde dentro.

—Aquí estarás segura.

Con pasos firmes y seguido del cochero de confianza de James, se acercaron al grupo de personas, que horrorizados veían como ardía el edificio. Un grupo de bomberos intentaba sofocarlo sin mucho éxito, mientras un par de policías contenían a la gente.

—¡Agente! —alertó James a uno de ellos—. Soy el propietario de ese edificio. ¿Qué ha pasado?

El policía negó con la cabeza, triste.

—Aún no conocemos la causa, pero me temo que ha perdido usted su finca.

—¿Dónde está…?

—¡Señor Mackenzie! —El librero se acercó a James—. ¡Es terrible!

Al reconocer a su empleado, James agradeció al policía su atención y se alejaron un poco de la multitud.

—Ian, ¿qué ha pasado? ¿Estás herido?

—Estoy bien, pero lo siento. No sé cómo ha sido —tosió—. Empezó de repente. Sólo recuerdo ruido de cristales en el ático y mucho humo.

James apretó con fuerza el hombro del librero, dándole ánimos.

—¿Había alguien en el ático?

Los ojos de Ian se abrieron como platos y se puso a temblar.

—¡Dios mío! Su invitado… ¡Está aún ahí dentro! —miró hacia las crecientes llamas— ¡Por todos los santos!

James soltó un suspiro prolongado, antes de que el intenso humo le hiciera toser.

—Márchate a casa con tu familia y descansa, no te preocupes por nada. ¿Entendido? —El hombre asintió un poco aturdido—. Cualquier cosa que necesites, avísame.

—Gracias señor… lo siento…

—Tranquilo.

En cuanto Ian se alejó, James localizó el carruaje y, sin esperar al cochero, que se había perdido entre la multitud curiosa, saltó él mismo al pescante y arreó a los caballos alejándose de la calle velozmente.

—¡James! —gritó Ellen desde el interior—. ¡¿Qué está pasando?!

—Te llevo de vuelta a la abadía, esto se está poniendo demasiado peligroso.

Los caballos empezaron a acelerar el paso abandonando las calles de la ciudad en minutos.

Una fina lluvia empezó a caer empapando el cabello y la ropa de James.

Cuando el paisaje empezó a cubrirse de árboles, Ellen, movida por un sexto sentido, miró por la ventanilla trasera, justo en el momento en el que un encapuchado vestido de negro y a lomos de un corcel oscuro como la noche, aparecía tras unos árboles y lanzaba contra la parte trasera del carruaje una botella con un trapo incendiado. Al colisionar contra el cristal, las llamas se extendieron por la carrocería, haciendo que Ellen saltara al asiento de enfrente. James se giró a tiempo de ver cómo el asaltante se alejaba a toda prisa por un sendero secundario del bosque.

—¡Ellen! —Tiró de las riendas intentando frenar a los dos caballos—. ¡Ellen, estás bien!

Uno de los caballos relinchó acelerando el paso, asustado por las llamas que empezaban a coger una altura considerable.

—¡James! —ella intentó abrir la puerta sin éxito—. ¡La puerta está cerrada! —sonó desesperada.

—¡Maldición! —miró hacia atrás viendo cómo su pañuelo impedía la fuga a Ellen—. ¡Rompe el cristal!

Las piedras del camino, sumadas al galope frenético de los caballos, hacían saltar al carruaje con fuerza cada pocos metros.

James empezó a mirar a su alrededor buscando alternativas para sacar a Ellen de allí.

El humo empezaba a hacerse denso en el interior del carruaje, mientras ella vaciaba su ridículo, metía la mano dentro y empezaba a dar puñetazos contra el cristal sin resultado alguno. Cada vez le costaba más respirar y sabía que si no actuaba rápido moriría abrasada.

—¡Rómpete, maldito cristal! —Lo golpeó de nuevo sin resultado—. ¡No tengo fuerza en los brazos!

Mirando nerviosa a su alrededor, sólo encontró una solución, levantó su falda por encima de la cabeza para protegerse de las llamas que empezaban a devorar el lado izquierdo del coche y, tumbándose en el asiento, empezó a dar patadas al cristal, hasta que por fin se rompió. Al ver como el brazo de Ellen se asomaba por la ventanilla y aflojaba la lazada para abrir la puerta, James respiró profundamente como si llevara minutos sin hacerlo.

—¡Ellen! Ven al pescante.

Ella se aferró a la moldura que decoraba el filo del techo del carruaje con las manos, mientras la puerta abierta golpeaba su cuerpo que ya estaba fuera del habitáculo.

—Está demasiado lejos, James.

Él se inclinó intentando alcanzarla con la mano, pero estaba fuera de su alcance.

—¡Demonios! —Intentó frenar de nuevo la marcha de los caballos—. ¡Aguanta!

Ella empezó a toser sin poder contestarle.

Sin perder más tiempo y sabiendo que era arriesgado, James bajó del pescante y saltó sobre el eje de madera que mantenía unidas las cinchas de los caballos con el carruaje mientras hacía equilibrios. Ellen cerró los ojos, no soportaba la idea de ver a James caer a aquella velocidad. Aprovechando un trozo de la senda bastante llano y recto, James saltó a lomos de uno de los caballos y acto seguido sacó la daga de su bota.

—¡Ellen, agárrate fuerte!

De un golpe certero, cortó la cincha y el carruaje, aún sujeto a uno de los corceles, viró un poco hacia la derecha, mientras Ellen gritaba.

James, dominando al caballo con unos fuertes tirones de su crin, consiguió acercarse lo suficiente a ella.

—¡Salta!

Ellen miró cómo galopaba justo a su lado y, soltándose de una sola mano, se inclinó hacia él.

—¡Ahora! —Le rodeó la cintura con un brazo—. ¡Salta!

En a lo que Ellen le pareció una eternidad, su cuerpo se vio suspendido en el aire, para aterrizar, de golpe y con un intenso dolor, sobre el lomo del caballo que se movía frenético. Antes de que sintiera la más mínima sensación de que se caía, uno de los fuertes brazos de James la apretó contra su pecho, recolocando sus brazos alrededor de la cintura de él.

El corazón de ella palpitaba con fuerza dejándola sin aliento.

Las llamas habían invadido por completo el coche y el caballo, que aún estaba tirando de él, relinchaba desesperado.

—James —suplicó ella mirándole a los ojos.

Él no necesitó nada más para saber lo que ella quería.

Clavando los talones en las costillas del corcel que montaban, se acercaron al otro.

—Agárrate a mí.

Ella le obedeció sin preguntar y, tras inclinarse sobre las cinchas, liberaron al caballo, que corrió hacia el bosque asustado.

Al asomarse sobre el hombro de James, Ellen vio como el carruaje, descontrolado, se estrellaba contra unos árboles quedando reducido a un amasijo de madera y fuego. Asustada, hundió la cara en el pecho de él, siendo consciente en aquel instante de los latidos del corazón de James, que parecían ser más fuertes que los suyos.

A medida que fueron tomando el camino hasta la abadía, el

caballo pareció tranquilizarse, a diferencia de James, que presionaba a Ellen contra él con fuerza.

Minutos después, se adentraban a un suave trote por el camino de los establos de la abadía, mientras una lluvia torrencial los empapaba.

Al sentir como se refugiaban en el establo y el caballo paraba, Ellen levantó la mirada buscando la de James, pero él estaba mirando al frente, con una fría expresión y la mandíbula tensa.

—¿James? —susurró.

—Lo siento —se mordió los labios—. He vuelto a ponerte en peligro.

Algo en el interior de Ellen se desató como un tornado; una sensación apremiante de protegerle y cuidarle.

—Estoy bien, me has salvado, otra vez —su voz sonó dulce y cálida.

—Has estado a punto de morir.

—James —suplicó—. Mírame, James, por favor.

Los ojos de él abandonaron el horizonte para posarse en los de ella, cambiando al instante su expresión y brillo.

—Lo siento —sonó como un niño pequeño desesperado—. Lo siento tanto.

Abrumada, ella le abrazó con fuerza, mientras él le besaba los empapados rizos de la frente.

—No me ha pasado nada —sonrió contra su camisa empapada.

James tomo el rostro de Ellen entre sus manos, mientras sin poder controlarse trazaba un camino de desesperados besos que descendían desde su frente hasta su cuello. Al sentir los cálidos labios en su yugular, ella no pudo evitar un gemido que hizo que él se paralizara. Decepcionada por la interrupción, le miró, buscando respuestas de qué era lo que le había frenado.

—Estás herida.

Sin decir nada más, saltó del caballo y la bajó.

—Estoy bien.

—No —señaló con la barbilla el tobillo derecho de Ellen, cuya sangre había teñido por completo el bajo de su vestido.

La cogió en volandas y entró en la casa, camino a las grandes escaleras.

—Puedo caminar —se quejó.

—Eso lo decidirá el médico.

Ella le miró preocupada. De pronto, volvía a estar frío y distante.

De un preciso movimiento, abrió la puerta de la habitación de Ellen y la dejó sobre la cama con cuidado.

—Avisaré al doctor y a una doncella para que te ayude a ponerte ropa seca.

Con pasos rápidos, se alejó de ella antes de que pudiera mostrar ninguna queja más y cerró la puerta de la estancia. Al hacerlo, sintió como los nervios de la noche se adueñaban de él de una manera veloz e intensa y salió corriendo a su habitación. Él siempre se había divertido jugueteando con jóvenes inocentes a las que cortejaba si ellas le dejaban y disfrutaba del riesgo y de las aventuras que su trabajo le brindaba, pero con Ellen era distinto. Casi la había perdido, su vida había peligrado por su culpa y no podía permitírselo más. Ella le importaba demasiado. Más de lo que él estaba dispuesto a reconocer.

XXVIII

El vendaje de su pierna le molestaba bastante; la tarde anterior, el doctor le había hecho unas curas, recetado un ungüento antiséptico y administrado una buena dosis de su ya conocidísimo láudano para que descansara toda la noche.

Tras pasar la mañana en la cama sin poder moverse mucho, ya que así lo había ordenado Agatha preocupada por su bienestar, su paciencia se había agotado, así que cuando el reloj marcó la hora del té, Ellen se levantó, retiró la venda que rodeaba su pierna y, tras examinar un feo corte transversal que subía por su pantorrilla, que por suerte era bastante superficial, decidió vestirse con un sencillo vestido amarillo. Tenía que salir de su habitación, no sólo porque el cautiverio la agobiaba cuando se encontraba bien, sino porque necesitaba hablar con James. No comprendía qué era lo que había sucedido la tarde anterior. Él le había salvado la vida y, después, a lomos del caballo, la había colmado de los besos más tiernos que jamás había recibido, pero tras aquello, nada. No había preguntado por ella, ni se había asomado a su habitación. Una ilusión se había instaurado en el corazón de Ellen, quizás estaba abrumado por lo que sentía por ella y por eso aún no la había visitado.

¿Estaría empezando su romance de época?

Embobada como una colegiala, agitó la cabeza viendo su reflejo en el espejo del tocador, mientras colocaba unos pasadores en su moño.

—No te enamores, Ellen, sois de mundos distintos —se riñó—. ¿A quién quiero engañar? Me encanta James.

Al decirlo en voz alta, su corazón se aceleró. Estaba en serios problemas; fuera lo que fuera lo que la había trasladado a aquella época, la podía volver a llevar a su mundo en un instante y James, Anthony y todo lo que les rodeaba no estarían en su contemporánea Barcelona.

—Juegas con fuego. Él no puede ser para ti —hizo una mueca triste—. Pero, por otro lado… la vida son dos días y si no disfruto lo poco que me pueda quedar con James, me arrepentiré siempre.

Se levantó del asiento del tocador como si le ardiera y corrió hacia la puerta con una sola idea fija en su mente. Estaba perdiendo unos minutos preciosos con un hombre de novela de Jane Austen por ser realista.

—¡A la porra ser sensata! Quiero ser la protagonista de mi propia novela romántica.

Abrió la puerta con una gran sonrisa y avanzó por el pasillo a pasos rápidos hasta la habitación de James. No sabía qué haría al verle; tal vez, lanzarse a su cuello y besarlo con pasión, o quizás dejarse cortejar como una dama. Cuando le viera, lo sabría.

Al llegar a la estancia, la imagen la dejó petrificada en el suelo, borrando de un plumazo su alegría. El lugar parecía tan impersonal como las habitaciones de invitados, a excepción de dos baúles que había en el centro con las iniciales JM. Con pasos lentos y temerosos, se acuclilló junto a uno de ellos y lo abrió. En el interior había varios libros, junto con ropa y algunas cajas metálicas con lo que parecían enseres de higiene. Cogió un pañuelo de hilo blanco y lo olió.

—¿Vas a robarme?

Ellen dio un respingo y, a causa de la longitud de su vestido, se cayó de culo al suelo.

James, de pie junto a la puerta, hizo un ademán para ayudarla a levantarse, pero de pronto retrocedió un paso con el rostro serio y se apoyó contra el marco de la puerta, mientras Ellen, avergonzada, se ponía de pie sola y alisaba con dignidad las arrugas de su falda.

—Lo siento, no era mi intención cotillear tus cosas. ¿Te marchas?

—Sí —su voz sonó fría y distante.

Los músculos de ella se tensaron reaccionando ante la poca cordialidad.

—¿Dónde vas?

—A una propiedad que poseo en el centro de Londres.

Los ojos grises de Ellen se entrecerraron.

—¿Por qué?

La mandíbula de James se tensó mientras cruzaba los brazos sobre su pecho y miraba hacia otro lado.

—¿Tu madre jamás te enseñó que hacer demasiadas preguntas es irrespetuoso?

—¿Disculpa? —su voz sonó aguda—. ¿Se puede saber qué te pasa?

—De nuevo, otra pregunta.

Ellen soltó un bufido mientras cerraba los puños con furia. ¿Cómo podía haber pensado por un instante que tenía algún futuro romántico con él?

Cuando James la vio avanzar hacia la puerta se apartó y ella salió profiriendo sonidos casi inaudibles, que se parecían a palabras malsonantes.

James vio melancólico cómo se alejaba por el pasillo.

—Mañana espero que no me avergüences.

Ella frenó en seco y le dedicó una fría mirada.

—Lo siento, pero debo ser impertinentemente preguntona otra vez. ¿Qué pasa mañana?

—Vamos al partido de cricket de los Monroe.

Ella se acercó a él con la furia marcada en cada uno de sus pasos.

—¿De veras crees que voy a ir contigo al partido?

—Sí.

—No —Se giró orgullosa y emprendió de nuevo el camino hasta su habitación.

Las comisuras de la boca de James se elevaron brevemente. Le encantaba la obstinación de Ellen, pero no podía permitírselo. Ella no podía gustarle.

—Vas a decepcionar mucho a mi madre si no asistes.

"No, la carta de la madre enferma y encantadora, no. Maldito seas" —pensó antes de volver a mirarle.

—Iré, pero por ella.

—Eso que tenemos en común.

Ellen dibujó una *O* con su boca y se marchó indignada a su habitación. Cuando la puerta se cerró tras ella, empezó a caminar con ira.

—¡Maldito libertino con personalidad múltiple! Soy estúpida por dejarme embaucar por unos besos en el cuello —bufó—. Estoy en el siglo de los hombres encantadores y yo me encapricho del más complicado y falso de ellos.

Un rugido de furia salió de lo más profundo de su garganta. Tenía que salir de aquella habitación. Cerró con un sonoro portazo y bajó por las escaleras hasta la gran biblioteca, que estaba desierta. Necesitaba entretener su mente con algo hasta que James se hubiera marchado o no podría controlar las ganas de gritarle cosas terribles.

Empezó a pasar su dedo índice sobre los lomos de algunos ejemplares, leyendo los títulos.

—Orgullo y prejuicio, de Jane Austen —resopló—. ¡Ja! A la porra con el romanticismo.

Siguió leyendo los lomos hasta que dio con uno que le pareció de lo más tedioso.

—Simbología y mitos de nuestro tiempo. Perfecto.

Localizó un sillón junto a la ventana y se dejó caer sin muchas ganas. Leer le despejaría la mente.

Descendió los escalones de su mansión de Londres y empezó a pasear sin rumbo entre los transeúntes de la ciudad. Diez minutos en aquella casa y ya no soportaba el hecho de saber que Ellen no estaba bajo su mismo techo.

James sabía perfectamente que estaba haciendo lo correcto. Cada vez que ella le brindaba su ayuda, él la ponía en una situación arriesgada; tanto, que hasta peligraba su vida. No permitiría que Ellen estuviera de nuevo en apuros, aunque ello significara dejar de verla o vivir alejado de ella. Al fin y al cabo, aquello era el amor, velar y proteger a los seres amados, por mucho que doliera. Debía centrarse en la búsqueda de nuevas pistas para dar con Elizabeth, aunque siendo sincero con él mismo, dudaba que la joven no estuviera ya echada a perder a manos de una madame o un aristócrata sin moralidad. A pesar de ello, había dado su palabra de honor al padre de la joven de que la encontraría y, como caballero que era, jamás faltaba a su palabra.

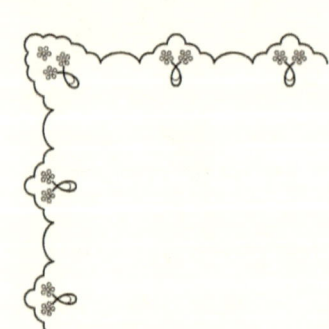

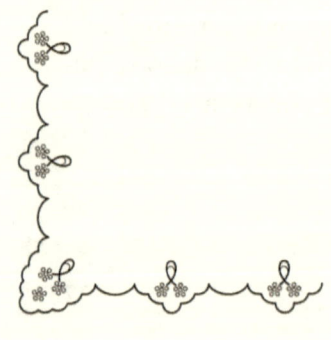

XXIX

$\mathscr{S}$us ojos leían con ilusión todas y cada una de las palabras que Charlotte había escrito con una caligrafía admirable en una carta para Ellen. Las palabras de su amiga la reconfortaban mientras esperaba a James para ir al partido de cricket. Desde que aquella mañana su doncella le había entregado la correspondencia, había leído la misiva casi hasta memorizarla.

Querida Ellen,

Me llena de gozo escribirle en calidad de la nueva Señora Mackenzie.

Te extrañé muchísimo el día de mi enlace, pero comprendo que existen motivos que te retienen en Londres.

La boda fue breve pero preciosa y tenemos previsto volver en unos días a la ciudad. Cuando ello suceda, te contaré en persona todo lo ocurrido, incluido detalles que no dudo que te ruborizarán y hasta escandalizarán. Tan sólo te diré que mi querido Anthony no es tan pacífico en nuestra alcoba como lo es fuera de ella.

Me ruborizo sólo de escribirlo.

Espero que no te perturben en demasía mis palabras, aunque tranquila, mi inocente Ellen, no dudo que en un futuro un buen caballero hará lo propio contigo.

Espero y deseo que estés bien.
No contestes a esta carta, pues para cuando la respuesta
me llegara a Irlanda seguramente yo ya estaría junto a ti.

Siempre tuya,
Charlotte.

Plegó la carta con delicadeza y la guardó dentro de su ridículo a juego con su vestido. Se alegraba de que su amiga hubiera encontrado la felicidad con Anthony, ambos se lo merecían, pero una pequeña parte de ella sentía celos; en el fondo, Ellen había soñado con ser también una Mackenzie.

—Querida.

La voz de Agatha la sacó de su ensimismamiento, haciendo que se pusiera de pie de inmediato con un ligero rubor como si hubiera leído sus pensamientos.

—Señora Mackenzie —hizo una leve reverencia con la cabeza.

Agatha entró en la biblioteca con pasos lentos mientras inspeccionaba el atuendo de su invitada.

—Estás preciosa, Ellen. Seguro que causarás un buen revuelo entre los asistentes al partido de cricket.

—Es muy amable.

—De veras que no comprendo qué negocio ha hecho que James se tuviera que mudar tan repentinamente a la casa del centro —La miró con un brillo pícaro en sus ojos—. Mi hijo odia ese lugar. Jamás le ha gustado vivir en la ruidosa ciudad. A pesar de que sí gusta de hacer vida social en ella.

Agatha se acercó a la ventana y miró el despejado cielo.

—Hace un precioso día.

—Como debe ser, Ellen —le sonrió con dulzura—. ¿Serás un

ángel y me contarás como ha transcurrido todo? Ya sabes que me nutro de la vida social de los demás.

—Por supuesto, será un placer.

Agatha sonrió mientras se acercaba a Ellen y cogía una de sus manos entre las suyas.

—Es inevitable que llegue el día que la temporada termine y debamos devolverte a tu hogar, pero mentiría si dijera que ello me alegra.

Ellen tardó unos segundos en ordenar las palabras en su mente para entender aquella frase. En cuanto lo hizo, sonrió sinceramente.

—Yo también la echaré de menos, Señora Mackenzie.

—Quién sabe, mi dulce joven —Se encaminó hacia la puerta—. Tal vez encuentre un modo de retenerte aquí para que sigas alimentando mi vida de los bellos detalles de las fiestas.

James apareció en la entrada de la biblioteca con un traje de color claro que hacía resaltar sus ojos azules.

—Madre —la saludó dándole un beso.

—¡Oh! Hablando de ti —miró de reojo a Ellen, quien seguía sin pillar las indirectas—. Haz el favor de ser cortés con nuestra invitada y presentarla a todos los asistentes al evento que sean dignos de ello, ¿entendido?

—Prometido —Sonrió como un niño bueno.

Al ver aquella expresión, Ellen olvidó durante unos instantes que estaba muy enfadada con él.

—Bien, os dejaré partir, no quiero que os demoréis por mi culpa.

Mientras la tensión se hacía con todos los músculos de James, haciendo acopio de todo el autocontrol que le fue posible, le tendió un brazo a Ellen para que le acompañara. Con pocas ganas de acercarse a él, pero sin querer herir los sentimientos de Agatha, ella se cogió de James y ambos se encaminaron hacia la salida.

—Pasad una buena tarde.

—Gracias, Señora Mackenzie —Ellen le ofreció una brillante sonrisa.

En cuanto supo que Agatha ya no podía verles, Ellen soltó el brazo de James como si le quemara y se adentró de un salto, poco decoroso, al interior del carruaje. Aquel simple acto de desprecio hizo que el corazón de él se encogiera con dolor. Pero no podía permitirse flaquear, tenía que protegerla.

El coche de caballos se puso en marcha y ella simuló estar fascinada por el paisaje boscoso.

Cuando apenas llevaban unos minutos de silencioso camino, Ellen empezó a removerse nerviosa en su asiento. La doncella, en contra de sus deseos, le había vuelto a vendar la herida, y la magullada piel de Ellen se aquejaba de ello al no poder respirar.

Sin poder aguantarlo más, se levantó un poco la falda y dio un leve tirón al borde del apretado vendaje. James la miró conteniendo una mueca de preocupación.

—¿Te importa no mirar?

Él se limitó a cerrar los ojos y Ellen se tomó unos deliciosos segundos para observar con detenimiento las facciones de su rostro. La línea angulosa de su mandíbula, sus carnosos labios, la nariz recta y de un tamaño grande pero no exagerado y, por supuesto, sus perfectísimas patillas.

Al notar como un calor ascendía por su pecho, agitó la cabeza como si quisiera sacudir sus pensamientos y, apoyando el pie en el asiento frente al de ella, peligrosamente cerca de James, se subió la falda por encima de la rodilla y, con movimientos rápidos, desenrolló el vendaje de su pierna. El alivio fue instantáneo. Pasó sus dedos a los dos lados de la herida, que ya había empezado a cerrarse creando una fina costra y suspiró.

—Lo siento —susurró James tan bajo que Ellen dudó de lo que había oído.

Sus miradas se encontraron y hasta que James no bajó la suya, recorriendo con una deliberada lentitud el contorno de su pierna expuesta, ella no volvió a sentarse como una dama.

—Has mirado.

Él se encogió de hombros y cerró los puños, acallando una réplica mordaz con toques picantes. Le estaba costando horrores estar junto a ella y no dejarse llevar por lo que de verdad quería decir y hacer. Ellen no sólo le proporcionaba una visión hermosa y deseos ardientes, sino que también le hacía reír con sus comentarios. Ella le hacía feliz de una manera tan completa que ni en sus mejores sueños había imaginado.

Ellen enarcó las cejas esperando una respuesta por su parte, pero él la ignoró, mirando por la ventana. No podía dejarse llevar, debía hacer lo correcto, aunque en apariencia fuera cruel.

Captando la indirecta, Ellen entrelazó sus manos sobre su falda y se dispuso a comportarse como James.

Ser frío y distante era un juego al que podían jugar ambos.

Después de lo que pareció ser una eternidad, el carruaje paró frente a una colosal mansión de piedra gris y enormes ventanales. Un lacayo vestido con una elegantísima librea blanca y dorada les abrió la puerta y ayudó a bajar a Ellen. Cuando James pisó tierra firme, le volvió a ofrecer el brazo, mientras fijaba su mirada al frente. Dispuesta a seguirle el juego, se aferró a él y ambos entraron en la lujosa y ostentosa residencia de los Monroe. Los ojos de Ellen captaron todos y cada uno de los detalles del hall, decorado con cortinas de un rojo sangre con cordeles dorados y enormes cuadros de caza, retratos familiares y montones de muebles, jarrones y estatuas que habrían hecho las delicias de cualquier coleccionista de antigüedades.

Al llegar a la otra punta, dos sirvientes abrieron una puerta doble de cristal que les permitió salir a un jardín lleno de setos podados con formas de animales que trazaban un sendero a un vasto prado. Junto a un delfín perfectamente definido, había una doncella con una bandeja llena de copas de cristal con limonada.

—¿Un refresco?

James cogió una copa y se la entregó a Ellen, antes de coger una para él.

—Gracias —contuvo una sonrisa amable.

"Estúpida, has de ser fría, no simpática" —se riñó mentalmente.

James la condujo, sin decir ni una sola palabra, hasta un grupo de gente que se empezaban a posicionar en unas delicadas sillas de jardín blancas, bajo unos enormes parasoles de cuyas puntas colgaban unas borlas, de nuevo de color dorado.

—¡Señor Mackenzie! —Una mujer de mediana edad y enormes proporciones se acercó a ellos mientras sostenía un carlino.

—Recuerda, soy Anthony —susurró en el oído de Ellen discretamente—. Mi querida Señora Monroe.

James se inclinó y besó la mano de la anfitriona, que soltó una sonora carcajada, mientras apretaba al perro contra su pecho.

El pobre animal jadeó.

—¿Quién es esta exquisita criatura que acompaña a mi defensor de la ley preferido?

—Le presento a una nueva amiga de la familia, la Señorita Gladwell.

Ellen hizo una reverencia y sonrió dulcemente.

—Un placer conocerla, Señora Monroe.

—¡Deliciosa! —bramó la mujer con teatralidad—. Una criatura extremadamente primorosa.

Ellen retuvo sus ganas de poner los ojos en blanco, ante lo

grotesca que le parecía aquella mujer y su pasión por los adjetivos.

—Acompáñeme, querida. Sin lugar a dudas, nuestro Señor Mackenzie querrá prepararse para el juego —sonrió a James—. No le miento cuando le digo que es uno de los mejores deportistas que jamás he visto en estas tierras.

—Me abruma usted con sus halagos —James sonrió comportándose con la cordialidad propia de su hermano.

—¡Mackenzie! —le gritó un joven desde la otra punta del improvisado campo de cricket que los criados habían terminado de montar.

—El deber me llama —hizo una reverencia—. Mis señoras.

Sin decir nada más, se acercó a un grupo de hombres que no tardaron en darle la bienvenida.

Ellen no pudo evitar mirarle y sonreír.

—Venga, mi joven amiga —La Señora Monroe cogió a Ellen por el brazo y la arrastró bajo las sombrillas—. Tomemos asiento.

Ellen se sentó lentamente en la sillita y observó al variopinto grupo de invitados que se componía de algunas parejas de mediana edad que, sentados bajo un toldo, hablaban, bebían y comían, sin parecer muy interesados por el partido, y de dos docenas de hombres y mujeres jóvenes, repartidos en sexos. Ellos en el campo de juego y alrededores y ellas bajo las sombrillas.

De repente, las jóvenes empezaron a vitorear a uno de los caballeros que corría de un palo clavado al suelo a otro.

—El Señor Watson es muy hábil, ¿no cree? —comentó la Señora Monroe mientras aplaudía.

—Sin duda —respondió cortésmente Ellen jugando su papel a la perfección.

Después de más de una hora, Ellen aplaudía con desgana a los nuevos bateadores y corredores, mientras luchaba por no bostezar.

—No sufra usted —murmuró una joven de apenas catorce años junto a Ellen—. Dentro de poco, harán un descanso y nos servirán un refrigerio.

—Gracias.

Al percibir susurros, la Señora Monroe le dedicó una mirada censuradora a la joven.

—Permítanme que las presente. Señorita Gladwell, le presento mi primogénita, Debbie.

—Un placer —sonrió Ellen.

—Lo mismo digo.

Uno de los caballeros golpeó la bola fuera de los límites del campo y varias mujeres vitorearon la proeza.

—No tema usted, Señorita Gladwell, yo también creo que este juego es tedioso —musitó Debbie.

Ellen sonrió a la joven, reparando en sus facciones de muñeca de porcelana. A diferencia de su madre, Debbie era de cabellos rubios y enormes ojos verdosos.

—Me alegra no ser la única que opina eso.

La joven sonrió.

—A decir verdad, creo que la mayoría de las damas que acuden a este evento lo hacen para lucir sus joyas y sus vestidos confeccionados en Paris —Miró hacia su madre asegurándose de que no las oía—. Una vez una de ellas se quedó dormida.

—Puedo comprenderla.

Debbie fingió una leve tos para disimular una carcajada.

Por suerte para ambas, la primera parte del partido terminó y tanto hombres como mujeres se mezclaron alrededor de un buffet de comida fría.

Durante un agradable rato, Ellen y Debbie hablaron animadas sobre las fiestas, el campo y el buen día, hasta que James reclamó la atención de Ellen para presentarle a un párroco, una

Lady, una joven americana de gran fortuna y varios caballeros y damas distinguidos, que a ella le parecieron idénticos y sin interés ninguno.

Tras las conversaciones típicas, Ellen empezó a añorar la comodidad del sofá de la biblioteca y el libro sobre simbología que, lejos de lo que le pareció en un principio, se había vuelto una lectura agradable e instructiva.

—¿Cuándo crees que sería un buen momento para despedirnos? Empiezo a estar cansada —comentó Ellen alejándose un poco del grupo con James.

—Come algo para reponer fuerzas, aún quedan cuatro horas más de partido.

—¡¿Qué?! —la Señora Monroe miró hacia ellos algo alterada—. Con dos horas he tenido más que suficiente y ¿me estás diciendo que aún quedan cuatro más?

James asintió.

—Con un descanso de veinte minutos para la merienda.

—¡Oh! Eso lo cambia todo, una merienda.

Él contuvo una sonrisa ante el sarcasmo exagerado de Ellen.

—¿Nunca antes habías estado en un partido de cricket?

—Es evidente que no.

—Si quieres, podemos marcharnos alegando que te duele la cabeza.

Ella pensó durante unos segundos, antes de resoplar agobiada.

—No, nos quedamos; si nos presentamos tan pronto en tu casa, tu madre se sentirá muy decepcionada, y eso no me gustaría.

La sonrisa de James fue automática, sincera e irrefrenablemente atractiva.

—Gracias.

—No lo hago por ti —entrecerró los ojos—. Sino por ella.

Él se obligó a ponerse serio.

—Evidentemente —carraspeó—. Debo volver al juego, me toca batear.

Ellen asintió mientras él se alejaba quitándose la chaqueta. Creyéndose sola, suspiró profundamente.

—Corta la respiración, ¿no es cierto?

La espalda de Ellen se tensó como una tabla y miró a la joven pelirroja que se comía con los ojos a James.

Poco le faltó para empujarla al riachuelo cercano que delimitaba la mansión de los Monroe.

—¿Le conoce usted?

—¿A Anthony? —sonrió—. No demasiado, pero gracias a su hermano gemelo James, podría pintar un óleo suyo con todo lujo de detalles.

La risa coqueta de la pelirroja hizo que Ellen tuviera ganas de darle con uno de los bates de cricket.

—No tengo el placer de conocer a James —contestó con brusquedad mientras le miraba prepararse para batear.

—Si me permite un consejo —le susurró—, déjese tener dicho placer, por experiencia personal puedo garantizarle que éxtasis es una definición más acertada en lo que concierne al más hábil de los hermanos Mackenzie.

Antes de que Ellen pudiera decir nada más, la Señora Monroe se encargó de que todas sus invitadas volvieran a sus asientos, cosa que garantizó la seguridad de la pelirroja al sentarse lejos de la enfurecida y celosa Ellen.

La segunda parte del partido, a pesar de prometer ser aburrida y lenta, fue mucho más amena para Ellen, que se divertía comentando anécdotas con la joven Debbie y maravillándose de la habilidad en el juego de James.

A pesar de que sabía que estaba siendo de lo más masoquista recreándose en la figura y los movimientos de él, necesitaba mirarle.

La merienda llegó junto con algunas nubes grises que amenazaban con posponer el partido a otro día, cosa que hizo que la Señora Monroe entrara en todo lujo de detalles para explicarle a Ellen lo desolada que se sentiría si la lluvia les estropeaba la tarde. El parloteo constante de aquella mujer la retuvo a su lado mientras James, acalorado por la última carrera completa que había logrado hacer, bebía un refresco junto a la pelirroja.

"Arpía calentorra del siglo XIX" —maldijo Ellen en sus pensamientos.

Como si James la hubiera oído, miró a Ellen y una idea brilló en su mente. Dispuesto a alejarla de él a toda costa, y a pesar de que la pelirroja era una antigua amante de su juventud de la que no guardaba buenos recuerdos, empezó a entablar una animada conversación. Como cabía esperar, la joven empezó a coquetear descaradamente con él, a pesar de que desconocía que era James. Si Ellen le creía un calavera, se alejaría volviendo a su vida estando segura de nuevo.

Al verles reír juntos, Ellen enrojeció de furia.

—A eso podemos jugar dos —seseó como una serpiente dispuesta a atacar.

—¿Decías querida? —comentó la Señora Monroe, cortando la descripción de las gotas de lluvia que arruinaban los partidos de cricket.

Ellen actuó rápidamente repasando todos y cada uno de los caballeros, buscando uno que realmente pudiera servir para devolverle el golpe a James. Sonrió orgullosa cuando un alto, musculoso y moreno joven de intensos ojos aceituna entró en su radar.

—Perdone mi atrevimiento, Señora Monroe, pero tendría interés en conocer a aquel joven.

La mujer miró hacia donde Ellen apuntaba discretamente con su abanico.

—¿El Señor Becher? Me temo querida que no se mucho sobre él, pero hemos sido presentados recientemente, así que no será problema.

—Gracias —miró un segundo hacia James, que reía con la pelirroja, antes de encaminarse con la Señora Monroe hacia el moreno, que hablaba animado con Debbie.

—Señor Becher —la Señora Monroe sonrió—. Quisiera presentarle a la Señorita Gladwell.

Un escalofrío intenso recorrió la columna de Ellen cuando el moreno fijó sus penetrantes ojos en los suyos y delicadamente le cogió la mano para besársela.

—Un placer, Señorita Gladwell.

—Lo mismo digo —fingió una risita tímida verificando que James estaba alerta al verla con otro hombre.

Debbie miró un segundo a Ellen y frunció el ceño un poco decepcionada, mientras su madre la arrastraba hasta el buffet, dejando solos a la pareja.

—Si me permite el atrevimiento, Señorita Gladwell, no parece usted de aquí.

—Ha acertado, soy de Dambury.

—Una preciosa población rural, con hermosas jóvenes, sin duda —inclinó la cabeza.

Lejos de sentirse halagada, Ellen sintió una alarma en su interior, una que le gritaba que corriera lejos de aquel guapo hombre.

—Comprendo que siente al no ser habitual de Londres, yo tampoco soy de aquí, como habrá podido notar por mi acento.

—Apenas es perceptible, Señor Becher —sonrió coqueta al ver que James se acercaba a ellos a grandes zancadas—. ¿De dónde es usted?

—Mi madre es inglesa y mi padre...

—Disculpe —James se interpuso entre ella y el Señor Becher

con una dura mirada—. Quisiera hablar con la Señorita Gladwell.

Cogiéndola firmemente del brazo, la llevó a la otra punta del buffet.

—Un placer, Señor Becher, espero poder terminar nuestra conversación en otra ocasión.

—Sin duda —Hizo una reverencia antes de que James la alejara demasiado.

La sonrisa de Ellen era visible, su plan había funcionado y, al parecer, ella era mejor que James dando celos.

Cuando ambos estuvieron un poco alejados del buffet, cerca de los setos de animales, James la fulminó con la mirada.

—Ellen, debes esperar a que te presenten a un caballero antes de hablar así con él —la regañó sin poder contener un hilo de ira en su voz.

—Y hemos sido debidamente presentados —canturreó exultante—. Quizás, si no hubieras estado tan entretenido con la pelirroja de reputación dudosa, no habría tenido que entretenerme con otro.

Lejos de sentirse furioso o celoso, James experimentó un tremendo deseo de abrazar a Ellen y besarla hasta que les dolieran los labios. Aquello estaba siendo demasiado para él y su plan racional.

—¿Estás celosa? —esbozó una sonrisa ladeada llena de picardía.

—¿Tú lo estás? —entrecerró los ojos.

La lengua de Ellen se asomo entre sus labios y los humedeció lentamente. Sentía la boca seca.

James dio un paso hacia ella acercándose mucho más de lo que el decoro le permitía.

—No hagas eso, me está matando.

—Eres un exagerado, sólo hablamos. ¿Qué daño te puede hacer…? —calló cuando el pulgar de James trazo el mismo sendero que la lengua de ella había hecho.

—No hablaba de ese hombre, sino de tus labios.

La respiración de Ellen empezó a ser frenética mientras él se humedecía los labios al igual que lo había hecho ella.

—Mackenzie —Un joven rubio se acercó a ellos.

James hizo un aspaviento con la mano y sonrió inocentemente.

—Listo, Señorita Gladwell, sólo era una intrépida mariquita que se había posado en su mejilla.

—Gracias, los insectos y yo jamás seremos íntimos amigos —se rió interpretando muy bien el papel de damisela en apuros.

James dio un paso hacia el rubio y sonrió.

—¿Vamos a terminar el partido?

—Me temo que deberemos dejarlo para otro día. El Señor Monroe vaticina tormenta, así que será mejor que nos retiremos.

El suspiro de alivio de Ellen fue audible para ambos, que la miraron. Ella carraspeó.

En poco tiempo, James y Ellen se despidieron de los invitados, y en especial de la Señora Monroe, quien a pesar de haberle dicho adiós seguía explicándoles lo apesadumbrada que se sentía por no poder terminar el partido como era debido.

Cuando por fin entraron en el hall y llegaron hasta la puerta que les llevaría al jardín delantero y a su carruaje, James la miró con un punto juguetón.

—Cinco minutos más con la Señora Monroe y tu dolor de cabeza no sería ficticio.

—¿Y quién te dice que no sea una realidad?

Ambos se rieron, olvidándose de sus miedos y de lo que creían correcto.

Al llegar al coche, el lacayo de la librea poco discreta sostuvo la puerta para Ellen, mientras James le tendía la mano para ayudarla a subir. Al sentir el tacto de su piel, ella se puso nerviosa y la mirada intensa de James no hizo nada más que empeorar las cosas. Les quedaba por delante media hora en coche de caballos hasta la abadía, treinta deliciosos minutos a solas que, a juzgar por cómo estaban yendo las cosas entre ellos, serían de todo menos aburridos.

Cuando James se dispuso a subir, la voz de la Señora Monroe sonó en la lejanía bramando su nombre.

—¿Es que no nos libraremos de ella nunca? —resopló Ellen.

El lacayo contuvo una sonrisa.

James miró a la mujer, que se acercaba con pasos rápidos al carruaje mientras arrastraba a Debbie de la mano.

—Señor Mackenzie —jadeó al llegar hasta él—. Serían usted y la Señorita Gladwell tan amables de llevar a Debbie junto a su tía. Da la casualidad que nuestro coche de caballos se lo hemos prestado a los Wells.

James sonrió a Debbie, que se mostraba tímida.

—No será un problema —Hizo un gesto y la joven subió al carruaje.

—¿Conoce usted la dirección, Señor Mackenzie? —comentó la señora Monroe.

—Sí, mi madre y su hermana solían tomar el té a menudo.

La mujer dio una palmada animada.

—¡Es cierto! La divina Señora Mackenzie. Gracias por el favor.

—No hay de qué.

James hizo una reverencia, le dio indicaciones al cochero y subió al carruaje.

Cuando cerró la puerta, sentándose frente a Ellen y Debbie, dio unos golpes en el techo para que el cochero emprendiera la marcha. Debbie hablaba animada con su nueva amiga, quién, aunque a pesar de que fingía interés por la joven, lanzaba discretas miradas a James. Cuando una de ellas fue acompañada de un ligero humedecimiento de labios, James se pasó la mano por el pelo nervioso, maldiciendo su atracción por ella, y a Debbie por no brindarles intimidad.

Tras cuarenta lentos minutos, la abadía de los Mackenzie apareció rodeada de nubes grises al final del sinuoso sendero, y Ellen dejó de prestar atención a lo que Debbie le contaba para mirar a James, que había estado todo el trayecto en silencio y evitando su mirada.

—¡Señor, está lloviendo! ¿Quiere que me encargue de la señorita Gladwell?

James abrió la puerta del carruaje y cogió el paraguas que su cochero de confianza guardaba en el pescante.

—Gracias, yo me encargo —Abrió el paraguas y se asomó al interior del habitáculo—. Señorita Gladwell.

Ellen dudó un instante. Había dado por hecho que primero dejarían a la joven Monroe, y así, poder pasar aunque fueran unos minutos a solas, aunque el momento pícaro había quedado ya muy lejos.

—Todo un placer conocerla, Señorita Gladwell —Debbie sonrió con dulzura.

—Igualmente —Bajó del coche y se refugió bajo el paraguas que James sostenía.

Él empezó a caminar junto a ella, acercando su brazo para cubrirla por completo con el paraguas. Al percibir que él se estaba mojando, Ellen se pegó a su cuerpo, cosa que le hizo reaccionar, acelerando el paso hasta la entrada.

—Estaremos una temporada sin vernos —comentó con voz fría y mirando al frente—. Debo centrarme en mis investigaciones y es posible que cuando regrese aquí tú ya hayas vuelto a Dambury.

Ellen juntó las cejas confundida.

—¿Por qué estás jugando así conmigo? —James no dijo nada—.

Apenas hace un rato has vuelto a ser divertido y encantador, y de pronto, es todo lo contrario —Llegaron a la puerta doble y James puso la mano sobre una de las aldabas—. Ahora ni me hablas, ni me miras. ¿Se puede saber qué te hecho?

Los dedos de él rodearon el frío metal hasta que los nudillos se le quedaron blancos.

—Diviértete en las fiestas y cuídate mucho —Golpeó con la aldaba y se encaminó a grandes y rápidas zancadas al coche de caballos.

—¡¿Pero qué…?! —Ellen gesticuló al ver cómo el carruaje se marchaba.

Edgard abrió la puerta y, sin ni siquiera saludar, ella entró mientras maldecía a James por su ilógico comportamiento.

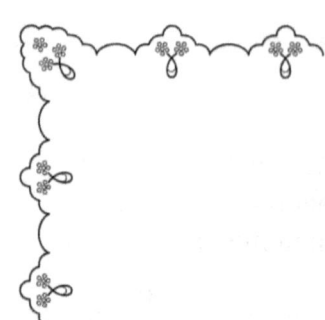

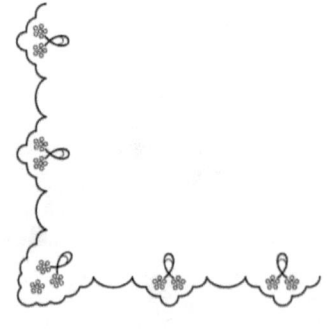

XXX

El sobre con la invitación descansaba sobre una elegante y brillante bandeja de plata, que su mayordomo le dejó sobre el escritorio de su despacho. James dejó de repasar sus anotaciones sobre la investigación de Elizabeth y le hizo un gesto con la cabeza a modo de agradecimiento. Sin prestar mucha atención, rasgó el lacre que sellaba la misiva y observó el papel de alta calidad, las filigranas de ornamentación que enmarcaban las esquinas y los nombres de Anthony y Charlotte.

Es un placer para la familia Mackenzie, invitarle al baile de gala que se celebrará este sábado en la Abadía de Dulwich, en honor a las recientes nupcias de Anthony Mackenzie con la, ahora, Señora Charlotte Mackenzie.

Le esperamos para compartir el gozo de esta unión.

Agatha Mackenzie

En una esquina, había una nota escrita a mano con una caligrafía que James reconoció al instante.

Hijo, sé que algo te sucede, puesto que llevas cuatro días sin venir a verme, pero te ruego dejes a un lado tus problemas y trabajo, y asistas al baile para compartir la dicha de tu familia y en especial la de tu hermano.

Tu madre que te adora.
A.

Un sentimiento de culpa le hizo sentirse mal al instante. Se había alejado de Ellen para protegerla pero, con ello, no había caído en los daños colaterales que estaban siendo más que considerables, ya que no sólo se había prohibido la entrada a sí mismo a la abadía, teniendo que recluirse en aquella casa en el centro de la ruidosa Londres, sino que había descuidado por completo a su madre.

Movió la cabeza decepcionado consigo mismo.

No podía permitirse aquello, tenía que encontrar la manera de evitar a Ellen y a la vez no abandonar sus deberes como hijo y hermano.

Charlotte entró en la habitación de Ellen como un vendaval, cargada con una enorme caja con una lazada rosada.

Desde su vuelta dos días atrás, el humor de Ellen había mejorado considerablemente, ya que ahora volvía a tener a sus dos amigos en la casa y ello significaba paseos, charlas y animadas veladas.

—Doy gracias al cielo por la habilidad de mi suegra para organizar eventos; de no ser por Agatha, ni las flores ni los músicos habrían llegado a tiempo para esta noche.

Ellen la miró desde el tocador donde una doncella le terminaba de colocar en el pelo unas pequeñas flores hechas con piedras brillantes.

—Tranquila, saldrá todo maravillosamente bien —Se miró al espejo y asintió—. Gracias, Sarah.

La doncella hizo una reverencia y se marchó.

Charlotte dejó la caja sobre la cama de Ellen y se sentó junto a ella.

—Pensé que, al no celebrar una boda tradicional, no tendría que pasar por el estrés de los preparativos de un evento de tal magnitud, pero esto es peor que un casamiento.

—¡Vamos! —la animó Ellen sentándose junto a ella—. Esta noche es tu gran noche. Vas a llevar un precioso vestido burdeos hecho con la seda más exquisita de todo Paris, que tu nuevo y complaciente marido te ha regalado, y serás la envidia de todo Londres.

—¿Saldrá bien?

—Será un éxito.

Charlotte bajó la mirada al suelo, preocupada.

—¿Y si alguien comenta lo precipitado del matrimonio, o saben algo de lo que me pasó?

—La Señora Mackenzie se ha encargado de que sus criados hagan correr el rumor de que tú y Anthony llevabais en secreto el noviazgo, y con tu historial de rechazos a las proposiciones de matrimonio, es más que creíble —le sonrió—. En cuanto a lo que sucedió, cómo quieres que alguien lo sepa si ni tú misma lo recuerdas.

La sonrisa brillante de Charlotte volvió a iluminar sus ojos.

—Por algo eres mi mejor amiga —Se abrazaron—. Y por ese algo te traigo este regalo.

Los dedos de Charlotte tamborilearon sobre la superficie de la caja.

—¿Qué es esto?

—Un regalo que te he traído de Irlanda y que quiero que lleves esta noche.

Las sospechas de Ellen se hicieron realidad cuando deshizo la lazada y sacó la tapa de la caja. Ante ella, un elegante vestido de satén verde con encaje negro, brilló como si tuviera luz propia.

—Charlotte...

—Sabía que te dejaría sin palabras —Lo sacó de la caja y lo colocó sobre el pecho de su amiga.

La tela cayó delicadamente por los costados de Ellen, que no pudo resistir mirarse en el espejo.

—Creo que no seré el único centro de atención esta noche. Te apuesto algo a que mañana recibes más de un ramo de flores y puede que alguna nota de cortejo.

El ánimo de Ellen decayó al instante. Ella no quería una nota de cortejo ni flores de algún caballero; lo deseaba, pero de James.

—Conozco esa mirada —Charlotte le arrebató el vestido, dejándolo sobre una silla con cuidado—. ¿Quién es él?

—No, no hay nadie —Ellen mintió pero su mirada se negó a seguirle el juego.

Los ojos de Charlotte se cerraron escrutando el rostro de su amiga, como si quisiera leerle los pensamientos.

—Ahora comprendo por qué has estado más callada de lo normal, abstraída en la lectura de ese volumen de historia...

—Simbología —le corrigió—. Y es muy interesante.

—Lo que sea —Agitó la mano—. ¿Voy a tener que adivinarlo? ¿Quién es el caballero que ha robado tu corazón? Porque si él te ignora, te aseguro que esta noche eso se solucionará.

—No es nadie —Ellen disimuló recolocando un rizo de su peinado tras la oreja.

—Déjame pensar... ¿El Señor Watson? —sonrió—. Tengo entendido que siempre destaca en los partidos de cricket.

Ellen negó con la cabeza para que se detuviera, pero Charlotte siguió diciendo nombres de caballeros y aristócratas, repasando los eventos a los que Ellen había asistido.

Tras varios intentos, se dio por vencida.

—¿No me lo vas a contar?

—Charlotte, de veras que no estoy enamorada. Simplemente, ando algo distraída últimamente, pero no me malinterpretes, me hace muy feliz que tú tengas una nueva vida llena de dicha.

—Pero yo quiero que tu también encuentres un buen marido —Los ojos de Charlotte brillaron—. ¡Claro! Cómo no lo había pensado antes.

Ellen se puso tensa.

—No necesito un marido.

—¡Claro que sí! Y creo que tengo un candidato perfecto. A decir verdad no goza de una reputación intachable, pero sé que un corazón femenino dulce y cándido como el tuyo le hará volverse un hombre sensato.

Con pasos lentos y juguetones, Charlotte se encaminó hacia la puerta.

—Por favor, no.

—Mi adorada amiga, tengo un caballero para ti, igual de guapo que mi marido, de familia respetable y que te otorgaría no sólo una gran fortuna, sino también una bella y grácil cuñada.

Sin que Ellen pudiera decir o hacer nada, Charlotte cerró la puerta y se encaminó a su habitación a terminar de prepararse para el baile.

No había que ser muy hábil para saber quién era el clon de

Anthony y la hermosa cuñada. Charlotte pretendía casarla con James.

El vestido negro de Agatha, junto con un tocado de plumas de lo más atrevido, contribuían a que la hermosa mujer, no sólo aparentara muchos menos años, sino que disimulara a la perfección cualquier rastro de los achaques de su fatiga y enfermedad. Seguida de cerca de un servicial Edgard, la elegante dama se paseaba por el inmenso salón de fiesta, decorado con flores blancas, saludando a lo más selecto de la sociedad Londinense.

Anthony y Charlotte, seguían su ejemplo aceptando buenos deseos y felicitaciones por su enlace, mientras que Ellen, sentada discretamente en una de las butacas de terciopelo rojo junto al enorme piano de cola blanco, contaba los minutos para volver a su habitación.

Las fiestas sólo eran divertidas cuando se contaba con una pareja de baile, un pretendiente o una amiga con la que divertirse cotilleando.

Un leve carraspeo le llamó la atención, para ver cerca de ella a Debbie con un precioso vestido amarillo limón y unas cintas a juego en el pelo.

—Señorita Monroe, qué placer verla aquí.

—Lo mismo digo —Le hizo una reverencia—. Está usted preciosa con ese vestido verde.

—Gracias, usted también.

Sin darse cuenta, la joven dama y ella entablaron una conversación sobre la fiesta, devolviendo el buen humor a Ellen.

Poco a poco, todos los invitados llenaron por completo el salón y parte de una terraza de piedra ovalada con vistas al lago.

Justo en el momento en el que Ellen empezaba a reír escandalosamente de una anécdota que Debbie le había explicado, una alta figura vestida con un traje oscuro se acercó a ellas.

Debbie sonrió embobada y Ellen le siguió la mirada.

—Señorita Monroe —Movió ligeramente la cabeza—. Señorita Gladwell.

—Buenas noches, Señor Becher —se sonrojó la más joven.

—Señor Becher, un placer volver a verle —Ellen dibujó una sonrisa forzada.

Sin James a su alrededor, no veía un motivo para hablar con aquel enorme hombre de ojos intensos que le daba mala espina.

—¿Sería tan amable de concederme este baile, Señorita Gladwell?

—Vera yo… —Mientras pensaba en una excusa, vio la decepción en los ojos de Debbie—. Quizás prefiera disfrutar de la habilidad de la Señorita Monroe.

Él sonrió a Debbie, que se había vuelto a encender como una bombilla.

—Bailaré un baile con ella si después usted lo hace conmigo —Le guiñó un ojo y tendiéndole la mano a Debbie, se alejaron hasta la pista de baile.

Cuando los músculos de Ellen se relajaron, una voz le hizo dar un respingo en su asiento.

—¿Quién es ese caballero de aspecto exótico?

Charlotte se sentó junto a su amiga entrecerrando los ojos, aquel hombre le parecía familiar pero no recordaba de que.

—¿El Señor Becher? Le conocí en el partido de cricket.

—¿Él, es él? —Escrutó los ojos de su amiga—. No, no lo es.

—¡Quieres dejar de hacer eso!

—Vamos, concédele ese pequeño placer a tu amiga que está agotada de saludar a personas de las que ya no recuerda ni los nombres.

Ellen no pudo evitar sonreír.

—Tú estás hecha para esto, mírate, si no fuera porque te conozco diría que eres una duquesa.

Charlotte hizo un movimiento teatral con su abanico imitando a la nobleza, y Ellen no pudo dejar de reír durante algunos minutos. Cuando se serenaron, Charlotte empezó a escrutar los rostros de los caballeros de la sala.

—Espero que venga, de lo contrario se romperá más de un corazón esta noche —Ellen no tuvo que preguntar para saber a quién se refería—. Mientras tanto, no creo que bailar un poco te haga daño.

La canción había terminado y el Señor Becher y Debbie se acercaban a ellas.

—Es muy guapo y exótico —susurró Charlotte.

En cuanto el Señor Becher estuvo lo suficientemente cerca, le tendió la mano a Ellen, que buscó un pretexto para no tocarle.

—Señora Mackenzie, le presento al Señor Becher.

Hábilmente, él corrigió el rumbo de su mano para tomar la de Charlotte y saludarla como era debido.

—Un placer.

—El placer es mío —sonrió él con un brillo extraño en sus ojos—. Le deseo un matrimonio lleno de felicidad.

—Es usted muy amable.

Charlotte retiró la mano sintiéndose extrañamente incómoda de repente, mientras Debbie se sentaba junto a ella con las mejillas encendidas y una enorme sonrisa.

Ellen se removió incómoda en su silla en cuanto los ojos verdes de él se fijaron de nuevo en ella.

—¿Cumplirá ahora su promesa? —Le tendió la mano—. Van a interpretar una de mis piezas favoritas.

Sin que ella pudiera hacer nada para evitarlo, y con un ligero y discreto empujón por parte de Charlotte para que abandonara su asiento, Ellen se vio arrastrada a la pista de baile.

Las primeras notas de una contradanza llenaron el salón y los bailarines dieron los primeros pasos. Ellen observó a Debbie, que hablaba con su madre pero sin dejar de mirarles.

—Me temo, Señor Becher, que no soy una bailarina tan ágil como la joven Señorita Monroe.

—Se menosprecia usted, querida —La hizo girar con gracia.

Cuando las manos de él se posaban en la cintura o la espalda de Ellen, una apremiante necesidad de salir corriendo la embargaba. Bailar con aquel hombre y con James, era algo completamente distinto.

—Espero que la siguiente pieza se la dedique a otra joven, señor —serpenteó junto con el resto de las mujeres entre la fila de caballeros.

—El rechazo duele más si la joven es tan hermosa como usted.

—Oh no, no me mal interprete, es que no puedo evitar ver los suspiros que su persona provoca entre las jóvenes de esta sala —Debbie se había acercado a la pista y les miraba—. En especial, los de la Señorita Monroe.

Juntaron sus manos y giraron lentamente, mientras se miraban a los ojos unos instantes.

—Intuyo que pretende encaminarme a los brazos de esa joven.

—Más allá de mi intención —sonrió—. Tan sólo quiero que mi nueva amiga tenga un buen recuerdo de esta velada.

Acercándose más de lo debido al cuello de Ellen, él susurró.

—Procuraré que no me olvide —rugió de una manera peligrosa.

Cuando uno de los últimos movimientos hizo que Ellen quedara mirando a la entrada del salón, tropezó con el bajo de su vestido al ver entrar a James con un traje negro, camisa blanca y un brillante lazo azul al cuello que resaltaba sus ojos. El Señor Becher la salvó del bochorno de caer de bruces cogiéndola con disimulo por la cintura y ella, en un acto reflejo, se agarró a sus antebrazos, emitiendo una risilla histérica. Siempre le pasaba lo mismo.

Desde la otra punta, James gruñó. Aquella noche no sería fácil para él.

XXXI

$\mathscr{D}$urante una hora, James y Ellen se habían evitado con eficacia, pero sin perderse de vista el uno al otro. Ella se sentía furiosa por el desplante de él y sus bruscos modales, y él, a pesar de velar por que el caballero moreno de ojos verdes no la rondara demasiado, pues no le daba buena espina, procuraba una buena distancia entre ellos para no sucumbir a la tentación de tocarla, bailar con ella o algo aún peor.

Anthony parloteaba animado explicándole a su hermano cómo había sido el viaje a Irlanda y cómo estaban sus negocios comunes allí.

—¿Cómo van las investigaciones? —comentó Anthony cuando terminó su relato.

—En un punto muerto y peligroso, me temo.

—Lamento oír eso. A decir verdad, creí que no vendrías para proteger tu coartada.

James asintió.

—No podía negarle mi presencia a madre, y si te soy sincero estaba bastante harto de ser tú.

Su hermano rió animado, mientras James se callaba sus verdaderas razones. En realidad, revelar su identidad en aquel momento le había parecido lo más sensato. Si alguien quería atentar contra él por haber protegido a Oliver Walls, mejor que supiera de qué hermano gemelo se trataba, puesto que no soportaba la idea de que Anthony y Charlotte pudieran sufrir un ataque por su culpa. De nuevo, debía velar por los que quería.

Al percibir que la mirada de James se desviaba hasta la pista de baile, Anthony soltó un suspiro.

—Si no espabilas, cualquier otro la cortejará.

—¿Cómo? —disimuló él apurando su copa de champagne.

—Vamos, la miras como si no existiera nadie más en esta sala —James le ignoró—. Haz caso por una vez a tu hermano. Por algo soy el más sensato de ambos. Cortéjala, cásate con ella y formad una bella familia juntos. Nada te hará más feliz.

Por un instante, James se permitió soñar con la idea de Ellen en una enorme casa, juntos frente a una chimenea, mientras quizás unas gemelas idénticas a su madre jugaban con unas muñecas de trapo en su regazo.

Agitó la cabeza antes de que la ilusión ahogara su raciocinio.

—Ella no es para mí.

Anthony miró hacia Ellen, que justo en aquel momento hablaba con Charlotte.

—No me puedo creer que sea la única mujer inmune a tus encantos.

—No le intereso —Mintió, a sabiendas de cómo había vibrado ella cuando le acarició los labios con sus dedos.

Charlotte se abrió paso hacia los dos hermanos arrastrando a una acalorada Ellen, que oponía un poco de resistencia, y Anthony sonrió ampliamente.

—Creo que mi esposa está a punto de proporcionarte una nueva oportunidad con la difícil Ellen —sonrió.

La mandíbula de James se tensó cuando ellas llegaron hasta donde estaban.

—Señor Mackenzie, ha podido asistir finalmente —Charlotte cogió la mano de Ellen para evitar que saliera corriendo.

—Creo que debido a nuestro nuevo lazo familiar ya se nos está permitido llamarnos por el nombre de pila, querida y nueva hermana.

—Así es, *James* —La risa de Charlotte sonó musical y dulce.

—Ellen, ¿estás disfrutando de la fiesta? —comentó Anthony al notar un poco de tensión en el grupo.

—Sí, es un baile precioso.

Los ojos de James no pudieron evitar clavarse en el rostro de Ellen, que incómoda notó como el rubor se adueñaba de sus mejillas.

Anthony se acercó a Charlotte y se miraron con complicidad; estaba claro lo que sucedía entre la pareja, aunque ninguno de los dos estuviera dispuesto a reconocerlo.

—James, Ellen está acalorada —canturreó Charlotte con inocencia.

—Sí, se te ve algo agobiada por el tumulto de invitados —completó Anthony—. Hermano, quizás deberías ser un caballero y acompañarla a dar una vuelta por el lago. Madre ha tenido la maravillosa idea de que dispusieran por toda la orilla unas preciosas antorchas.

Al sentirse en una encerrona, Ellen abrió la boca con incredulidad, mientras James reaccionaba de una manera similar.

—Dudo que la Señorita Gladwell quiera pasear con alguien más que no sea el exótico moreno que ahora mismo danza con la Señorita Monroe.

Charlotte se tapó la boca con las manos.

—¡James! ¿Son celos lo que percibimos en tu tono? —se rió animada.

—¿Celoso? —comentó Ellen haciendo una mueca—. No se puede experimentar dicho sentimiento con aquello que no te importa.

James dio un paso acercándose demasiado a Ellen y con una feroz mirada brillando en sus ojos.

—Poco sabes tú lo que me importa —rugió suavemente.

—Sin duda, tu trabajo, algo que hace que olvides que tu madre sufre cuando te vas.

James se quedó petrificado, mientras las palabras de Ellen se le clavaban como un cuchillo.

Anthony se interpuso entre ellos, percibiendo como algunos invitados empezaban a mirarles.

—Creo encarecidamente que el paseo por el lago es algo que necesitáis.

Apretando los labios hasta que fueron una fina línea, James empezó a caminar hacia la terraza, mientras Ellen le seguía cerrando los puños. Se sentía furiosa consigo misma y con James por haberla llevado al punto que casi arruina la fiesta de su amiga.

Fueron hasta uno de los laterales de la terraza, donde había unas escaleras de piedra con una hermosa barandilla que descendía al camino del lago y, sin que ninguno de los dos dijera nada más, caminaron unos minutos hasta que el sonido de la música y los invitados fue sólo un rumor.

—Deberías volver a la fiesta solo, yo me quedaré aquí, al fin y al cabo yo no soy de la familia y tu madre te extrañará si no te ve —murmuró ella, rompiendo el silencio y adelantándose unos pasos.

—A pesar de que crees que soy un hijo sin corazón que no vela por su madre, la he saludado y pasado un rato agradable con ella esta noche.

Ellen se sintió mal al notar el tono frío e irascible de James, y se paró en seco mirando hacia el cielo oscuro.

No había luna.

—Yo... —tragó saliva. Se le daba fatal asumir sus errores—.

Siento haber dicho que habías descuidado a tu madre. Perdona, ha sido un golpe bajo.

—Lo ha sido, pero no te falta razón.

Sin querer mirarle, ella empezó a andar de nuevo hasta un enorme roble solitario que parecía observar la lisa superficie del lago, donde las antorchas arrojaban destellos naranjas a sus aguas.

—Siento tener razón —Apoyó la espalda en el árbol.

James la miró un instante y se agachó en busca de piedras aplanadas.

Durante unos minutos que parecieron eternos, volvieron al silencio, y Ellen se limitó a ver como James hacía rebotar las piedras sobre el agua. Cuando una de ellas saltó más de seis veces, sonrió emitiendo un leve sonido. Él la miró; la luz de las antorchas hacía brillar sus ojos con calidez, y el color verde de su vestido le confería aspecto de ninfa del bosque.

Dejándose llevar, dio un paso hasta ella, pero al instante se frenó y, cerrando los ojos con fuerza, se dio la vuelta.

Algo en el interior de Ellen se desató como un tornado, uno nada bueno.

—Vuelve con los invitados, seguro que entre ellos está la pelirroja que tanto te entretiene.

—No me divierto con ella más de lo que tú lo haces con el atractivo Becher.

Ellen resopló.

—Quizás me vea obligada a entretenerme con un nuevo amigo, puesto que los que tenía sufren cambios de humor tan drásticos que me llevan al borde de la locura —bufó con fuerza—. No es sano sentirse feliz y al instante furiosa y triste.

—¿Triste? —James no osaba mirarla—. ¿Por qué habrías de sentirte así?

—¿Porque me ignoras, tal vez? Después de todo lo que hemos pasado, creía que éramos al menos amigos.

James soltó una carcajada sin humor similar a un soplido.

—Créeme, jamás querría ser tu amigo.

—¡Estupendo! Es bueno saberlo para no perder el tiempo preocupándome por ti cuando no das señales de vida después de un atentado a nuestro carruaje que casi nos mata a ambos —Levantó los brazos por encima de la cabeza y los dejó caer con fuerza.

—Siento ambos inconvenientes, al igual que la tristeza que te causo. Quizás en un futuro cuando analices eso comprendas por qué hago lo que hago.

Ellen intentó calmar su creciente enfado para analizar las palabras de James.

—¡Oh! Me hieres adrede para protegerme. ¿Es eso?

—¡Yo no quiero herirte! —Se giró dando un paso hacia ella—. Sólo evitar que te maten por mi culpa.

—Claro, porque es mejor que esté destrozada y triste, que muerta. ¿Quién lo dudaría? Es infinitamente preferible un corazón roto, que uno que no late —rugió dando un paso hacia él.

—Un corazón roto que sabe que aquello que ama está a salvo, sana con el tiempo. Sin embargo, uno que llora la muerte de un ser querido no —Sus ojos brillaban intensamente.

—Tú no vas a morirte. No sufras por mi corazón.

James se pasó la mano por el cabello, despeinando sus ondas oscuras.

—Eres tú la que casi muere. ¡Por mi culpa! —se atragantó—. Y es mi corazón el que sanará si sabe que estarás a salvo. Alejarme de ti es lo más sensato que puedo hacer.

Ellen miró hacia el cielo nerviosa. Sentimientos contradictorios se agolpaban en su interior sin llegar a comprender la magnitud de las palabras de James.

—No voy a morirme, en primer lugar porque tú siempre me proteges y en segundo lugar porque creo que he demostrado con creces que no soy ni mucho menos parecida a cualquier otra joven. Créeme, sé cuidar de mí misma. No soy una muñeca de porcelana que vayan a romper.

Él negó con la cabeza.

—¡No sabes lo que dices! —elevó la voz sin poder controlar sus sentimientos—. ¡Vuélvete a Dambury! Márchate y olvídanos.

James bajó la cabeza abatido, no sabía cómo lidiar con aquello, no encontraba la forma de alejarla del peligro que suponía estar junto a él.

Ellen se dejó caer lentamente contra el árbol buscando un soporte. Se sentía mareada.

—¿Quieres que me vaya?

—Tan lejos como te sea posible.

—¿Lejos de ti? —sonó seca y dura.

—Sí. Márchate a casa, busca a un buen esposo y vive una vida tranquila y feliz.

Ellen rugió.

—¡Yo no quiero una vida tranquila! —Le miró frunciendo el ceño—. No supongas lo que es mejor para mí, deja que yo lo decida, y por favor intenta no ser una maldita veleta que apunta al odio y al cariño cada pocos minutos, porque me estás volviendo loca. ¡Decídete! —cogió aire dejando que su ira hablara por ella—. ¡Ódiame o quiéreme! Pero decídete, maldito libertino de...

Las siguientes palabras de Ellen se ahogaron en sus labios, cuando la boca de James apresó la suya con fiereza, reclamando un beso que anhelaba desde hacía tiempo. Al principio, se puso rígida, sorprendida por el inesperado contacto, pero cuando la cálida mano de James acarició su nuca y su lengua buscó frenética la de ella, Ellen relajó su cuerpo, rodeando con los brazos el cuello de James y dejándose llevar por su pasión.

Con lentitud, él se separó unos centímetros.

—Estoy metido en algo muy peligroso, Ellen. Quien nos atacó incendiando el carruaje no dudará en atacarme de nuevo a mí y a todo aquel que esté cerca —Se vio reflejado en el gris de los ojos de ella—. Es por eso que no puedo permitir que pase esto.

—¿Y qué se supone que debo hacer yo? ¿Alejarme de ti y olvidarme de todo? —Rozó con la punta de su nariz la mejilla de James—. No puedo y menos ahora.

Él jadeó poniendo ambas manos apoyadas en el árbol, a la altura de la cabeza de Ellen.

—Adoro tu obstinación, pero valoro más tu bienestar.

—No voy a alejarme de ti, no creo que me sea humanamente posible. Deberías encerrarme en un convento o algo así para evitarlo.

Sonrió y él presionó su cuerpo contra el de Ellen.

—Tú dame ideas —La besó en el cuello dejándose llevar por su deseo.

—Me necesitas.

Él la volvió a besar con ansia.

—Más de lo que crees.

—Me refiero a que me necesitas para ayudarte a encontrar a Elizabeth —jadeó repetidamente—. Lo sabes. Formamos un gran equipo.

James la miró mientras con el pulgar recorría el contorno del cuello y la mandíbula de Ellen.

—Maldita sea, sí lo formamos.

Empezaron a besarse de nuevo consumidos por la pasión contenida de los últimos días. Las manos de Ellen recorrían la espalda de él, mientras se presionaba contra su pecho, ansiando una unión definitiva, queriendo fundir sus cuerpos en uno sólo.

El tiempo no importaba, ni el lugar que les rodeaba, tan sólo las sensaciones que les embargaban por completo.

Cuando una hábil mano de Ellen se coló por debajo de la camisa de James, alcanzando a tocar sus firmes abdominales. Él se separó mirándola con lujuria.

Lejos de parecerle atrevida, aquel gesto hizo subir su libido como la espuma.

—Espera, debemos calmarnos y no olvidar quiénes somos y dónde estamos.

—Calmarnos… —Ellen jadeó.

James se levantó un poco la camisa y la chaqueta enseñando la parte baja de su espalda, donde unas finas líneas transversales enrojecían su piel.

—No sabía que las chicas de campo erais tan atrevidas —una traviesa sonrisa se dibujó en sus labios.

Ella se cubrió la boca con las manos, alarmada.

—No pretendía hacerte daño, no me he dado cuenta.

James se inclinó y besó la punta de su nariz.

—No me has lastimado —Miró hacia la terraza de la abadía que estaba vacía—. Será mejor que volvamos antes de que nos echen de menos. Es tarde.

Recolocó un par de rizos del peinado de Ellen y, con pocas ganas, se alejó mientras ella le seguía hasta la fiesta con una sonrisa estúpida.

Al llegar al salón, prácticamente vacío, Agatha no pudo contener una gran sonrisa al verles. Aquella mujer no era tonta y, aunque jamás reconocería en público que el contacto prematrimonial de una pareja no le parecía algo tan indecoroso, puesto que ella misma en su juventud había tenido algo más que palabras con su marido antes de que éste lo fuera legalmente, reconoció las señales que emitían James y Ellen, que después de haber desaparecido un largo rato del baile reaparecían acalorados y, ahora, ni se miraban. Un disimulo inútil, pero adorable a los ojos de la Señora Mackenzie.

Después de un rato, los últimos invitados se marcharon y, agotados, los residentes de la abadía se dispusieron a descansar en sus habitaciones. Agatha se levantó de la silla donde descansaba y sonrió a James.

—¿Te quedarás a dormir en tu habitación, hijo mío?

—Siento decepcionarte, pero mañana temprano debo resolver unos asuntos, así que volveré a la casa de Londres.

El lamento de desilusión no sólo se escapó de los labios de Agatha, sino también de Ellen, que al oírse a sí misma se sonrojó.

—Lo comprendo, eres un hombre ocupado —Se encaminó hacia la puerta—. Charlotte, querida, ¿puedes acompañarme a mi habitación?

—Por supuesto —Se acercó a la mujer y caminaron juntas hasta el pasillo.

El resto les siguió de cerca mientras James y Ellen intercambiaban una sonrisa.

—Anthony —Agatha sonó dulce—. ¿Puedes ir a por mi doncella?

—De inmediato —Con una sonrisa desapareció camino a la cocina.

—Buenas noches, queridos.

—Buenas noches —comentaron James y Ellen al unísono.

Agatha y Charlotte entraron en la habitación de la planta baja, dejando sola a la pareja.

—Lamento que no te quedes a dormir —musitó ella.

—Créeme, más lo lamento yo —Le acarició la mejilla—. Pero, a pesar de todo, es mejor que viva una temporada en la casa de Londres.

Ellen sonrió coqueta, mientras seguía a James a la puerta de salida.

—Intuyo que es una casa preciosa; quizás mañana pueda visitarte.

—No es seguro para ti.

—¡Oh! Vamos, no vuelvas a empezar con eso, no puede pasarme nada en una enorme casa de piedra en el centro de la ciudad.

Las cejas de James se arquearon con picardía.

—No me has comprendido bien, la clase de peligro que te acecharía allí no proviene de ningún desconocido —una sonrisa traviesa iluminó su rostro.

Las mejillas de Ellen reaccionaron al instante y rió nerviosa.

—Me... me gusta el riesgo.

James miró a su alrededor para cerciorarse que estaban solos y la besó con dulzura.

—No me tientes... no me tientes...

Sin decir nada más, abrió la puerta y se marchó, dejando a Ellen flotando en una nube. Como si fuera un zombi, se encaminó hacia las escaleras y, sin darse cuenta, chocó contra Edgard que llevaba una bandeja con copas vacías.

—Señorita, cuidado —sonó seco, como de costumbre.

—Discúlpame, Edgard —le sonrió sin importarle que el mayordomo la mirara con su habitual desdén.

—Por cierto, Señorita Gladwell, siento comunicarle que, tras alertar a varias doncellas de su pérdida, nos ha sido imposible encontrar sus bragas.

Ellen se mordió los labios forzándose a no reír.

—Me temo que ya no las encontraras a estas alturas. Es demasiado tarde.

Miró hacia la puerta por donde había salido James y, con un suspiro, subió las escaleras camino a su habitación.

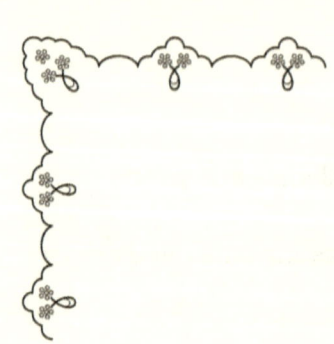

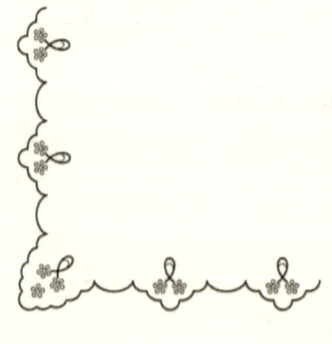

XXXII

El sol parecía brillar aquella mañana con una luz mucho más dorada y cálida que de costumbre y las hojas de los arbustos se mecían con lentitud con cada nueva brisa de viento templado. Mientras canturreaba animada, Ellen, de nuevo recogía flores silvestres para animar el interior de la abadía.

Los recuerdos de la noche anterior habían dominado sus sueños, donde por supuesto James había sido el protagonista absoluto, reviviendo sus besos y caricias, cosa que contribuía a su buen humor.

—¡Ellen!

Se paró en seco y miró hacia una de las ventanas altas de la casa donde una animada Charlotte agitaba una mano.

—Deja esas insulsas flores, han llegado unas mejores para ti.

Mientras su corazón latía en el pecho desbocado, corrió hasta la abadía como una niña la mañana de Navidad.

¿Todo aquello estaba pasando de verdad? James la había besado, y ahora, ¿empezaba a cortejarla mandándole flores y seguramente una bella nota de amor?

Abriendo la puerta de la entrada corrió por las escaleras sin importarle un ápice su decoro y entró en su habitación, donde Charlotte la esperaba con un enorme ramo de rosas rojas y una brillante sonrisa de orgullo.

—¡Casi siento que ya somos hermanas! —Charlotte soltó un pequeño grito de emoción.

Ellen jadeó cansada por la carrera y se acercó a las flores.

—Es un ramo inmenso, debe de haber al menos veinte rosas.

—Veintidós —sonrió su amiga—. Las he contado, y por supuesto rojas, símbolo del amor y de la pasión, como la de anoche.

—¡Charlotte! Nunca te contaré nada más.

Su amiga fingió estar triste durante unos segundos.

—¿Qué pone la nota?

Con una emoción que jamás había experimentado, Ellen cogió la pequeña tarjeta que había entre las flores, rompió el lacre sin fijarse en el sello que contenía y empezó a leer atentamente.

Unos segundos después, su expresión feliz se había desvanecido.

—¿Qué sucede? —se preocupó Charlotte cuando Ellen se sentó en la cama.

—No es de James.

—¿Cómo es posible?

Ellen le tendió la nota para que la leyera por sí misma.

Mi querida Señorita Gladwell,

Ruego acepte estas flores en símbolo de lo que usted despierta en mí, anhelando que pronto podamos volver a pasar unos minutos juntos.

Suyo,
Becher.

—Vaya, menuda decepción —Charlotte se sentó junto a Ellen dispuesta a animarla—. No todos los hombres son igual de detallistas, lo importante es lo que sucedió ayer.

Una idea se instauró en la mente de Ellen y sintió como si le echaran un jarro de agua fría.

—¿Y si sólo ha estado jugando conmigo?

—¿Qué insinúas?

—Ambas sabemos que él goza de una reputación de libertino bastante conocida.

Charlotte posó una de sus manos sobre la de Ellen, que sostenía con firmeza la nota.

—Ayer mismo, esa idea me asaltó en mitad de la noche, pero Anthony se encargó de arrojar luz sobre el asunto. En realidad, James no es tan malo —sonrió—. Goza de esa reputación porque le gusta, pero Anthony me juró que no han sido tantas sus amantes y que jamás ha sido de esos que usan a las mujeres como si no fuéramos más que un pasatiempo.

Ellen bufó empezándose a agobiar. La felicidad le había durado muy poco.

—¿Qué va a decirte Anthony? Es su hermano y le protegerá siempre.

—¡Vamos! No te desanimes. Yo no creo que te haya usado para entretenerse.

El silencio se cernió sobre ellas durante algunos minutos y Ellen colocó de nuevo la nota entre las rosas sin prestarles más atención.

—Al menos el Señor Becher te corteja como es debido.

—Preferiría que no lo hiciera —Sintió un escalofrío—. No me gusta nada.

—A mí tampoco —Charlotte se puso en pie y se encaminó hacia la puerta—. ¿Vienes a desayunar?

Ellen movió la cabeza acercándose a un sillón junto a la ventana y cogiendo su libro de simbología.

—Ve tú, yo no tengo hambre.

Con un suspiro, Charlotte la dejó sola, cerrando la puerta con suavidad.

Una carcajada femenina se coló por la rendija de la puerta, en el momento en el que James entraba en el comedor en busca de Ellen. Al verle, Anthony y Charlotte se separaron, ya que habían aprovechado la intimidad de un desayuno a solas para intercambiar deseos picantes.

—Buenos días —James pareció decepcionado.

—Buenos días, hermano —Anthony llenó su taza de té.

Charlotte levantó una ceja mirándole de los pies a la cabeza. Cuando se fijó en la rosa blanca con una delicada lazada en terciopelo rojo que sostenía en su mano, le sonrió.

—Aquella a quien buscas está triste en sus aposentos, porque otro caballero ha iniciado un cortejo formal antes que tú, y todo sea dicho de paso, mucho más generoso.

—Maldición.

Mientras fruncía el ceño, James interceptó a una doncella que se encaminaba al pasillo con una fuente vacía y le susurró algo al oído.

La doncella no le había dado muchos datos sobre por qué debía ir a las caballerizas, simplemente se lo pidió y Ellen, curiosa y aburrida de estar encerrada en su habitación, había ido hasta allí.

Al entrar, uno de los caballos asomó la cabeza y ella lo acarició con cariño. Era el que habían salvado de morir abrasado.

—Hola, precioso —le susurró dulcemente—. ¿Cómo estás?

El animal movió las orejas cuando ella pasó sus dedos por su larga crin de color café.

—¿Has sido tú el que ha mandado llamarme? —se rió mientras le guiñaba un ojo al tranquilo animal.

—En realidad, he sido yo.

Ellen dio un respingo y se giró para ver a James, que apoyado contra el marco del portón de la entrada la miraba sonriente.

—Hola —murmuró ella con un tono neutro.

—¿Sólo hola? —sonrió travieso—. Esperaba algo más efusivo que un triste *hola*.

Ella se encogió de hombros y, pasando junto a él sin mirarle demasiado, salió al exterior. Sus zapatos empezaron a hacer ruido contra la gravilla del suelo y pronto se le sumaron las pisadas de James.

—¿Quizás prefieres un *hola, qué tal*?

Un sonido le indico que James había sonreído.

—Quizás te parezca osado, pero soy un ferviente admirador del *buenos días, mi querido James* —La cogió de la mano frenando su marcha y encarándola hacia él—. Aunque como soy yo el hombre y quién te ha citado aquí, me corresponde a mí el honor de saludar primero, así que… Buenos días, mí querida Ellen.

La mano que James había ocultado tras su espalda apareció entre ellos, ofreciéndole la rosa blanca.

Los ojos de Ellen se iluminaron de nuevo, mientras su corazón brincaba en su pecho.

—Es preciosa —Cogió la flor y la olió con delicadeza.

—Palidece junto a ti.

Ellen ahogó una risilla.

"Venga ya tonto, qué cursilón eres" —pensó conteniendo sus modales modernos y las ganas de darle un empujón cariñoso.

Sin dejar que ella dijera nada, se inclinó y la besó tiernamente. No era un beso carente de pasión, pero sí mucho más comedido que los que habían intercambiado anteriormente. Ella se lo devolvió poniéndose de puntillas y rodeándole el cuello con los brazos.

James no tardó en separarse emitiendo un carraspeo ronco.

—Estamos muy cerca de la casa y de ventanas indiscretas —le sonrió.

—Entiendo, no queremos que nadie crea que tenemos una relación.

Él le ofreció el brazo y ella lo tomó, empezando a pasear camino al lago.

—¿No queremos?

—¿Queremos? —ella sonó desafinada y nerviosa.

James empezó a reír con musicalidad.

—Yo quiero —La miró de reojo—. ¿O es que piensas que después de encontrar semejante y extraordinario ejemplar te dejaré escapar?

—¿Ejemplar? ¿Qué soy, una yegua?

James comprobó la distancia a la que estaban de la casa y le dio un rápido beso.

—Eso es lo que me gusta de ti. No callas lo que opinas, eres como una brisa fresca en una ciudad llena de formalidades, normas no escritas y damas cortadas por el mismo patrón, que terminan siendo aburridas. Eres una entre un millón, una rara joya, y quiero que seas sólo mía.

Ellen se movió coqueta mientras se sonrojaba un poco.

—Eso está mucho mejor.

Emprendieron de nuevo la marcha hacia el lago, que mostraba un paisaje muy distinto de la noche anterior. Desde allí, la vista de la casa era preciosa.

—A todo esto, no has contestado —comentó James.

—¿A qué?

—¿Tú deseas una relación?

Ellen miró hacia a un lado juguetona.

—¿Contigo?

—Yo no veo a nadie más por aquí.

Ella le miró a aquellos ojos azules intensos que no envidiaban para nada el color del despejado cielo y le besó hasta que él no pudo hacer nada más que abrazarla y dejarse llevar por lo que sentía.

—Claro que quiero, eres un... extraordinario ejemplar.

Ambos rieron mientras, cogidos de la mano, paseaban por la orilla.

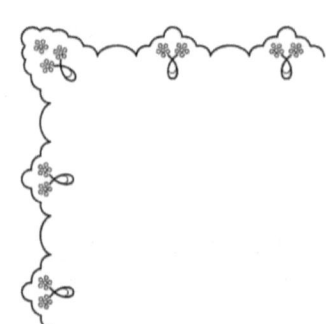

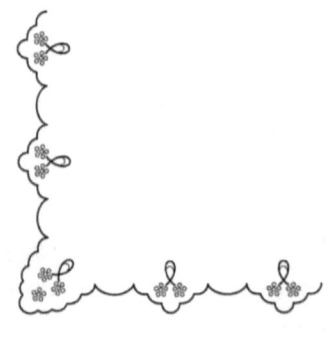

XXXIII

$\mathcal{T}$ras despedirse de James, que seguía trabajando en nuevas pistas sobre el paradero de Elizabeth, Ellen entró en la abadía justo en el momento en el que Charlotte daba órdenes a un par de sirvientas.

Ellen no pudo evitar sonreír; su amiga había nacido para aquello.

—Parece que ya tienes toda la casa bajo control.

Cuando las chicas se marcharon para empezar las tareas, Charlotte se acercó a ella.

—Sí, Agatha tiene un equipo de sirvientes divinamente adiestrado y que cumplen las órdenes a la perfección, a excepción de ese mayordomo viejo y estirado.

Ellen no pudo evitar reír.

—¿Edgard? Terminarás cogiéndole cariño, es un ser... entrañable.

—El tiempo lo dirá —Los ojos de Charlotte se fijaron en la rosa que Ellen sostenía con cuidado—. ¿Eso que ven mis ojos es una rosa blanca?

—Sí —se sonrojó.

—Dime que ha habido una proposición —susurró.

El corazón de Ellen dio un vuelco mientras la sangre se le helaba. ¿Casarse ella con James? No era que no le gustara la idea, pero aún era muy joven, tenía la carrera por terminar, quería viajar por el mundo... Agitó la cabeza y asumió de golpe su destino. Elena ya no existía, ella era ahora Ellen.

—Tu estado catatónico me confunde —Charlotte la zarandeó un poco—. ¿Te ha pedido la mano?

—No, no. Lo siento —se disculpó por su bloqueo mental.

—Tranquila, dudo que tarde mucho en hacerlo, a diferencia de las rosas del siniestro Señor Becher, la de James es una rosa blanca y ya sabes qué quiere decir eso, amor puro y compromiso eterno —Elevó los ojos al cielo suspirando profundamente.

El aire se negaba a entrar con fluidez en los pulmones de Ellen, que empezaba a tener un ataque de pánico mezclado con una euforia absoluta al pensar que James no sólo la deseaba, sino que la quería.

Charlotte llamó a una doncella que pasaba cerca y con cariño le arrebató la rosa a Ellen, que estaba petrificada de nuevo.

—Sube al cuarto de la Señorita Gladwell y pon esta rosa sobre su tocador en el jarrón más hermoso que haya en esta abadía —sonrió con malicia—. Y las rosas rojas que encontrarás sobre el escritorio, bájalas a la biblioteca.

La chica hizo una reverencia y desapareció con la flor.

Preocupada por su amiga, la cogió del brazo y la encaminó como si fuera un zombi hacia el salón de té.

—¿Crees que me lo pedirá? —farfulló Ellen casi en piloto automático.

—Sin lugar a dudas —Entraron en la habitación y se sentaron en un sofá—. Quizás aproveche el baile de mañana para hacerlo. No hay nada más romántico que declararse en una terraza a la luz de las velas y con una melodía de pianoforte de fondo.

Ellen se limitó a asentir, mientras sus manos empezaban a sudar.

El carruaje completamente negro se paró en la boca de un callejón oscuro sólo unos instantes, lo justo como para que su pasajero descendiera con rapidez. Un segundo después, el hombre se perdió en las sombras de la noche, mientras una capa negra con capucha ocultaba a la perfección su cuerpo y rostro.

El sonido con eco de los pasos sobre los adoquines resonaba por las paredes desnudas del callejón, hasta que se paró frente a un hombre escondido entre las sombras de los edificios colindantes.

—Pensaba que me habías dado plantón, llevo esperando más de media hora.

—No te extralimites y no pienses tanto, no te pago para ello —comentó el de la capa negra con una voz ronca y profunda.

El primero hizo una mueca de desagrado, pero obedeció a su superior.

—Los hombres están nerviosos y preguntan cuánto más estaremos en Londres. Tenemos ya un buen número de chicas.

—Cálmalos, falta ya muy poco. Antes de irnos, quiero reclutar a una joven más —sonrió lascivamente—. Pero ésta tendrá un destino distinto al de las otras, será para mí.

—La última vez que te encaprichaste de una no salió bien, ¿o es que tengo que recordarte cómo de mal se puso con el opio? Casi pone en peligro la misión.

El hombre de la capa se movió un poco nervioso y emitió un rugido.

—Eso también es algo que he de solucionar antes de irnos. La joven Charlotte está en Londres.

—¡¿Cómo?!

—Tranquilo, la diosa fortuna nos sonríe y no recuerda nada, pasarse con la dosis de droga nos trajo problemas en su momento, sí, pero ahora nos ha brindado una oportuna amnesia.

—¿Cómo sabes que no te reconocerá con el paso del tiempo?

Una carcajada se escapó de debajo de la capucha.

—Porque ya me ha visto, y aunque al principio temí que debería salir corriendo, la estúpida niña no sabe ni mi nombre.

—En realidad, no lo sabe —se rió el hombre entre las sombras.

Un silencio denso se cernió sobre ellos.

—Dile a los hombres que en unos días estará todo solucionado. Seduciré a Ellen para mi disfrute, y antes de que nadie sospeche o recuerde nada nos iremos.

Sin decir nada más, y con un teatral giro que hizo que la capa volara, el hombre desapareció subiéndose de nuevo en el carruaje.

Por mucho que Ellen lo había intentado, la idea de la proposición de matrimonio de James, no la había abandonado ni en sueños. Por suerte, el paso de las horas y la llegada de un nuevo día la tranquilizaron haciendo que viera las cosas más claras. Si bien era cierto que en aquella época los matrimonios se celebraban al poco tiempo de haber iniciado el noviazgo, ella era lo suficientemente persuasiva para convencer a James de tener un cortejo largo para retrasar la boda al menos un año. No dudaba de sus sentimientos, en especial cuando sus ojos se posaban en la rosa blanca que de alguna manera había llenado de una fragancia deliciosa toda su habitación, pero deseaba conocer más a James.

Sin apenas darse cuenta, la hora de iniciar los preparativos para el baile de aquella noche en el modesto palacio de verano de una condesa viuda, llegó, y en apenas unas horas, Anthony, Charlotte y Ellen, engalanados con sus mejores trajes, hacían una triunfal entrada en el salón de baile donde ya había algunos invitados, entre ellos, James. Cuando él se acercó a Ellen, ella temió ponerse a vomitar presa de los nervios.

—Buenas noches —saludó a los tres en general, pero dedicándole una sonrisa especial a ella.

—Buenas noches, James —respondió Anthony—. Me alegra que hayas decidido venir con tu propio carruaje, no tienes ni idea de lo que ha sucedido hoy con nuestro cochero de confianza cuando uno de los caballos…

—Querido —interrumpió Charlotte—, antes de que pongas al día a tu hermano con las anécdotas de la casa, me encantaría ser presentada a la anfitriona. Es de muy mal gusto no hacerlo.

Anthony asintió mientras una exigente Charlotte lo arrastraba hasta la otra punta de la sala.

James les vio empezar una conversación con la condesa viuda.

—Deberé mandarle un obsequio a Charlotte por su habilidad en propiciarme hermosos momentos a solas contigo —le sonrió—. ¿Tú también quieres que te presente a la condesa?

—Podre vivir sin ello —comentó Ellen sin pensar al ver el aspecto estirado y remilgado de la anciana.

James soltó una risa, que enseguida disimuló con un carraspeo.

—Bailemos entonces —Le ofreció una mano.

Durante tres canciones, la pareja se deslizó grácilmente por la pista de baile sin intercambiar más que un par de palabras. A pesar de los nervios que se acumulaban en el estómago de Ellen, no podía dejar de sentirse feliz y disfrutar de cada segundo junto a él.

Tras una reverencia para finalizar la danza, James la acompañó hasta un lateral de la pista.

—Hace una noche preciosa, ¿quieres salir a tomar el aire a la terraza?

—¡No! —Los ojos de Ellen se abrieron como platos—. Quiero decir, que prefiero beber algo para reponer fuerzas.

James la miró confuso pero, sin perder un momento, se acercó a un bufet cercano, volviendo poco después junto a ella con dos copas de ponche.

—Tu madre te manda recuerdos —comentó ella rápidamente.

Si iniciaba las conversaciones, James no tendría ocasión de pedirle nada.

—Dale las gracias, mañana tengo intención de pasar a verla.

—Estará muy contenta.

—Eso espero —bebió un sorbo de su vaso escrutando la expresión de Ellen.

—Desde que Charlotte se encarga de la casa, todo está mucho más animado allí; juraría que hasta he visto sonreír a Edgar... hablando de él, ¿qué le pasa a ese hombre? Quiero decir, es un empleado fiel y servicial, pero la verdad es que a veces lanza miradas de reprobación que no suelen ser agradables, sobre todo si tenemos en cuenta que una señorita como yo...

James levantó una mano frenando las palabras atropelladas de Ellen que amenazaban con dejarla sin aire.

—¿Te encuentras bien?

—Sí, ¿por qué lo dices? —rió nerviosa.

—Te veo algo alterada y acalorada.

—¡Qué va! —Abrió su abanico sin pensarlo y empezó a refrescarse.

James la empujó suavemente poniendo una mano en su espalda, empezando a caminar.

—Vamos a tomar un poco el aire, a mí no me parece que estés bien.

Al mirar hacia la enorme y preciosa terraza iluminada con velas y decorada con flores de color blanco, Ellen entró en pánico frenado en seco. Por desgracia, el impulso de James hizo que se derramara el ponche por el escote, que enseguida manchó y empapó la tela de su vestido violeta.

—¡Dios mío! Cómo lo siento —James sacó un pañuelo de su bolsillo y se lo ofreció.

Nerviosa y avergonzada por las miradas de los invitados al baile, Ellen cogió el pañuelo y corrió cruzando la pista y saliendo por la puerta doble del salón.

James dio un paso para seguirla, pero Charlotte, que había visto la escena desde cerca, le frenó con cariño.

—Yo me encargo, no queremos que la gente empiece rumores —le sonrió.

Sin decir nada más y con pasos solemnes y orgullosos, Charlotte recorrió el camino que había hecho su amiga.

Al salir al pasillo, Ellen empezó a sentirse mareada. No sólo había arruinado la petición de matrimonio de James, que seguro que hubiera sido una de las más románticas del mundo, sino que se había puesto en evidencia y ahora no podía volver a la sala de baile a causa de la enorme mancha de ponche en su vestido. Siendo consciente de que en aquel castillo no encontraría un aseo ni nada parecido, abrió un par de puertas con cautela con la esperanza de encontrar el pasillo hasta la cocina. Cuando abrió la tercera puerta, una enorme biblioteca de dos pisos llena de ejemplares y una gigantesca chimenea de piedra rodeada de unos desproporcionados sillones orejeros la dejaron sin habla. Movida por su amor por la literatura, entró cerrando la puerta tras ella.

Por desgracia para Charlotte, sus pasos lentos hicieron que

perdiera la pista a su amiga. Nerviosa y sin osar abrir las numerosas puertas del colosal pasillo, volvió a la sala dispuesta a pedir ayuda a Anthony y James. Debía ser discreta.

El olor a libro, al humo de la chimenea y la madera de las estanterías, hizo que Ellen se relajara al instante. Aquel lugar era un paraíso. Sin pensar en la falta de decoro y la violación de la intimidad de los dueños de la casa, se encaminó por la escalera de caracol de madera tallada hasta la segunda planta y empezó a mirar uno a uno los volúmenes. Cuando uno de ellos le llamó la atención, lo sacó de la estantería y empezó a hojear sus páginas.

—Algunos considerarían más que insensata su actuación, Señorita Gladwell.

La sangre se heló en las venas de Ellen, que dejó caer el libro al suelo mirando hacia la voz que provenía de uno de los enormes sillones.

—Aunque, ¿quién soy yo para reprobar sus actos?, si al fin y al cabo yo he hecho lo mismo buscando un poco de descanso de esa multitudinaria sala.

Al ver levantarse al Señor Becher de su asiento, Ellen quiso salir corriendo, pero sus pies estaban anclados al suelo, paralizados por la sorpresa.

—Puesto que ambos hemos cometido una violación de un espacio privado, es mejor que volvamos a la fiesta —murmuró ella nerviosa.

Él se acercó a las escaleras ascendiendo lentamente, como una serpiente enroscándose en un árbol.

—No creo que debamos hacer eso, mi joven amiga —Se acercó y miró su escote aún húmedo—. Su aspecto, aunque delicioso, no cumple la etiqueta requerida para la ocasión.

Ellen empezó a dar pequeños pasos hacia atrás, hasta que el final del pasillo frenó su marcha.

—Debería volver a casa, entonces.

Él se acercó acechante.

—¿La acompaño?

El pecho de ella empezó a subir y bajar frenéticamente a causa de su acelerada respiración y el Señor Becher sonrió con picardía.

—Volveré con mis amigos, si no le importa.

—Es lo más correcto —Con un giro brusco se alejó unos pasos de ella—. No quisiera incomodarla.

Al ver cómo se alejaba poco a poco, Ellen sintió un alivio inmediato. Quizás su sentido del peligro estaba exagerando, sin duda a causa de su estado alterado por los nervios de la noche.

—Es usted muy comprensivo.

—Un placer.

Él descendió y la esperó al pie de la escalera con una sonrisa que, aunque era encantadora, denotaba un punto de peligro.

Dudando un instante, y tras mirar rápidamente la puerta hacia la salida, Ellen bajó con cuidado. Al llegar junto a él, le cortó el paso.

—Señorita Gladwell —ronroneó—, ¿le gustaron mis rosas?

—Sí, un detalle encantador —comentó calculando por encima del hombro de él la distancia hasta la puerta, por si tenía que salir corriendo.

—Espero que no le pareciera osado por mi parte; a pesar de que apenas hemos intercambiado unas frases en contadas ocasiones, intuyo que algo hermoso está floreciendo entre nosotros.

Ellen intentó buscar un hueco entre él y la salida.

—No fue osado —comentó sin pensar.

Dando un paso atrás, el Señor Becher la dejó marchar con una sonrisa.

Con pasos cortos pero rápidos, empezó a caminar hacia la puerta a pesar de que algo en su interior le gritaba que corriera.

Cuando posó la mano en la maneta, el Señor Becher dio varias zancadas rápidas y, apoyando la mano sobre la puerta, impidió que Ellen la abriera. Los ojos de ella se abrieron de par en par.

—No puede irse —Él la miró con sus intensos ojos verdes—. Al menos, no así.

Con un movimiento elegante, se quitó la chaqueta y la colocó sobre los hombros de Ellen, a quién, al notar el tacto de la tela, poco le faltó para gritar como si quemara.

—¿Qué está haciendo? —intentó decir sin que la voz le temblara.

—Su vestido empapado proporciona una imagen demasiado clara de sus atributos femeninos —sonrió.

Ellen cerró la chaqueta sobre su pecho y se sonrojó.

Él abrió la puerta e hizo una reverencia.

—Vaya a buscar a sus amigos y vuelva a casa antes de que se resfríe; quizás dentro de unos días podamos vernos y así me devuelva mi chaqueta.

La risa nerviosa de Ellen hizo eco en el pasillo de piedra cuando salió de la biblioteca. El Señor Becher parecía encantador, y sin duda ella era una paranoica.

—Se la devolveré, gracias.

Con un movimiento de cabeza, él se despidió cerrando la puerta. Al instante, la voz de James llegó a sus oídos, mientras salía de una pequeña sala colindante.

—¡Ellen! ¿Estás bien? —Corrió hasta ella y la abrazó—. No has debido salir corriendo así.

—Lo siento —Hundió su rostro en el pecho de él, sintiéndose muy segura entre sus brazos.

—Tienes suerte de que Charlotte sea única llamando la atención sobre su persona, apenas se ha comentado tu abrupta salida.

James se inclinó sobre ella y la besó con cariño.

—Llévame a casa, James, por favor.

Cogiéndola de la mano como si fuera una niña pequeña, se encaminaron hacia unas lujosas sillas.

—Te llevaré encantado, pero antes voy a decirle a Anthony que estás bien —La besó en la frente y desapareció camino al salón de baile.

Los pocos minutos que transcurrieron desde la marcha de James hasta que volvió con ella, le parecieron eternos pero, tras la angustia por la separación, él regresó y emprendieron la marcha a casa.

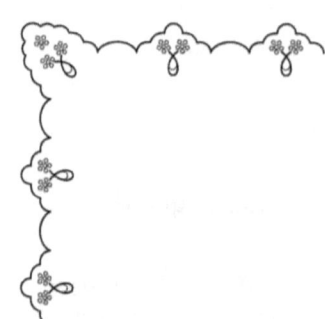

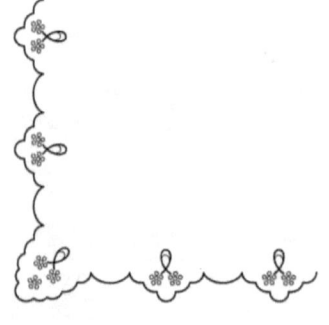

XXXIV

A pesar de la oscuridad que envolvía el interior del habitáculo del carruaje, el brillo de los ojos de James, sentado frente a ella, era claramente visible. Ellen había estado excesivamente extraña aquella noche, huyendo de él, pero ahora no tenía escapatoria.

—¿Te encuentras mejor? —preguntó preocupado.

—Sí —le sonrió calmada—. Siento que me tengas que acompañar a la abadía, seguro que preferirías estar divirtiéndote en el baile.

—Si tú no estás, no tiene sentido ni ese ni cualquier otro baile por muy lujoso que sea.

Ellen bajó la mirada mientras se sonrojaba sin remedio y los nervios de su temor al compromiso reaparecieron.

James pareció percibir el cambio en su humor mientras la veía removerse en el asiento como si su falda estuviera hecha de esparto.

—¿Dímelo?

—¿El qué? —se hizo la despistada jugando con los botones de la chaqueta del Señor Becher.

—Ellen, hay algo que te preocupa. Cuéntamelo, si está en mi mano haré todo lo posible para solucionarlo. ¿Echas de menos a tu familia?

Ella negó con la cabeza.

—No, de veras que no me pasa nada.

De un brinco, James saltó al asiento con Ellen y apresó con una mano su barbilla. Los ojos grises de ella se abrieron asustados y él la soltó, decepcionado.

—Algo ha cambiado, no sé qué es pero donde antes veía deseo ahora veo… —bajó la cabeza— miedo.

Ellen palideció. ¿Desde cuándo James era capaz de leer sus sentimientos con tanto acierto?

—Yo…

—¿Alguien te ha contado algo sobre mí? —Volvió a mirarla—. Supongo que habrás oído montones de rumores sobre mi persona, la mayoría de ellos centrados en mi falta de moral, pero no todo es como lo cuenta la gente. No te negaré que he tenido numerosas amantes, pero jamás he deshonrado a una joven o herido a una mujer por el simple placer del entretenimiento.

Ellen posó una de sus manos sobre la de James y él la miró sincero.

—Jamás he juzgado tu comportamiento pasado, porque es precisamente eso, pasado, y no me importa —sonrió.

—Entonces, ¿te está cortejando otro hombre?

—No —Miró hacia un lado un instante, reflexiva—. Bueno, sí, pero no me interesa.

James se inclinó hacia ella acercándose hasta que sus frentes casi chocaron. Ellen contuvo el aliento.

—Si no detestas mi pasado y no hay otro pretendiente que te interese, ¿por qué siento que no me deseas?

Ella soltó el aire y le acarició la mejilla. Al percibir su cálido tacto y cómo el azul de los ojos de James se encendía, se lanzó a su cuello besándole con furia como si él fuera a desaparecer.

James rugió ante la demostración y la rodeó con sus brazos acariciando su nuca y saboreando el beso.

—Claro que te deseo —jadeó Ellen antes de volver a besarle.

James se separó lentamente y recolocó un rizo de ella que se había soltado de su recogido.

—Me hace muy feliz ver que lo haces —le ofreció una brillante sonrisa ladeada.

Los juguetones dedos de James descendieron por el cuello de ella hasta darse cuenta de la chaqueta oscura que la cubría. Tan preocupado había estado con que ella no le quisiera, que no había reparado en su atuendo.

—¿De dónde has sacado esta chaqueta?

—¡Oh! —soltó una risa, incómoda—. Me encontré con el Señor Becher y, al ver que mi vestido estaba mojado, me la dejó para que no me resfriara.

Las cejas de James se juntaron.

—Si alguna chaqueta debe ofrecerte cobijo del frío de la noche, ésa es la mía.

De un tirón, se sacó su chaqueta y, arrancando la del Señor Becher de los hombros de Ellen, la reemplazó por la suya.

Ella no pudo evitar reír, mientras James tiraba la prenda de su otro pretendiente en el asiento de enfrente.

—Espera… ¿has dicho que tenías otro pretendiente?

—No me interesa.

James hizo caso omiso a las palabras de ella.

—¿No será Becher? —la mueca de Ellen la delató sin decir nada—. ¿Ese maldito pretende cortejarte? Es impensable que alguien más que no sea yo te mande flores o te escriba cartas de amor.

—No tienes motivos para pensar que me agrade el cortejo de otro. A pesar de que tú me regalaste una única flor, vale para mí mil veces más que todas las que Becher o cualquier otro pueda regalarme.

James miró al frente mientras una idea se asentaba en su mente.

—Cualquier otro. Es cierto, no sólo Becher puede cortejarte, sino cualquiera.

—Tranquilo —Ella le acarició la espalda.

Al notar el contacto, él la miró con los ojos brillantes.

—Ellen, lo siento, he estado un tanto ciego —suspiró—. Sin duda, mi falta de costumbre en estos temas y el trabajo me han obcecado demasiado.

El ceño de ella se frunció justo al mismo tiempo en el que un trueno anunciaba una fuerte tormenta.

—¿A qué te refieres?

—Eres una bella joven en edad de desposarse y, sin duda, todo Londres ha reparado en tu belleza. Soy un necio si no pienso en que si no formalizamos nuestra relación ante la ciudad al completo, otro te corteje creyéndote libre de compromiso.

El pulso de Ellen se disparó y sintió una arcada; no lo había visto venir.

—¿Com… Com… compromiso? —farfulló.

—Mi querida Ellen, eres la mujer más extraordinaria que jamás he conocido y no me imagino ni un sólo día sin ti a mi lado; es por eso que deseo preguntarte…

Ellen se separó de él de golpe presa del pánico más absoluto.

—¡No!

—¿No? —James palideció.

—Quiero decir, detente, no sigas con la pregunta.

Él se quedó helado en su asiento.

—No logro comprenderte, Ellen.

—James, me gustas… dios, me gustas muchísimo —suspiró intentando controlar sus nervios—. Pero quiero vivir un poco más antes de casarme, ver mundo, divertirme.

Él movió la cabeza.

—No comprendo a qué te refieres; podemos ver mundo y disfrutar juntos, como marido y mujer.

—No, porque sé cómo funcionan las cosas en esta época —habló sin pensar—. Nos casaremos y, en menos de lo que canta un gallo, tendremos un bebé, y yo... yo... no estoy preparada aún para eso.

Una risa semejante a un suspiro se escapó de los labios de James al comprender lo que Ellen insinuaba.

—Quieres decir que deseas un noviazgo largo.

—¡Por favor, sí! —sus nervios no la dejaban pensar y su lengua estaba desatada—. Te adoro, James, pero me gusta cómo están las cosas ahora; tú y yo, viéndonos, intercambiando besos. Quiero más de eso una larga temporada y después todo vendrá solo.

—Entonces, ¿no me rechazas, es sólo que necesitas tiempo?

Ella le miró sonriente.

—¿Cómo iba a rechazar a alguien como tú? Ni en un millón de años me había imaginado...

James la hizo callar con un profundo beso, que en muy poco tiempo les llevó a una pasión desatada que les hizo acariciarse con frenesí. Las manos de James ascendían por la espalda de ella, mientras Ellen se presionaba contra él anhelando el contacto de su piel.

Unos golpes en el techo les hicieron separarse. Era la señal del cochero para indicarles que habían llegado a la abadía.

—Ellen, respeto tus deseos, es más los comparto, pero debes hacerme una concesión.

—¿Cuál?

—Déjame que anuncie nuestro compromiso, de esta manera

ningún otro hombre te cortejará. No hace falta que fijemos fecha para la boda aún; será cuando tu desees que sea.

Ella asintió mientras sonreía.

—Gracias por comprenderme —Ellen se dispuso a bajar del carruaje.

—Espera —La cogió de la mano—. No has contestado a mi pregunta.

—¿Qué pregunta?

—¿Señorita Gladwell, quiere usted ser mi esposa?

Las mejillas de Ellen se encendieron como dos farolillos, mientras su corazón latía frenético.

—¿Sí? —murmuró.

James empezó a reír ante su aterrada respuesta y, tras besarla en la mano, bajó del carruaje para ayudarla a hacer lo mismo.

El cochero les cubrió con un paraguas de la torrencial lluvia que caía.

Ambos se miraron acalorados y con un nuevo sentimiento mucho más fuerte entre ellos.

—Pasa una buena noche, querida.

Ellen miró al frente y sonrió al ver una entrada a una casa en la ciudad.

—Creo que soy yo la que debe darte las buenas noches a ti, puesto que parece que estamos en tu casa de Londres.

Los ojos de James se posaron veloces sobre el cochero que sonrió abrumado.

—Maldición, tú no eres Howard.

—Lo lamento, señor —se disculpó el hombre.

—Perdona, Charles, no pretendía sonar grosero. Ha sido mi error —Ellen le miró abriendo mucho los ojos—. Discúlpame tu también, Ellen, se me olvidó por completo que mi cochero de confianza libraba hoy y, acostumbrado a él, no le di instrucciones al nuevo conductor para que fuéramos primero a la abadía.

Ellen giró sobre sus talones dispuesta a volver al carruaje.

—No temas, volveré sola.

—¡Impensable! —bramó James.

—¡Imposible! —recalcó el cochero mirando al cielo —Los caminos que llevan a la abadía son boscosos y con semejante aguacero encallaremos sin remedio en el barro señorita.

James asintió.

—Bien visto, Charles.

—Gracias, señor —Le tendió el paraguas y James lo cogió.

Ellen les miraba un tanto confundida y enfadada.

—¿Y qué se supone que vamos a hacer?

La mano de James hizo una reverencia, mientras señalaba la enorme casa de la ciudad.

—Bienvenida a mi segunda residencia.

Sin que ella pudiera decir nada más, James la condujo hasta el interior de la casa, mientras el cochero se alejaba.

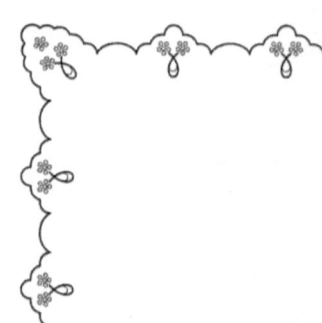

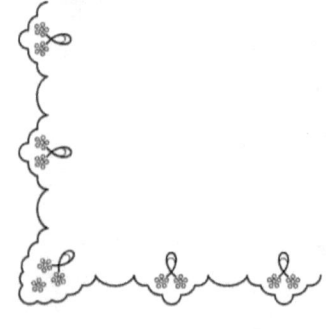

XXXV

La enorme mansión que James catalogaba de casa en el centro de la ciudad, contaba con varias habitaciones, despacho, dos salones para el té, biblioteca, comedor y una sala para pequeños bailes o reuniones íntimas. La decoración en tonos azules y dorados denotaba un punto masculino, que sumado al olor personal de James, hicieron que Ellen se sintiera cómoda al instante.

James cogió su chaqueta de los hombros de ella y la colgó de un perchero que había en un armario junto a la puerta de la entrada.

—¿Aquí no tienes a un Edgard? —bromeó ella mientras le seguía hasta el despacho.

—No, a decir verdad, no tengo sirvientes viviendo en la casa. Dos veces a la semana vienen un par de doncellas de la abadía a limpiar y un lacayo que me ayuda con mis asuntos personales. Con eso me basta.

Ellen le miró sorprendida.

—¿No tienes cocinera tampoco?

Él le hizo un gesto para que tomara asiento en una de las dos butacas de tapizado escocés que había en el despacho, mientras prendía el fuego en la chimenea.

—Esta casa hacía mucho que estaba vacía y, puesto que no

vengo para mucho más que no sea dormir, no necesito cocinera. Tomo mis refrigerios fuera.

—¿Qué es esto? ¿Tu lugar clandestino donde traer a tus amantes? —se burló quitándose los zapatos, que estaban húmedos por la lluvia.

La mirada pícara que le lanzó James la hizo moverse incómoda.

—Lo fue.

—Vaya, creo que eso me ofende un poquito, parezco una de tus… —Palideció—. ¡Dios mío! No puedo pasar la noche aquí. Tu madre, Anthony y Charlotte se preguntarán dónde estoy y, sin duda, mañana mi reputación estará arruinada.

Al oírse hablar se quedó helada. ¿Desde cuándo pensaba como una dama del siglo XIX?

James se alejó de la chimenea, que ya contenía unas vivaces llamas, y se sentó junto a ella en el otro sillón.

—Tranquila, en cuanto a mi hermano y Charlotte, dudo que ellos se atrevan a poner en entredicho tu honor. Sería absurdo teniendo en cuenta cómo se casaron —rió.

—Pero la Señora Mackenzie… a la pobre, le dará un ataque.

Él soltó una carcajada.

—No temas por ella, estará bien, sobre todo cuando mañana vayamos a verla y anunciemos nuestro compromiso.

Ellen subió nerviosa los pies al sillón haciéndose un ovillo.

—¿Crees que lo aprobará?

—Absolutamente —le sonrió tirando del lazo de su camisa—. Te diré aún más, no sólo nos dará su bendición, sino que estará feliz de ver uno de sus anhelos cumplidos.

—¿A qué te refieres?

James se quitó los zapatos y los dejó junto a los de Ellen frente el calor de la hoguera.

—No me puedo creer que a ti no te haya hecho las mismas

insinuaciones que a mí. Verás, mi madre es una santa, pero en cuanto al arte de manipular es toda una experta.

Ellen se rascó la cabeza pensativa y, sintiéndose cómoda, empezó a deshacer su peinado.

—No recuerdo que me sugiriera nada.

—Pues conmigo sí lo hizo.

—¿Qué te dijo?

James se dejó caer en el respaldo del sillón mientras sonreía ampliamente.

—Maravillas sobre tu persona.

—¿Sobre mí? —Dio un par de tirones a su moño y sus rizos se esparcieron por su espalda y alrededor de sus hombros.

—Prácticamente desde que llegaste a la abadía no hizo más que decirme lo especial que eras, lo que había cambiado la casa desde que tú llegaste y la luz que portabas a su vida. En realidad, desde que vives allí, madre ya no toma su medicación y su salud ha mejorado.

Ellen se inclinó hacia adelante.

—¿Me tomas el pelo?

—No —Le dedicó una rápida mirada.

Al instante, los ojos de James se fijaron en el aspecto de ella que, sentada con las rodillas sobre su pecho y sus cabellos ondulándose libremente sobre su cuello y hombros, parecía no ser consciente de lo hermosa que era.

—No puedo creer que tu madre haya estado jugando a ser *Emma* con nosotros.

—En eso os parecéis —esbozó una sonrisa peligrosa—. Por suerte, no te pareces en nada más a ella.

Aquellas palabras, y en especial su tono, hicieron que Ellen sintiera un calor mucho más intenso que el de las llamas de la chimenea.

James se puso en pie sin mirarla y se acercó a su escritorio. Sin perder tiempo, cogió su pluma y un pedazo de pergamino y redactó una rápida nota.

—¿Qué haces?

—Informar a mi madre de nuestro compromiso.

Ellen se puso en pie y dio un tímido paso hacia él.

—Debo recordarte que no tienes servicio para que lleven la nota a la abadía —se rió—. ¿A qué viene tanta prisa?

James se pasó los dedos por el cabello, despeinándolo y dejó la pluma sobre la mesa.

—Está claro que no ves la gravedad del asunto.

—¿Qué sucede? —sonó preocupada.

Él se levantó deliberadamente despacio y, rodeando el escritorio, se plantó frente a ella, que inclinó la cabeza para poder mirarle a los ojos.

—Estamos juntos en una enorme casa sin sirvientes y, al parecer desconoces por completo el efecto tan devastador que tu sola persona desata en mi interior, en especial… —enredó un dedo en uno de los rizos de Ellen— si empiezas a desnudarte antes de que estés a salvo en un dormitorio.

James tiró delicadamente del mechón de pelo hacia él para que ella se acercara y Ellen jadeó sin poder evitarlo.

—Para empezar, yo no me estoy desnudando, sólo me he quitado los zapatos —James la cogió de la cintura y la acercó aún más—. Tenía los pies empapados de la lluvia.

—Comprendo —murmuró contra la piel del cuello de ella, mientras trazaba un camino de besos hasta su hombro.

Con una mano delicada, bajó la manga del vestido de Ellen, dejando al descubierto su hombro. Ellen empezó a respirar torpemente mientras su cabeza perdía por completo la capacidad de pensar.

—Ves como te estás desnudando.

Ella soltó una carcajada.

—No, me estás desnudando tú —Le miró a los ojos diverti-da—. ¿Qué pretendes?

Por alguna razón, el semblante de James se ensombreció y, poniéndose rígido, recolocó la manga de Ellen y soltó el aire.

—Tienes razón, ruego me disculpes, me he dejado llevar —Se alejó de ella dando un par de pasos largos—. Lo siento.

—¿Cómo? —ella se sintió ridícula.

—Es imperdonable que me comporte así contigo, como si fue-ras otra más de mis conquistas.

Ellen abrió la boca para quejarse, pero James se encaminó hacia la puerta y salió al pasillo.

—¡Espera! —Le alcanzó y ambos subieron por unas escaleras de madera tallada—. No tienes que disculparte, James. No me he sentido ofendida, sino halagada.

—Me alegra oír eso, pero tú mereces mucho más respeto.

Él se adelantó un par de pasos.

—Lo que merezco según tú y lo que deseo yo, no es lo mismo en este caso —susurró frustrada.

James la miró, mientras abría una puerta de un amplio dor-mitorio con decoración en tonos blancos y turquesa. Una leve sonrisa le indicó que la había oído.

—En esta planta, hay seis dormitorios similares a éste —seña-ló las puertas—. Instálate en el que más te guste pero, por favor, no me digas en cuál estás.

—¿Por qué?

Inclinándose sobre ella, le dio un ligero beso antes de enca-minarse de nuevo a las escaleras.

—Para evitar tentaciones, mi adorable Ellen, para evitar ten-taciones.

Un tanto frustrada, pero aún más encaprichada de James por su arranque de honor y decoro, Ellen se había acostado en la tercera habitación del pasillo. Al principio, el hecho de saber que estaban solos en aquella casa y el recuerdo de los besos de él, no la había dejado relajarse lo suficiente como para dormirse, pero poco a poco el agotamiento se apoderó de ella y cayó en un profundo sueño acunada por el sonido de la lluvia contra los cristales de las ventanas. Pero, para su desgracia, su subconsciente aún fantaseaba con la boca de James recorriendo toda su piel y sus sueños se encargaron de materializar sus deseos más profundos.

Cuando habían pasado un par de horas desde que se había acostado, se despertó acalorada y con la respiración entrecortada. Avergonzada de sus pensamientos y sueños, se incorporó en la cama y se empezó a pasar los dedos por el cabello algo perturbada.

A pesar de que en su época había tenido un novio, jamás había llegado a nada más que no fueran tórridos besos, quizás porque ella no estaba muy por la labor o porque aquel chico jamás la beso o tocó como lo hacía James. Él era capaz de hacerla estremecerse con un leve roce en el cuello, y aquello le planteaba un deseo irrefrenable de ir a buscarle por toda la casa y pedirle que no parara de besarla, de acariciarla y de hacerle todo lo que él quisiera.

Abrumada, se levantó de la cama, encendió una vela y salió al pasillo. No iría en busca de James, pero necesitaba encontrar la cocina. Estaba deshidratada.

Guiada por el instinto y la lógica, Ellen descendió por las

escaleras y buscó alguna puerta de aspecto sencillo. Por lo que había aprendido, las cocinas se situaban en la planta más baja de las casas y solían estar tras una puerta de diseño modesto.

Después de descubrir el comedor y uno de los salones de té, dio con una puerta al final de un estrecho pasillo. La abrió con cautela y descendió por unas angostas escaleras de piedra hasta un corredor amplio con varias puertas, seguramente las habitaciones del servicio, y un enorme arco de piedra que daba paso a una cocina llena de alacenas, cuencos y toda clase de útiles. Al asomarse, vio una leve iluminación anaranjada, similar a la de su candelabro y, asustada, sopló su vela para quedar oculta entre las sombras. Se suponía que estaban solos en la casa sin ningún sirviente, cosa que quería decir que si alguien estaba allí abajo, se trataba de James. Curiosa, asomó la cabeza entre unas cajas de madera y le observó. Él estaba sentado en la mesa de la cocina, con sus pies colgando, comía una rebanada de pan, mientras con la otra mano releía una carta a la luz de las velas. Tan sólo vestía unos calzones de hilo blancos y la luz naranja definía con brillos y sombras cada uno de los músculos y formas de su torso desnudo.

Ellen soltó un leve suspiro mientras que, embobada con la visión, dio un paso para acercarse aún más, tropezando con una de las cajas, que hizo un sonido metálico como si varios cubiertos hubieran chocado entre sí.

—Maldición —susurró para sí misma y chistando a la caja.

La espalda de James se tensó y saltó de la mesa casi sin hacer ruido, dejando el pan y la carta.

—¿Quién anda ahí?

Ellen miró hacia el pasillo y a las oscuras escaleras hacia la seguridad de su habitación, que sin la luz de la vela parecían peligrosas.

—Yo —carraspeó.

—Ellen, es muy tarde —James entrecerró los ojos buscándola en la oscuridad—. ¿Te encuentras bien?

—Tenía sed.

Sin decir nada más, él se acercó a unos estantes cercanos y cogió una jarra cubierta con un paño claro. En un segundo, llenó un vaso con agua y sonrío.

—Aquí tienes un poco de agua.

Ellen observó cómo estiraba su brazo sin importarle ir casi desnudo. Al instante, se dio cuenta de su propio atuendo. A causa de su precipitado cambio de residencia para aquella noche, no tenía un camisón, así que se había visto obligada a dormir con la ligera y semitransparente camisola que llevaba bajo su vestido de fiesta. Para su pesar, las enaguas no habían resultado muy cómodas para dormir, así que ahora se veía tan o más desnuda que James con su fino atuendo y sin nada debajo.

—¿Puedes… apagar la vela? —sonó un poco nerviosa.

—Si hago eso no veremos nada.

—Eso mismo pretendo.

James soltó una risa traviesa mientras, cogiendo el candelabro, se acercaba hacia el lugar de donde provenía la voz de Ellen.

—¿Te perturba la visión de mi torso desnudo?

—No más de lo que te perturbará a ti mi camisola semitransparente —se sonrojó ligeramente.

Con un fuerte soplido, y mientras miraba al cielo rogando autocontrol, James apagó la vela sumiéndolos en una oscuridad intensa.

—No sé dónde estás, así que deberás venir tú hasta mí para coger el agua.

—Está bien.

Con lentitud y los brazos estirados, Ellen caminó en línea recta hacia donde estaba él, para tocar a los pocos pasos la cálida piel de sus pectorales.

—Lo siento —jadeó.

James soltó un prologando bufido, como si contara hasta diez y cogió la mano de ella, dándole el vaso de agua.

—Gracias —Ellen apuró el contenido de un largo trago.

—¿Quieres más?

—Es suficiente, gracias —en su tono se percibió una sonrisa.

James alargó una mano que encontró el brazo de ella y, descendiendo lentamente, le arrebató el vaso dejándolo sobre la mesa.

—¿Podrás volver a oscuras hasta la habitación?

—Tendré que lograrlo o dormiré en una alacena —bromeó.

James soltó una risa calmada.

De pronto, un resplandor azulado iluminó la cocina dándoles durante un segundo una visión detallada de ambos. Cuando el trueno resonó con fuerza, Ellen dio un salto hacia él, que no dudó en protegerla entre sus brazos.

—Tranquila, es sólo la tormenta —musitó sobre sus rizos.

—Lo sé, es que no soy muy amante de los truenos —Le abrazó apoyando una mejilla en su cálido pecho.

James olía mejor que la lluvia que empapaba los campos.

Durante unos maravillosos segundos, se quedaron abrazados oyendo como la intensidad de la lluvia aumentaba al igual que el latir de sus corazones por la íntima proximidad.

—Vuelve a la cama, Ellen —le rogó con una voz rota.

—Está bien —se separó de él un poco.

Poniéndose de puntillas y movida por la intuición, localizó la boca de James y le dio un tierno beso que apenas duró un segundo. Él apretó los labios sorprendido ante el contacto, mientras se aferraba al borde de la mesa.

—Me estas matando, por favor ve a dormir —jadeó.

El poder que aquella frase concedió a Ellen, la hizo sentirse animada. Ahora era ella la que controlaba la situación.

Juguetona, dejó que su mano descendiera desde el cuello de James hasta sus abdominales en una caricia lenta.

—Buenas noches —disimuló una risa pícara.

Justo en ese instante, un nuevo relámpago volvió a iluminarles y los ojos de James, llenos de un fiero, deseo la paralizaron. Antes de que el trueno resonara cercano a la casa, él se abalanzo sobre ella, apresándola entre sus brazos y reclamando su boca con ansiedad. Ellen respondió con la misma pasión, aferrándose a sus hombros y abriendo la boca para que el beso se volviera más intenso.

—No podemos hacer esto —jadeó James besando su cuello.

—¿Por qué no? —susurró enredando sus dedos en el cabello de él.

Cogiéndola de la cintura, la hizo girar, sentándola sobre la mesa, donde un sonido fuerte les indicó que el vaso se había estrellado contra el suelo.

—Tu reputación… —La besó mientras sus manos ascendían por sus muslos—. No puedo hacerte esto.

Ella soltó una carcajada.

—Ya lo estás haciendo.

Justo cuando las manos de él casi habían subido la camisola hasta los glúteos de Ellen, se frenó en seco.

—Estar contigo es como estar a punto de caer por un acantilado —respiró con dificultad—. Si me detengo ahora, evitaremos la caída, pero si no lo hago…

Ellen tiró de la cinturilla de los calzones de James y suspiró acalorada.

—Salta, James. Salta al vacio conmigo.

Sin poder frenarse, levantó la camisola de Ellen, pasándola

por su cabeza y dejándola completamente desnuda, para besarla después con fiereza, mientras ella introducía una mano por dentro de los calzones alcanzando una de las nalgas de James, dejando a un lado su vergüenza e inexperiencia y guiándose por la pasión.

Sin apenas darse cuenta, él se deshizo de su ropa y se posicionó entre sus muslos mientras con sus manos hábiles la atraía hacia su cuerpo lentamente, entre besos y caricias. Por fin, la piel de ambos estaba en contacto y Ellen sintió una necesidad apremiante que la impulsó a moverse hacia él aún más cerca, sintiendo algo tenso entre ellos que la hizo ponerse un poco nerviosa, dándose cuenta, tan sólo por un segundo, de lo que estaban haciendo allí en medio de una cocina.

—¿Estás bien? —Él acarició su espalda.

La respuesta de ella fue un apasionado beso mientras, tirando de James, se tumbaba en la mesa. Al hacerlo, sintió completada su unión, seguida de un baile frenético, que poco tenía que ver con los de salón, y haciéndole sentir sensaciones desconocidas para Ellen. James se movía hábil sobre ella, preocupándose por sus necesidades a cada instante, escuchando su respiración y sus gemidos, que poco a poco resonaron en las paredes de piedra de la cocina mientras entrelazaban sus dedos y se besaban ansiosos.

De pronto, un hormigueo acompañado de una sensación de pérdida del sentido, se apoderó de Ellen que, aferrándose a las esquinas de la mesa y junto con unas convulsiones de él, la hizo gritar de puro éxtasis.

James se derrumbó sobre ella, apoyando la cabeza sobre su pecho, y Ellen le acarició el cabello mientras sonreía.

—Creo que necesitaré otro vaso de agua —bromeó ella.

Él la besó dulcemente.

—¿Te refieres a que vuelves a tender sed o que quieres repetir?

Ella se sonrojó levemente mientras empezaba a reír y James se incorporaba, buscando algo a tientas.

—Si buscas el agua, creo que está en la otra dirección.

—No, estoy buscando la vela para encenderla.

—¡No!

—¿No?

Ellen saltó de la mesa y empezó a palpar el suelo en busca de su camisola.

—Me da vergüenza que me veas.

La risa de James hizo eco en la cocina.

—¿Después de lo que hemos hecho, tienes vergüenza?

—Sí, mucha —carraspeó—. La oscuridad es una gran aliada.

James caminó hasta ella guiado por el sonido de su voz y la hizo levantarse del suelo.

—¿Eres consciente de que pienso llevarte ahora mismo a mi dormitorio para volver a repetir lo que acaba de pasar, pero a plena luz?

La abrazó hasta que sus cuerpos se tocaron completamente.

—¿En serio? —suspiró.

—Sé que no debería haberte tomado ni ahora ni aquí, lo decoroso hubiera sido que esperáramos hasta estar casados, pero no he podido evitarlo, y ahora no podré parar de hacerlo.

Ellen soltó una risilla mientras él la besaba sutilmente.

—Deberemos llevar nuestro pecado en secreto —bromeó.

James la cogió en volandas y empezó a caminar con ella hasta las escaleras que llevaban al piso superior; conocía perfectamente la casa y no necesitaba luz para orientarse.

—Estamos prometidos, mi amor, a los ojos del Señor no es pecado.

—Eso se lo dirás a todas —empezó a reír mientras se aferraba a su cuello con cada nuevo escalón.

James paró en seco.

—Puedo jurarte por la salud de mi madre que tú no eres como ninguna otra y jamás te trataré como tal. A ojos de Dios y de mi corazón, tú ya eres mi esposa y por si te quedan dudas —sonrió pícaro—, volveremos a consumar nuestro amor ahora mismo.

Con un grito ahogado de Ellen, mezclado con una risa de James, él la llevó hacia una habitación de la segunda planta y cerró la puerta.

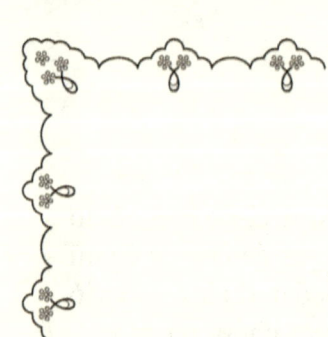

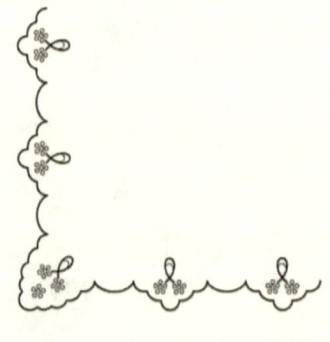

XXXVI

El estruendo de un trueno la despertó de golpe y, al instante, se incorporó en la cama cubriéndose con la sábana. Lejos de aterrarse con el ruido del fenómeno natural, como lo había hecho en el pasado, ahora lo relacionaba con algo mucho más agradable.

Al pensar en ello, miró al otro lado de la cama y sólo encontró un montón de mantas arrugadas.

James no estaba.

Se levantó aquejándose un poco de unas agujetas en sus muslos y glúteos y se rió. Tanto ejercicio la noche anterior la había dejado agotada y ahora le pasaba factura.

Sintiéndose feliz y radiante, localizó una camisa de James y se la puso a modo de camisón; había perdido la pista de su camisola en la cocina y no se había preocupado por recuperarla.

La lluvia seguía cayendo con intensidad martilleando los cristales pero, a pesar de la luz grisácea que entraba por los ventanales, Ellen calculó que sería hacia el mediodía.

Se miró un segundo en un espejo de pie que había junto a unos inmensos armarios y, tras intentar reordenar sus rebeldes cabellos, se encaminó hacia el pasillo dispuesta a encontrar a James.

A pesar de ir vestida sólo con una camisa de hombre, Ellen se sentía segura en la casa, pues la certeza de estar solos les confería una intimidad maravillosa, difícil de conseguir en aquella época. Animada, bajó las escaleras, pero a mitad de éstas se quedó petrificada al oír unas voces que se acercaban procedentes de la planta inferior.

Como si le fuera la vida en ello, subió y se escondió tras un enorme mueble con cajones; desde allí no la podían ver, pero ella si podía ver a James y a un hombre con uniforme de cochero.

—Haré llegar su nota a la Señora Mackenzie con la mayor brevedad posible, señor.

—Gracias por el favor, Alfred. Sé que no es fácil ejercer la mensajería en situaciones tan complicadas como éstas.

El hombre uniformado hizo una reverencia y James le acompañó a la puerta.

Cuando Ellen oyó el sonido de la puerta al cerrarse y los únicos pasos de James que volvían de camino a su despacho, bajó las escaleras con su ánimo recobrado.

Al verla bajar, los ojos de él llamearon.

—¿Pretendes que no te deje salir de mi alcoba nunca más?

—¿Por qué dices eso?

James salvó un par de escalones que les separaban y la besó con pasión.

—Ponerte mi ropa es muy seductor —metió una mano por debajo de la camisa acariciando el muslo de Ellen.

—No tengo nada más que ponerme, a excepción de un vestido de gala manchado y una camisola extraviada.

—Habrá que solucionar eso.

Él la cogió de la mano y la llevó al piso superior, a una de las habitaciones del final del pasillo.

Ellen empezó a reír mientras entraban en la habitación con toques femeninos y una decoración muy personalizada en tonos amarillos y rosa pastel.

James se acercó a un baúl a los pies de la enorme cama con dosel y sacó un vestido de corte sencillo, de color blanco, con pequeñas flores azules.

—Creo que será de tu talla —sonrió caminando hacia la puerta—. Dentro del baúl, encontraras todo lo necesario para que te vuelvas a vestir como la dama que eres, alejando de mí algunas tentaciones.

Ellen rebuscó entre las prendas y le miró confusa.

—Pensaba que esta casa era tuya.

—Y lo es, pero antes fue la casa familiar de mi madre. Ésta era su habitación cuando era niña y esos algunos de los vestidos que quiso conservar de su juventud.

Poniéndose de pie le miró abrumada.

—No puedo vestirme con un vestido que tu madre guarda como un tesoro.

—Sí puedes, en realidad si te ve con alguno puesto será muy feliz.

—¿Por qué?

—Los guardaba para su hija; por desgracia, mi padre murió antes de que pudieran concebirla.

Ellen soltó un ruidito de pesar mientras acariciaba la tela del vestido.

Sin esperar a que James se marchara, se desnudó y empezó a vestirse con unas enaguas.

—¿Me torturas? —James rió—. Ayer por la noche insistías en apagar todas las velas de la casa y hoy a plena luz me muestras tu hermoso y tentador cuerpo.

—Bueno, ayer por la noche estuve practicando bastante —empezó a reírse, mientras anudaba el lazo del vestido a su espalda.

James le tendió una mano y juntos bajaron de nuevo hasta el despacho.

—¿Quién era el hombre que ha venido?

—¿Alfred? Es un mensajero. Estaba avisando a todos los residentes de la zona de que a causa de las lluvias es mejor que no salgamos de casa; al parecer, el Támesis corre riesgo de desbordamiento. Pero tranquila, no hay peligro.

James se sentó tras su escritorio y Ellen cogió una silla para sentarse junto a él.

—En la abadía deben de estar preocupados.

—No sufras, les he mandado una nota explicándoles la situación.

—¿Toda la situación?

Los ojos azules de él llamearon mientras se acercaba a Ellen y la besaba.

—Sólo el malentendido con el cochero y que estás bajo mi protección. No quiero que mi madre se entere por una nota de que estamos prometidos.

Ella asintió, antes de empezar a mirar las anotaciones que se diseminaban por el escritorio.

—¿Has hecho algún descubrimiento más?

James miró hacia donde ella lo hacía y cogió un libro de tapas de cuero rojo.

—Muy poca cosa, y en realidad no creo que nos sirva de mucho.

—¿Qué es?

Ella cogió el ejemplar que él le daba y leyó el título en voz alta:

—¿Mitología Celta? —Miró a James—. ¿Qué tiene que ver con el caso?

—Al principio, pensé que encontraría la imagen y el significado del carnero siniestro, así que busque Cernunnos.

Él abrió el libro por una página en concreto señalando el nombre que llevaba el club exclusivo de caballeros, junto a un grabado de un viejo ciervo, de aspecto casi humano.

—Señor de los animales salvajes, Cernunnos es el dios de la abundancia y la fertilidad —leyó Ellen—. No veo relación ninguna con el carnero de la moneda.

—No tienen ninguna. En realidad, creo que Alistair ha estado frecuentando el club en busca de hombres que le ayudaran en su causa, y supongo que con el tiempo alguno de ellos confundió el ciervo con el carnero, adaptándolo como símbolo del club. Es más aterrador y misterioso.

Ellen dejó el libro sobre la mesa.

—Pero ahora ya no sigue ese comportamiento.

—No, por eso estamos en un callejón sin salida. Creí que Oliver Walls sería una nueva ruta de investigación pero, como sabes, le asesinaron en mi librería.

—Tranquilo, entre los dos daremos con una nueva pista —Empezó a remover los papeles—. Tiene que haber algo que se nos escape.

Tras pasar varias horas intentando encontrar una nueva pista sin resultado alguno, Ellen se ofreció para preparar alguna cosa para comer con los pocos alimentos que James tenía en su despensa. Animado y considerando aquella cocina su nuevo lugar favorito de la casa, bajó para ver cómo una dama se las apañaba como cocinera. Cuando entró, se quedó estupefacto al ver sobre la mesa todo un festín compuesto por tostadas, queso perfectamente colocado sobre un plato, unos pequeños bocadillos de salmón ahumado con mantequilla y té.

Al verle entrar, Ellen le sonrió.

—Siento que no sea muy variado, pero no contabas con muchos alimentos en la despensa.

James se le acercó y la besó en la frente sin poder apartar la vista de los platos.

—¿Cómo sabes preparar todo esto? La mayoría de las damas que conozco se creerían que el queso crece en los árboles si se lo contara.

Ella empezó a reír.

—Eres un exagerado.

—En absoluto. Cuando creo que no puedes sorprenderme más, vas y lo consigues de nuevo.

Mientras se sentaba en la mesa de la cocina, sirvió una taza de té y se la ofreció a James, que, aunque no consideraba correcto comer allí, no puso objeciones.

—Supongo que las chicas de campo somos sorprendentes.

James cogió el té y apresó la mano de Ellen dándole un dulce beso.

—Gracias por eso.

Mientras terminaban la comida, el sonido de la lluvia se fue disipando hasta que se detuvo por completo.

Ellen se puso en pie y se asomó por la ventana alta.

—Parece que ya ha parado de llover —sonó desanimada.

—¿Te pone triste?

—Sí, porque ahora deberemos volver a la realidad de nuevo.

James se levantó y se acercó a ella rodeándola con sus brazos.

—¿Tan mala es la realidad?

—Todo lo que no sea estar a todas horas junto a ti me parece horrible.

Él no pudo evitar besarla.

—En cuanto formalicemos nuestro compromiso a la vista de todos, podremos pasar todas las horas que quieras juntos.

—Lo sé, pero tú vivirás aquí y yo en la abadía.

—Eso es inevitable, mi amor, pero también temporal —La miró a los ojos y sonrió—. Si tú quieres, cuando nos casemos podemos venir a vivir aquí, si eso te hace feliz.

Ellen se abrazó a él con fuerza y cerró los ojos para ser aún más consciente de su tacto, calor y olor.

—Seré feliz allí donde tú estés.

La pasión se adueño de James, que la besó hasta que ella se quedó sin aliento.

—Puesto que el tiempo ha mejorado notablemente, mañana te devolveré a la abadía, pero hasta entonces pienso aprovechar cada segundo contigo.

Mientras ella reía entre gritos, la cogió de la mano y, sin perder mucho tiempo, la arrastró hasta el dormitorio.

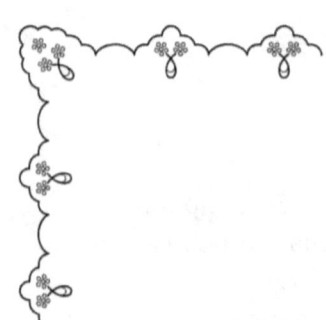

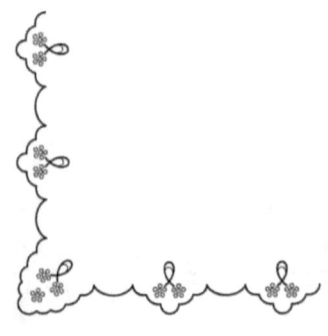

XXXVII

$\mathscr{C}$harlotte se lanzó al cuello de Ellen dándole un enorme y tierno abrazo en cuanto la vio entrar en el salón de té, donde ella y Anthony tomaban un ligero tentempié a media mañana.

—¡Ellen! No sabes el miedo que pasamos creyendo que os podía haber pasado algo por el camino. Hasta que no llegó la nota, no pude dormir.

"Yo tampoco he dormido mucho" —pensó Ellen para sí, conteniendo una carcajada.

—Fue todo un malentendido con el cochero, pero estamos bien —comentó James.

Anthony se acercó a su hermano.

—Madre se encuentra bastante indispuesta desde ayer, y para no preocuparla no sabe que Ellen no ha dormido aquí estas dos últimas noches.

Charlotte asintió solemnemente.

—Sí, nosotros sabemos perfectamente que James es un caballero, pero a los ojos de los demás… ya sabéis.

La rápida mirada que intercambiaron Ellen y James no pasó desapercibida a Charlotte, que frunció el entrecejo, buscando los ojos de Anthony, que también habían captado la complicidad de la pareja.

—Hermano… ¿Te has comportado verdad?

James le propinó un puñetazo amistoso a Anthony, que se tambaleó.

—Ha sido todo un caballero —comentó Ellen.

—Es que soy un caballero —bromeó él.

Ambos se miraron de nuevo y James buscó con un ligero gesto de cabeza la aprobación de Ellen para dar a sus amigos las buenas noticias. Ella asintió levemente.

—Charlotte, Anthony, debemos comunicaros algo. Puesto que madre está indispuesta, sois los siguientes en la lista.

Ellen miró hacia el suelo y Charlotte emitió un leve grito de sorpresa.

—¿De qué se trata? —comentó Anthony, que era el único que no se esperaba las palabras de James.

—Ellen y yo nos hemos comprometido.

La mandíbula de Anthony se desencajó un instante, para después esbozar una amplia sonrisa mientras le abrazaba.

—¡Por fin sientas la cabeza!

Charlotte abrazó de nuevo a Ellen entre risas.

—¡Hermana!

Lejos de sentirse asustada o abrumada con la revelación, Ellen experimentó una sensación de felicidad que la hizo sonreír.

Sería una Mackenzie.

A pesar de que Ellen había hecho todo lo humanamente posible para retener a James en la abadía casi todo el día, hacia el final de la tarde él se marchó a la casa de Londres, dejándola con una sensación de ansiedad que no le gustaba en absoluto. Había leído sobre lo que era estar enamorada hasta la médula, pero jamás pensó que se sentiría así. Era aterrador y maravilloso al mismo tiempo.

Después de una copiosa cena, Ellen se retiró a su habitación. Al entrar, sus ojos se posaron rápidamente en la rosa blanca de James que empezaba a marchitarse, para después ver una caja con un enorme lazo rojo de regalo y una nota.

Sin mirar la pequeña carta, abrió la caja para encontrar tres preciosos pañuelos de hilo bordados a mano con sus iniciales rodeadas de bellas filigranas. Sabiendo a ciencia cierta que James no había podido mandarle aquello, volvió a la nota y la leyó:

Mi apreciada Señorita Gladwell,

Me he tomado la libertad de encargarle estos exquisitos pañuelos. Sin duda, creo que en un futuro pueden ayudarla a secar manchas indiscretas de sus vestidos.

Aprovecho la misiva para pedirle amablemente una cita para poder recuperar mi chaqueta, ya que sin ella uno de mis trajes favoritos está incompleto.

Espero su respuesta con ansiedad.

Suyo,
Alistair Becher.

Al leer la firma de la nota, Ellen se quedó en shock durante unos segundos. Era la primera vez que el Señor Becher firmaba con su nombre completo y no era otro ni más ni menos que Alistair. Un escalofrío recorrió su espalda y volvió a mirar la firma.

¿Podía ser él el secuestrador de damas?

Se puso en pie nerviosa. Necesitaba hablar con James. Quizás era una nueva pista, una muy fiable y directa hacia Elizabeth.

Con la nota firmemente cogida entre sus dedos salió al pasillo justo en el momento en el que Anthony se encaminaba a su habitación; al verla pálida como la cera se acercó.

—¿Te encuentras bien?

—No, mira esto —Le tendió la nota.

Anthony la leyó durante unos minutos, mientras en su rostro aparecían diferentes expresiones, como la sorpresa y el enfado.

—Alistair —murmuró.

—Anthony, ¿crees que es el Alistair que buscamos?

Él se quedó pensativo durante un breve momento.

—Si bien es cierto que es alguien nuevo en nuestro círculo de amistades y que coincide con el nombre del principal sospechoso de James, debemos asegurarnos de que lo es. Alistair es un nombre bastante común y no queremos acusar en falso a nadie.

—Tenemos que contárselo a James.

Anthony asintió.

—Sí, y sin perder un minuto. Yo mismo iré a buscarle, quizás aún estemos a tiempo de rescatar a Elizabeth. Ve a la biblioteca y espéranos allí y si Charlotte pregunta, por favor no le cuentes la verdad.

Ellen asintió, y sin decir nada más, Anthony descendió por las escaleras a toda velocidad mientras ella volvía a releer la nota una y otra vez.

Por suerte para Ellen, Charlotte se había retirado temprano a su habitación acusando un tremendo cansancio. Cuando preguntó por Anthony, ella le había dicho que estaba con Agatha, así que su amiga no hizo más preguntas y se marchó a dormir sin sospechar nada.

Cuando hacía poco menos de una hora de la partida de Anthony, ambos hermanos irrumpieron en la biblioteca asustando a Ellen, que se había acomodado en un sofá junto a la ventana.

James fue directo hasta ella con el miedo grabado en sus azules iris.

—Ellen, ¿y la nota?

Ella se la tendió mientras Anthony se sentaba a su lado y James se paseaba nervioso leyendo.

—James, no perdamos los papeles, no tenemos pruebas de que este Alistair sea *nuestro Alistair*.

Un rugido se escapó de la garganta de James.

—Hermano, es un caballero de acento extraño, con aspecto exótico y recién llegado a Londres, ¿de veras necesitamos más?

—Sé sensato, no es el primer extranjero que aparece en los bailes de sociedad.

—Pero sí el que lleva el mismo nombre que un secuestrador.

Ellen les miraba discutir como el que observa la bola en un partido de tenis y, agobiada, se levantó encaminándose al enorme ramo de rosas rojas que Alistair le había mandado, y que también empezaban a estar marchitas. Al percatarse de él, recordó que allí también había una nota mucho más extensa.

Con dedos temblorosos, la sacó de entre los tallos y la desplegó observando la firma. Allí, Alistair había firmado con su apellido solamente.

James la miró un segundo.

—¿De quién son esas flores?

—De Alistair Becher.

Él corrió hasta ella y, con mucho cuidado, abrió los pétalos de una de las rosas en busca del polvo negruzco que adormecía a sus víctimas. Pero no encontró nada.

—No quiero que aceptes nada de ese hombre, ni que te acerques a él a menos que me tengas a mí protegiéndote —La cogió de los hombros—. ¿De acuerdo?

Ella se limitó a asentir.

—Con las rosas venía esta nota.

Él la cogió y la leyó atentamente. Cuando terminó, la plegó devolviendo la carta a su estado original de nota lacrada y entonces fue cuando lo vio.

El rostro de James se desencajó mientras sus temores se hacían realidad.

—¿Qué sucede? —preguntó Anthony acercándose a él.

James se limitó a señalar el sello que se había usado para marcar el lacre.

Ellen ahogó un grito.

—Si mi vista no me engaña, esto es un carnero.

XXXVIII

$\mathscr{L}$a voz de James sonaba con fuerza y determinación sobre las de Anthony y Ellen, que intentaban argumentar su posición. A la vista de los nuevos descubrimientos y puesto que Alistair estaba claramente interesado en Ellen, la solución más obvia, aunque también la más arriesgada, era que ella le siguiera el juego dejándose seducir, para que él la llevara junto al resto de chicas y así James lograra rescatar a Elizabeth.

—No, no y no —bramó furioso—. Prometí que jamás te volvería a poner en peligro a causa de mis investigaciones.

—James, a mí tampoco me gusta, pero es la única manera de pararle los pies a ese malnacido —comentó Anthony calmado.

—Sería como cuando me infiltré en el burdel; tú me protegerías.

James le dedicó una cínica mirada a Ellen.

—¿Tengo que recordarte lo que casi sucedió en el burdel por mi culpa?

Ella se puso en pie frente a él y le cogió de las manos.

—Pero no me pasó nada malo, tú estabas allí a mi lado.

—No insistas, la simple idea de que termines en las redes de ese bastardo me pone enfermo —Le acarició una mejilla.

—Piensa en Elizabeth y en el resto de jóvenes que están en la misma situación. No podemos quedarnos de brazos cruzados, hay que hacer algo —replicó ella—. No podré dormir si sé que pude ayudar a que otras chicas no pasaran por lo mismo que Charlotte y Elizabeth, y que no hice nada.

Anthony se acercó a ellos con la mirada baja.

—A mí tampoco me gusta tener que ponerla en peligro, James, pero trazaremos un plan seguro —sonrió a Ellen—. Por no decir que no conozco una mujer más capaz de interpretar este papel que ella.

James soltó una carcajada sin humor.

—¿Cómo te sentirías tú si fuera Charlotte la que se pusiera en peligro? —replicó a Anthony.

—Te recuerdo que ella ya lo estuvo y casi la perdemos —contestó Ellen seria.

—No te lo permitiré —James fue tajante.

Los ojos grises de ella llamearon con furia.

—Soy perfectamente capaz de cuidarme sola. Sabes que no soy una dama desvalida.

—No.

Sin que nadie lo viera venir, ella se agachó en un rápido movimiento y, metiendo sus finos dedos en la bota de James, le arrebató la daga que siempre ocultaba allí. Aprovechando la posición, la colocó en la ingle de él con un movimiento seguro y decidido.

—Por aquí pasa la arteria femoral, basta con que haga un preciso corte para que mueras desangrado en pocos minutos —Le miró desafiante desde el suelo.

Anthony no pudo evitar esbozar una sonrisa.

—Cariño, ¿me estás amenazando?

Ellen se incorporó y, poniéndose de puntillas, le besó ligeramente en los labios.

—No, te estoy demostrando que puedo defenderme ante un ataque si me dejas esta daga.

James meneó la cabeza mientras sentía una oleada de cálida pasión ascender por su vientre. El desafío de Ellen le había encantado, aunque jamás lo reconocería.

—Mi respuesta sigue siendo no, aunque me congratula que sepas hacer eso. ¿Qué os enseñan en tu aldea?

Ellen desvió la mirada, eludiendo la pregunta.

—James, sé razonable. Mírala, es mucho más diestra con las armas que yo mismo. La protegeremos. Ambos.

—Debemos hacerlo para que ese malnacido de Alistair se pudra en la cárcel por lo que le hizo a Charlotte —suplicó Ellen—, y por Elizabeth y las demás chicas.

Durante algunos minutos, James se quedó mirando el paisaje nocturno por la ventana, mientras en su mente chocaban sentimientos opuestos.

Al final, decidió romper el silencio.

—Si llevamos a cabo esta misión suicida, deberás acatar al pie de la letra mis instrucciones y abandonar si te digo que lo hagas.

—Por supuesto —comentó ella.

James apretó los labios aún sin creer que estaba aceptando aquella locura de plan.

—Hermano, te ruego que tú y Charlotte mantengáis en secreto nuestro compromiso. De no ser así, posiblemente Alistair deje de cortejar a Ellen —Los dientes de James chirriaron de pura rabia.

—Por supuesto —comentó él.

Ellen se acercó a Anthony y le miró preocupada.

—¿No crees que sería mejor mandar a Charlotte lejos de aquí? Si de pronto yo empiezo a frecuentar a Alistair, ella empezará a hacerse preguntas —suspiró—. Y dios no quiera que se entere de algo que despierte su memoria.

Anthony asintió.

—Tienes mucha razón, puedo mandarla a Bath con madre, así ambas descansarán unos días.

—Es una gran idea —comentó James—. Ellen, ¿estás segura de esto?

—Completamente —comentó ocultando sus nervios y temores.

Con un par de pasos rápidos y sin importarle la presencia de su hermano, se acercó a ella y la abrazó con fuerza.

Con discreción, Anthony salió de la biblioteca dejándoles intimidad.

—No quiero perderte —musitó James.

—Y no lo harás, estarás tras de mí en todo momento —apoyó su cabeza en el pecho de él.

—Te quiero demasiado para pensar en una vida sin ti.

Con los ojos llenos de amor, ella levantó la cabeza y sonrió.

—Yo también te quiero.

James se inclinó y la besó con dulzura, saboreando cada segundo a su lado.

Contra todo pronóstico, a James le costó más convencer a Agatha para que se fuera unos días a Bath de lo que le costó a Anthony seducir a Charlotte, que al pensar en los baños termales, las tiendas de jabones y las pastelerías de la preciosa ciudad, apenas lamentaba la separación de su nuevo esposo, que le prometió que pronto volverían a estar juntos y en aquella ocasión, serían ambos los que emprenderían un viaje en honor a su luna de miel.

James verificó cómo el cochero amarraba eficazmente los baúles de sus pasajeras y Anthony ayudo a Agatha a subir al coche de caballos.

—¿Querida, estás segura de que no deseas acompañarnos? Tu presencia sería muy grata para ambas —comentó Agatha acomodándose en su asiento.

Charlotte subió también al coche.

—Es cierto —dijo asomándose por la puerta abierta—. Te echaremos de menos, Ellen.

—Sois muy amables pero, como ya comenté, hay cierto caballero que me está cortejando y temo que una partida abrupta de Londres pueda estropear esa oportunidad.

Agatha sonrió animada.

—¿Sigues sin querer decirle a esta anciana cuál es el nombre del afortunado? —sonrió—. Dame ese gusto antes de partir.

Charlotte se tapó la boca disimulando una brillante sonrisa; ella sabía que era de James de quién hablaba.

—Me temo Señora Mackenzie que prefiero darle las buenas noticias de un posible compromiso cuando llegue —Ellen le dedicó una mirada dulce—. No soportaría que se hiciera ilusiones para nada.

Charlotte no pudo contener más su emoción.

—¡Seguro que pronto se celebra otra boda!

James se movió incómodo intentando disimular lo que aquellas palabras despertaban en su interior.

—Será mejor que os marchéis ya, os espera un largo viaje —comentó Anthony cerrando la puerta del carruaje.

—Te veré en unos días —Charlotte agitó su mano.

—Pasadlo bien —se despidió Ellen.

Cuando el coche de caballos se empezó a alejar, James, Anthony y Ellen dejaron de agitar sus manos despidiendo a las dos mujeres y entraron en la abadía con el semblante serio.

Tenían muchas cosas que planear y una nota que escribir para citar a Alistair con Ellen.

XXXIX

$\mathcal{A}$compañada de Dorothea, una de las doncellas de la abadía, Ellen se ocultaba del sol con su sombrilla de puntillas blancas, justo en la barandilla que daba al enorme lago de *Regent's Park*.

Alistair llegaba tarde, y James y Anthony, perfectamente camuflados entre los visitantes del lugar, la vigilaban de cerca.

Agobiada, miró a la doncella, que había aceptado ser su carabina para aquella cita y la mujer le sonrió.

—No sufra usted, Señorita Gladwell, no todos los caballeros gozan de la puntualidad inglesa.

—Eres muy amable Dorothea —sonrió sin ganas.

—Señorita Gladwell —Ellen dio un respingo y se giró para ver a Alistair a su lado—. Lamento que haya tenido que esperarme unos minutos.

Él hizo una reverencia y ella sonrió intentando parecer inocente y encantadora.

—Hola, Señor Becher.

—¿Damos un paseo?

—Por supuesto.

Ambos empezaron a caminar seguidos de la doncella, que debía salvaguardar la reputación de Ellen.

Discretamente, James y Anthony se pusieron también en

marcha, manteniendo una buena distancia entre ellos y la pareja.

—Debo reconocer que me agradó recibir su nota citándome hoy.

—Compréndame, Señor Becher, no podía permitirme ser la causante de que uno de sus trajes estuviera incompleto.

Alistair soltó una carcajada musical acercándose más a Ellen, casi rozándole el brazo. Dorothea carraspeó y él se apartó ligeramente.

—Dígame, Señor Becher…

—Por favor, amiga mía, llámeme Alistair.

Ellen tragó saliva; aquel nombre le daba escalofríos al igual que su dueño.

—Alistair, entonces —suspiró recobrando el control—. ¿De dónde era usted?

—Soy de todas partes; si le digo la verdad, no me gusta ser de un solo país. Pero mi madre era una lady inglesa de inigualable belleza.

Ellen abrió su abanico y empezó a refrescarse.

—¿Era? Lamento su pérdida.

—No tema, Ellen —susurró su nombre de una manera escalofriante—. Yo era un niño cuando ella falleció.

Localizando un banco cubierto por la sombra de un enorme árbol, se sentaron, mientras Dorothea lo hacía a una distancia segura, pero prudencial de ellos.

James y Anthony, se acercaron a unos caballos amarrados cerca de allí, quedando a las espaldas de la pareja, e hicieron ver que les interesaban los rocines, sin dejar de observar los movimientos de Alistair.

—Es una tragedia que creciera sin madre.

—Lo es más que la perdiera a manos de mi padre.

—¡Eso es terrible! —no fingió su asombro.

Alistair se apoyó seductor en el respaldo del banco y cruzó sus piernas mientras esbozaba una enorme sonrisa.

—No sufra usted, mi bella Ellen, mi pasado me ha hecho como soy ahora, y no le engaño si le aseguro que me gusta mucho mi persona.

Ellen acalló un rugido de furia con un ligero carraspeo. ¿Cómo podía decir aquel hombre que le agradaba ser un secuestrador de mujeres y posiblemente algo mucho peor?

—Estupendo —comentó sin sentimiento.

Ambos se quedaron callados, mientras Dorothea hojeaba un pequeño libro.

—¿Le gustan las barcas del lago, Ellen?

En un instante, ella sopesó los peligros de estar a solas con Alistair en un bote y la dificultad de James para seguirla en el agua.

—Si le soy sincera —se rió coqueta—, me da muchísimo miedo el agua, y evidentemente las barcas me aterran.

Alistair soltó una risa un poco irónica que Ellen no pudo comprender.

—Soy un experto haciendo que bellas damas superen sus miedos.

—Lo siento, pero debo negarme —Plegó su abanico con gracia—. No es atractiva la visión de una joven histérica en su primera cita con un caballero.

La sonrisa de él fue deslumbrante y ella sintió como su vello se erizaba sin control.

—Me alegra que considere esta salida como una cita —Miró a Dorothea, que estaba distraída, por el rabillo del ojo, y se inclinó acechante sobre Ellen—. Me gustaría frecuentarla muchísimo más.

Ella se forzó a sonreír, acallando la voz de su interior que le gritaba desesperada que corriera a la seguridad de los brazos de James.

A lo lejos, Anthony frenó a su hermano para que no estropeara la misión.

—Eso me agradaría, Alistair —Pestañeó coqueta.

—Quedan muy pocos bailes esta temporada, y si le soy sincero prefiero las citas íntimas como ésta. ¿Qué le parece si mañana vamos a montar a caballo?

—Será maravilloso.

Él se incorporó, y le tendió una mano a Ellen para ayudarla a levantarse. Sin ganas, se la cogió.

—¿Puedo ofrecerme a recogerla? ¿Dónde se hospeda?

La mente de Ellen empezó a buscar una respuesta que no fuera la abadía de los Mackenzie.

Tras el atentado al coche de caballos de James, por haber ayudado a Oliver Walls, estaba claro que Alistair sabía que James iba tras él.

—Con los Bray —mintió y Dorothea le dedicó una mirada extraña—. Pero si no le importa, preferiría que nos viéramos aquí en el parque, la Señora Bray está delicada de salud y no quisiera perturbarla con mis idas y venidas.

—Comprendo —sonrió empezando a caminar junto a ella—. ¿Conoce usted la senda del bosque del este?

—Sí —mintió esperando que James o Anthony conocieran el lugar y le explicaran cómo llegar.

—Si no le molesta, preferiría llevarla allí y celebrar un picnic tardío. No me malinterprete, este parque es precioso, pero está demasiado atestado de gente y estoy seguro de que disfrutará del atardecer en el bosque.

Dorothea emitió un sonido de desaprobación, que Ellen ignoró por completo.

—Será un placer.

Los tres se encaminaron hasta la salida del parque, donde el coche de Ellen la estaba esperando. Al llegar hasta él, Alistair sostuvo la puerta para Dorothea, que subió sin darle las gracias y le tendió la mano a Ellen para ayudarla a subir. Antes de que ella pudiera zafarse de su agarre, él la retuvo acercándola a su rostro.

—Dígame, Ellen, ¿va a hacerme sufrir mucho torturándome por mis actos?

Ella palideció. ¿La había descubierto?

—¿A… a qué se refiere? —titubeó.

Alistair soltó su mano después de besársela.

—Me refiero a que espero que haya traído mi chaqueta y no deba arrepentirme de habérsela dejado.

La risa de alivio de Ellen sonó demasiado alto.

—Por supuesto —se inclinó sobre el asiento que tenía enfrente y le dio la prenda a Alistair.

—Gracias —Cerró la puerta del coche—. La veré mañana a las cuatro junto al árbol quemado al inicio del sendero.

Ellen se limitó a asentir, deseando que el cochero pusiera en marcha los caballos, para volver a la abadía con James.

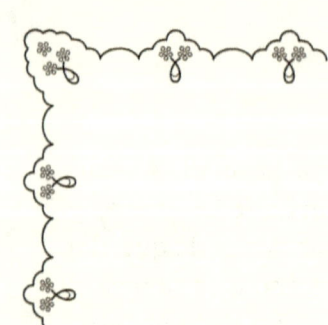

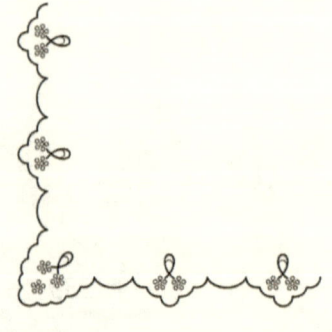

XL

Tras la cita con Alistair, James había sentido la inminente urgencia de pegarse a Ellen como si ella fuera a desaparecer. Aquello no le gustaba en absoluto y, a pesar de que sabía que en el fondo era por una buena causa, no le agradaba la idea de que ella se expusiera al peligro.

Durante la ligera cena, Anthony había estado animado conversando con Ellen que, aunque lo intentaba, no era capaz de disimular que había pasado un mal trago aquella tarde saliendo con Alistair. A pesar de ello, sonreía en especial cuando miraba a James, que agobiado no se molestaba en sonreír.

Para cuando terminaron de cenar, Ellen se esforzaba por parecer calmada, pero algo en su interior le decía que aquella noche, pensando en la cita del día anterior, no podría dormir.

Anthony no tardó en retirarse a la cama y James acompañó a Ellen hasta la puerta de su habitación, mientras la cogía de la mano como una niña desvalida.

—¿Estás bien?

—Sí —mintió ella para que él no le obligara a dejar la misión.

Se inclinó y la besó con ternura; al hacerlo, ella le rodeó el cuello con los brazos reclamando su contacto.

—Debo marcharme.

—¿En serio?

—Sí —asintió lentamente.

Ella le abrazó.

—Sólo estamos nosotros, Anthony y el servicio, ¿qué hay de malo en que te quedes a dormir en la abadía? —musitó contra su pecho.

James cogió su rostro por la barbilla y le sonrió.

—¿Quieres que me quede?

—Por favor —le dedicó una caída de ojos coqueta—. Si tú estás cerca, me siento mucho más segura.

—Tengo algo que te hará sentir mejor.

La cogió de la mano y la llevó hasta su antigua habitación.

Cuando ella hubo entrado, James cerró la puerta y se encaminó hacia su escritorio, vacio a excepción de un paquete mediano envuelto con un papel marrón.

—¿Qué es eso? —Ellen se acercó.

—Es un regalo.

Con los ojos llenos de curiosidad, ella rasgó el papel con cuidado hasta desenvolver una vaina de cuero repujada con cinchas, que contenía una preciosa daga de plata con incrustaciones de zafiro y sus iniciales grabadas.

—¡Es como la tuya!

—Es algo más pequeña, para que se adapte a tus delicadas manos —sonrió.

Ellen sostuvo el arma como un tesoro y empezó a pasar el dedo por la empuñadura.

—Gracias —Le abrazó con dulzura y le besó.

—Haz buen uso de ella.

Con inocencia y sin ser consciente de ello, Ellen se acercó a la silla frente al escritorio y, apoyando su pie en el asiento, levantó su falda hasta el muslo, para amarrarse la vaina a la pantorrilla. Cuando se aseguró de que estaba firmemente sujeta, miró a James, cuyos ojos llameaban con una pasión creciente sentado a los pies de su cama.

Con una risa nerviosa, bajó su falda y caminó hacia él.

—Es bastante cómoda —sonrió mientras se paseaba.

Él sonrió.

—¿Y su acceso?

—¿El acceso? —se acercó a él con pasos lentos sintiendo el arma sobre su piel.

—Debes poder desenvainarla rápido si la situación lo requiere.

Ellen se inclinó sobre la pierna donde estaba la daga y, mientras levantaba la falda, sacó el arma.

James negó con la cabeza y chasqueó la lengua.

—Debes ser más rápida. Comprendo que un vestido no facilita el acceso, pero debes conseguir agilidad.

Con un leve salto, él se levantó de la cama y le hizo un gesto con la cabeza invitándola a seguirle.

—¿A dónde vamos? —murmuró ella mientras abandonaban la habitación y bajaban por las escaleras.

—Sé que es tarde, pero no pienso dejarte ir mañana a una cita con ese siniestro hombre sin que me demuestres que puedes hacer un buen uso de la daga. Has de practicar.

Ellen le miró con los ojos abiertos como platos, pero no se negó. James tenía razón, debía estar preparada para lo peor, porque lo peor era muy probable que sucediera.

Sin decir una palabra más, caminaron hasta el exterior de la abadía, en dirección al sendero del lago, mientras James iluminaba pobremente el camino con una lámpara.

Cuando consideró que el terreno era el idóneo para practicar, dejó la luz en el suelo junto a un árbol.

—Bien —Se colocó junto a Ellen, que le miraba sin saber qué hacer—. Finjamos que yo soy Alistair.

—Finjamos —repitió ella.

James empezó a caminar y ella le siguió sin alejarse mucho de la luz del farol.

—Hace una hermosa noche.

Ella contuvo una risa, al ver que James se esforzaba en imitar el acento de Alistair.

—La hace.

—Vayamos a sentarnos junto aquel árbol para ver las estrellas.

—Claro —murmuró.

Cuando estuvieron lo suficientemente cerca del árbol, James apresó a Ellen por los hombros haciendo que su espalda chocara contra el tronco.

—Quiero hacerte cosas malas —James entrecerró los ojos.

Ellen empezó a remangar su vestido con cautela mientras él la miraba intensamente a los ojos.

Cuando ella se inclinó ligeramente para acceder al arma, James bajó un poco la vista.

—Es usted muy osado, me intimida —comentó ella haciendo que el volviera su mirada al rostro de Ellen.

—Malvado me pega más.

Justo antes de que James terminara la frase, ella se inclinó elevando su pierna y aferrando la daga con fuerza, pero James, preparado para lo que pasaría, aferró su muñeca y la detuvo, aplastándola contra el árbol con el peso de su cuerpo.

—Intento fallido, mi amor —La besó antes de ofrecerle una sonrisa ladeada.

—No es justo. Contigo no cuento con el factor sorpresa, que sin duda me ofrece una gran ventaja.

James chasqueó la lengua.

—Cierto.

Ella se movió un poco, sintiendo la leve presión que él ejercía y le sonrió.

—Sabes que de no haber sabido que iba armada, te habría podido herir.

—Es posible —Rozó sus labios contra los de ella arrancándole un gemido.

James soltó la mano de Ellen, que aún sostenía la daga, y la besó primero con delicadeza y después con una necesidad apremiante. Ella le respondió con la misma pasión, mientras hábilmente se zafaba de su prisión y hacía que fuera James el que tuviera la espalda contra el árbol. Al sentir como Ellen le aplastaba ahora, sonrió entre besos. Que ella tomara la iniciativa de aquella manera le gustaba.

De pronto, algo frío y afilado presionó su cuello.

Al abrir los ojos, la sonrisa de Ellen casi le deslumbró.

—Buena jugada —reconoció él—. Pero espero y deseo que no la uses con Alistair.

—Gracias y tranquilo, sólo lo haré contigo —Se separó de él y guardó la daga en su vaina.

En cuanto se incorporó, James la intentó apresar por la cintura, pero ella se escapó con un ligero gesto y empezó a correr conteniendo un grito nervioso y divertido.

—¿Con que ahora huyes de mí?

Ellen le miró desde la orilla del lago, a una distancia prudencial.

—Se supone que quieres atacarme —sonrió juguetona.

—Pues más vale que seas rápida.

Sin darle mucho tiempo para escapar, James empezó a correr tras ella por la orilla, alejándose cada vez más de la lámpara y adentrándose en la oscura noche de luna creciente.

En pocos minutos, y a pesar de que ella lo intentó, James la apresó levantándola en el aire como si no pesara nada.

—Te tengo.

Ella le rodeó el cuello con los brazos y él la bajó lentamente.

—Tenga piedad de mí, soy una pobre dama inocente.

—¿Inocente? —James sonrió ampliamente.

La armoniosa risa de Ellen sonó con eco, mientras empezaba a besar el cuello de él, que se estremeció.

—Soy inocente —musitó sobre la clavícula de él.

—Tus actos te contradicen —Se desabrochó la lazada de la camisa para que ella tuviera más extensión de piel a la que besar.

Captando su indirecta, Ellen trazó un sendero de besos, mientras él se deshacía de la camisa.

—Tengo un buen maestro —Ellen sonrió al ver su pecho bañado por la luz de la luna.

—Entonces, seguiré adiestrándote, mi joven alumna.

Mientras la besaba con lujuria, empezó a desatar la lazada del vestido de Ellen, quien no opuso resistencia.

Entre caricias y besos, ambos quedaron completamente desnudos en el prado que rodeaba la casa. Durante un instante, ella pareció sentirse incómoda, expuesta en el amplio paraje y, buscando un refugio un poco más intimo, se separó de James corriendo hasta las aguas del lago. Al sentir la fría agua contra su piel jadeó.

James meneó la cabeza y la siguió.

—¿Un baño a estas horas?

Ella miró a la luna y se acercó a él.

—Es muy romántico —le acarició el pecho mojándolo ligeramente.

A pesar de la temperatura del agua, ninguno de los dos tenía frío. James posó sus manos en las caderas de ella, totalmente sumergidas y la elevó hasta que ella rodeó con sus piernas la cintura de él. Ansioso por saborear más sus labios, la besó con frenesí, mientras un mini tsunami se generaba alrededor de ellos a causa del vaivén de sus caderas.

Ellen arqueó la espalda, mientras James lamía las gotitas de agua de su escote, murmurando palabras dulces pero inteligibles.

Sin poder resistirlo más, y mientras las manos de Ellen aferraban los hombros de él, gimió haciendo que un búho posado en un árbol cercano emprendiera el vuelo, un tanto asustado.

Acalorado, James le sonrió antes de besarla con dulzura.

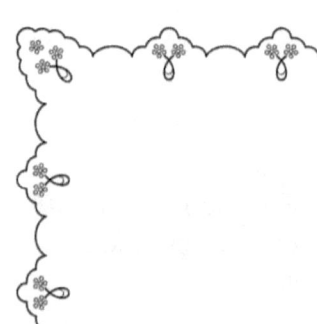

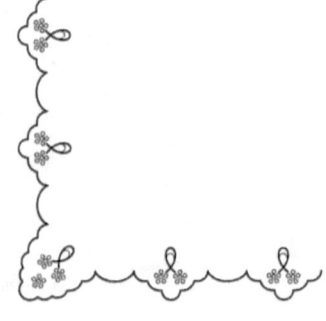

XLI

El sonido de las ruedas del carruaje y los cascos de los caballos que tiraban de él, sonaban rítmicos tras Ellen y hacían que sus nervios se crisparan con cada nuevo trote. Aquella mañana, había amanecido sola en su cama, a pesar de que ella y James se habían dormido abrazados en su habitación, y aunque le buscó, no dio con él. Anthony tampoco sabía nada, a excepción de una nota donde prometía que la cuidaría aquella tarde en la cita con Alistair.

Una de las cosas de las que Ellen fue consciente demasiado tarde, fue que a James no le sería fácil seguirlos mientras paseaban por el bosque, ya que el mínimo ruido de su caballo alertaría a Alistair de que no estaban solos, poniendo en peligro su tapadera.

Cuando su yegua se acercó al punto de encuentro, Ellen aferró con fuerza las riendas al ver a Alistair a lomos de un caballo enorme de color negro brillante.

Ellen miró a su espalda, verificando que el carruaje con la buena de Dorothea y un viejo conductor, la seguían de cerca.

—Buenas tardes, mi bella Ellen —él sonrió enseñando los dientes.

—Buenas tardes —La yegua relinchó ante la presencia del caballo negro.

Alistair miró el carruaje que se detuvo también.

—Veo que su carabina ha optado por viajar algo más cómoda.

—Dorothea aqueja un fuerte reuma en las caderas que le impide galopar.

—Comprendo —Hizo una reverencia cuando la mujer se asomó por la ventanilla del carruaje—. ¿Emprendemos el paseo?

Dando un ligero golpe en los costados de la yegua, Ellen se puso en marcha, agradeciendo que montar a caballo se le diera bien.

—Hace una tarde maravillosa, sin duda gozaremos de una bonita puesta de sol.

Ellen carraspeó.

—Respecto a eso, creo que deberá dejarme marchar antes de que el sol se ponga, Lady Bray necesita mis cuidados y lamentaría no ser una buena huésped que no le presta ayuda cuando la necesita.

Alistair hizo una mueca casi imperceptible.

—Como usted guste.

—Gracias, es muy comprensivo.

Durante algunos minutos, el sonido de los caballos, el carruaje y las aves del sendero que se adentraba en el bosque, fueron lo único que les acompañó. De vez en cuando y de una manera discreta, Ellen oteaba entre el follaje y los arbustos en busca de James o algo que le indicara que él estaba velando por su seguridad. Pero no le vio.

—¿Se encuentra bien? Parece usted molesta —observó Alistair.

—No, estoy bien —intentó sonreír de una manera convincente.

—Si mi memoria no me falla, estamos a punto de llegar al claro del bosque donde pararemos a descansar y tomaremos un tentempié.

Ellen miró la cesta que llevaba Alistair amarrada en los cuartos traseros del caballo.

—Eso será muy agradable.

—Me alegra oírle decir eso, realmente me gusta cuando se la ve feliz.

Sonriendo, Ellen fijo la vista al frente e intentó no sentir repulsión. Si no se controlaba, vomitaría cualquier cosa que se metiera en la boca.

Cuando apenas habían transcurrido diez minutos, un prado con flores silvestres y unas preciosas vistas al bosque aparecieron ante ellos. Sin darle tiempo a reaccionar, Alistair bajó de un salto ágil de su rocín y, agarrando también las riendas de la yegua de Ellen, los llevó hasta un árbol, donde los ató en una rama baja. Cuando le tendió las manos para ayudarla a bajar, ella se sintió nerviosa. Esperaba que con el salto su vestido no mostrara la daga firmemente sujeta a su pantorrilla.

—Tranquila, prometo que si el azar eleva un solo centímetro su vestido, apartaré la vista —bromeó pensando que era pudor lo que ella sentía.

—Gracias.

Ella le tendió los brazos y, aferrándola de la cintura demasiado fuerte, la bajó.

—Pesa usted como un pajarillo.

Una musical y falsa risa se escapó de los labios de Ellen.

Dorothea se bajó del carruaje, mientras cerraba la novela que la había entretenido aquellos días, mientras el cochero amarraba las riendas al pescante, dispuesto a esperar pacientemente.

Bajo la atenta mirada de Ellen, Alistair sacó de la cesta un enorme mantel floreado y varios paquetes, que en un momento colocó sobre la mullida hierba.

—Por favor, tome asiento, mi apreciada dama.

—Gracias —Se acercó al mantel y se sentó con cuidado.

Con un par de pasos rápidos, él se encaminó hacia Dorothea ofreciéndole un pequeño paquete.

—No crea que me he olvidado de usted; le he traído unos sándwiches de pepino para amenizar la vigilancia.

Dorothea sonrió animada cogiendo la comida.

—Es usted un encanto.

Él hizo una reverencia y miró al cochero.

—Puede compartirlo con el conductor, aunque me temo que está echando una cabezadita.

Dorothea miró al viejo hombre que, bajo el ala de su sombrero, parecía dormir a pierna suelta.

—Más para mí —susurró entre risas.

Alistair sonrió ampliamente y volvió junto a Ellen que, curiosa, había desenvuelto algunos de los víveres.

—Parece usted hambrienta y ansiosa —Se sentó demasiado cerca de Ellen.

—Perdone mi impaciencia, pero sentía curiosidad.

—¿Sabe lo que dicen? —susurró desenvolviendo unas pastas de té—. Que la curiosidad mató al gato.

La espalda de Ellen se tensó al instante; aquella frase sonaba a amenaza. Pero, lejos de dejar ver su nerviosismo, se limitó a sonreír mordisqueando una galleta de mantequilla.

A lo lejos, Dorothea, sentada en un árbol caído, terminaba su sándwich mientras ojeaba la novela.

—¿Qué pasiones tiene usted? —comentó Alistair interesado.

—Me gusta mucho leer —Ellen sonrió—. En especial, novelas de Jane Austen.

Él la miró entrecerrando los ojos.

—¿Es una autora local?

—¡No! —negó con demasiado entusiasmo—. Es una de las grandes escritoras de este siglo.

Alistair masticó con delicadeza un trozo de manzana.

—Se nota que le tiene usted mucho aprecio. ¿Qué ha escrito?

Ellen hizo memoria y contó las novelas que en aquel año llevaba publicadas la autora.

—Por el momento, lleva publicadas cuatro grandes obras.

—Literatura para damas.

—Sí. Pero, verá, no son sólo novelas románticas; en cada una de ellas, la autora esconde un inteligente uso de la ironía confiriendo a sus escritos...

Los dedos de Alistair rozaron los labios de Ellen, haciéndola callar y sentir un escalofrío.

—Ruego me perdone, tenía una pequeña miga en su preciosa boca.

Instantáneamente, miró a Dorothea, que parecía adormilada con el libro en su regazo y al cochero, que poco le faltaba por roncar.

—Señor Becher —Intentó sonreír—. ¿Qué está usted haciendo?

Él se inclinó sobre Ellen, que luchaba por no clavarle un tenedor en el cuello.

—Llámame Alistair.

—Alistair...

—Me encanta como suena en tus labios.

Con una mano firme y un tanto rasposa, atrajo el rostro de Ellen al suyo besándola con fiereza. El cuerpo de ella se tensó como una tabla, mientras ponía las manos sobre el pecho de él, intentando frenar su avance.

Cuando una lengua extraña acarició la suya, Ellen miró hacia su pantorrilla y, con un movimiento rápido, se dispuso a desenvainar la daga.

Justo antes de que lo hiciera, los caballos del carruaje relincharon y Dorothea, alertada por el ruido, gritó alarmada.

—¡Señor Becher!

Alistair se separó deliberadamente despacio de Ellen con una pasión oscura brillando en sus ojos verde oliva.

—Mis disculpas, mi preciosa Ellen, tu boca es una tentación demasiado dulce.

Dorothea se acercó a ellos con pasos rápidos y le tendió la mano a Ellen para ayudarla a ponerse en pie.

—Es usted un descarado, señor —bramó la doncella.

—Ruego me disculpe, Dorothea.

Ellen contuvo el instinto de pasarse la mano por la boca, eliminando cualquier resto del sabor de Alistair y se obligó a sonreír como si fuera una niña enamorada.

—Vámonos, Señorita Gladwell.

Mientras Dorothea arrastraba a Ellen hasta su yegua, ella miró por encima de su hombro y saludó a Alistair que, sentado, la observaba con lujuria.

—Adiós, Alistair.

—Hasta pronto, Ellen.

Para cuando llegaron a los establos de la abadía, el enfado de Dorothea había aumentado, e indignada con el indecoroso comportamiento de Alistair había hecho jurar a Ellen que jamás volvería a verle.

Tras calmarla, Ellen se tomó unos minutos acariciando la crin de su yegua, antes de entregársela al mozo.

El cochero bajó del carruaje y, mientras mordía algo que parecía ser una ramita, se acercó a ella. Las cejas de Ellen dibujaron un arco, lo último que necesitaba en aquel momento era que un conductor desconocido también reprobara sus actos; si lo hacía, sería la gota que colmaría el vaso, pues sumándose a la desagradable experiencia del beso con Alistair, estaba el hecho de que James no había estado velando por ella aquella tarde, y una parte de su corazón estaba profundamente herido.

—¿Qué? —Le miró a la defensiva.

El hombre hizo una mueca y sus ojos brillaron bajo el ala de su viejo sombrero.

—Menudo beso —su voz sonó áspera y ronca, como la de un bebedor habitual.

—¿Va usted a juzgarme también?

Él se encogió de hombros.

—¿Le ha gustado?

—¡¿Y a usted que le importa?!

—Eso es un sí —comentó desafiante.

Los dientes de Ellen chirriaron de pura rabia y apretó los puños.

—¡No! No me ha gustado, ha sido asqueroso, repulsivo, baboso y…

El cochero se abalanzó sobre ella, apresándola entre unos fuertes brazos y besándola con dulzura. En un instante, Ellen pasó del miedo a la sorpresa y, finalmente, a la comprensión. Cerró los ojos y le devolvió el beso.

Cuando abrió los ojos unos instantes después, empujó al hombre un poco y le arrancó el sombrero.

James sonrió, desprendiéndose de una peluca de pelo cano y limpiándose con la manga de su chaqueta algo parecido al barro, que había marcado arrugas inexistentes en su piel.

—¡Eres un tramposo! —Le pegó en el pecho—. Pensaba que me habías abandonado a mi suerte.

—Eso jamás —Le acarició la mejilla.

Ellen sonrió ampliamente; no podía enfadarse con él.

Al ver sus brillantes ojos, llenos ahora de amor, la abrazó

con fuerza. Poco le había faltado para dejar a un lado su disfraz y golpear hasta la muerte a Alistair, por haber abusado así de su prometida.

—¿Estás bien? No lo vi venir, de haberlo hecho, habría alertado a Dorothea antes.

—No ha sido nada.

Ella apoyó la cabeza en su pecho.

—Poco me ha faltado para darle una paliza.

—Y a mí para cortarle el cuello —sonrió—. Pero debemos calmarnos y ser pacientes, no podemos desperdiciar esta oportunidad. Le tenemos allí donde queremos y, si todo va bien, no creo que tarde mucho en mandarme flores.

James suspiró apretando a Ellen con fuerza. Estaban haciendo lo correcto, pero no le gustaba.

XLII

Vestido con uno de sus mejores trajes, Alistair caminó decidido llevando un enorme ramo de rosas rojas hasta la puerta de la casa de los Bray. Hasta ese mismo momento, había sido uno de sus secuaces el que se había encargado de mandar la correspondencia y los regalos a Ellen, pero en aquella ocasión, consideraba que el especial y envenenado presente, debía entregarlo en persona, y si era a la misma Ellen, mucho mejor.

Había pasado un día desde su última cita y él ya empezaba a cansarse de jueguecitos de cortejo. La deseaba cuanto antes. Aquella joven de vitalidad y excepcionales y curiosos modales sería su concubina durante mucho tiempo, quizás hasta fuera la madre de algunos bastardos.

Un mayordomo de pelo cano abrió la puerta con una sonrisa fría.

—Buenas tardes, ¿Qué desea el señor?

—Buenas tardes, quisiera entregarle esto a la señorita Gladwell.

—Yo se las haré llegar.

El mayordomo puso los ojos en blanco y alargó las manos para arrebatarle las flores a Alistair, quien hizo un gesto para impedírselo.

—Si no le importa, desearía entregárselas en persona.

—Como guste, le daré la dirección.

Las cejas de Alistair se unieron.

—¿La dirección?

—Hace semanas que la Señorita Bray ya no vive en esta casa, ahora se hospeda con los Mackenzie en la abadía que poseen en las afueras —hizo un gesto con la cabeza indicando la dirección—. Hasta ahora, la correspondencia que nos ha llegado para ella la hemos redirigido allí.

Al oír el apellido Mackenzie, la sangre de Alistair empezó a hervir en sus venas llenando de ira su corazón.

Sin decir nada más, giró sobre sus talones, dejando al mayordomo estupefacto por su falta de cortesía, y deshizo su camino.

Conocía de sobra a los Mackenzie, en especial a uno de los gemelos, James. Había sido él quien puso en peligro su tapadera interrogando y dando cobijo al desertor Oliver Walls, viéndose forzado a asesinarlo quemando la librería. Por suerte para James, el intento de Alistair de terminar también con su vida no fue efectivo, ya que había mandado llevar a cabo su plan a un par de subordinados suyos, que no supieron rematar la faena.

Ahora, la cosa sería distinta. Tenía en su mano una gran oportunidad, pues sabía que James y Ellen de alguna manera estaban relacionados.

Ellen bajó del carruaje con un gracioso salto y el cochero chasqueó la lengua. Aquella dama le ponía difícil hacer su trabajo, puesto que nunca se dejaba ayudar para subir y bajar del coche.

Tras mirar los paquetes que su doncella sostenía, sonrió animada.

—¿Necesitas ayuda para bajar? —sonrió a la chica que esperaba la ayuda del conductor.

—No sufra, Señorita Gladwell, el señor Powell y yo llevaremos sus compras a sus dependencias.

—Gracias —sonrió animada mientras se encaminaba a la puerta de la abadía.

Después de pasar dos días completos caminando por la casa como un alma en pena, preguntándose cuándo Alistair le mandaría una nota o un regalo, James la había obligado a ir al centro a gastar una buena suma de dinero. A pesar de que en un principio ella se opuso, al final había disfrutado de unas compras sustanciales para renovar algunas de sus cosas. Según James, era un pequeño detalle por su compromiso.

Antes de entrar, se paró en seco y miró sobre su hombro, justo hacia el camino que llevaba a la ciudad.

Un escalofrío recorrió su espalda. Su sexto sentido le indicaba que algo estaba pasando.

—Veo pocos bultos para una tarde de compras en Londres —James apareció en la entrada.

Al ver la brillante sonrisa de él, las preocupaciones se esfumaron.

—Tres sombreros, dos ridículos y algunas cositas más es mucho —Se puso de puntillas y le besó.

Él le rodeó la cintura y le devolvió el beso, haciendo que la doncella ahogara un grito y una de las sombrereras se le cayera al suelo.

—Estamos montando una escena —susurró ella—. El servicio cree que me llevas por el mal camino.

Él la cogió de la mano y la llevó hasta la biblioteca, donde Anthony releía una breve carta.

—¿Te encuentras bien? —comentó ella sentándose en una butaca.

—Me temo que tengo malas noticias.

—¿Madre y Charlotte están bien? —James se acercó a su hermano.

Anthony le entregó la carta.

—Perfectamente, pero mi impetuosa esposa ha emprendido el camino de vuelta. Según dice, la distancia le quita el sueño y el hambre.

—Qué romántico —murmuró Ellen sin pensar en lo que aquello quería decir.

—Como su esposo, me encanta —comentó Anthony—. Pero lo que nos traemos entre manos ahora mismo es peligroso.

La espalda de Ellen se tensó, olvidando su espíritu soñador.

—Tienes razón, pero tal y como van las cosas dudo mucho que Alistair siga cortejándome. ¿Qué pretendiente te besa y deja pasar dos días sin mandarte ni una triste nota?

James dejó fluir su ira arrugando la carta de Charlotte entre sus dedos. No soportaba recordar que Alistair la había besado.

Ella percibió su malestar y, acercándose con dulzura, le acarició la mano arrebatándole la carta y encaminándose hacia la ventana para leerla con luz natural.

—Yo no creo que Alistair se haya cansado de ti —comentó Anthony—. Es posible que esté liado con *sus negocios*. Te escribirá.

Los ojos de ella vagaron por el prado sintiendo de nuevo aquella sensación extraña.

—¿Estás bien? Pareces un poco pálida —comentó James acercándose a ella.

—Sí, es que tengo una extraña sensación, como si alguien llevara todo el día observándome. En la ciudad también me lo ha parecido —Dejó que él la abrazara—. Supongo que estoy muy nerviosa y tengo ganas de terminar con todo esto.

James la besó en la frente.

—Mañana tiene lugar uno de los últimos bailes de la temporada, es de los más concurridos, no creo que nuestro amigo vaya a perderse la oportunidad de encontrar nuevas víctimas, así que iremos. Una vez allí, improvisaremos.

Anthony se echó las manos a la cabeza.

—Deberé llevar a Charlotte.

—Velaremos por ella también —la sonrisa de James y su aire de seguridad hicieron que su hermano se tranquilizara al instante.

Dejó la cucharilla sobre el platito de porcelana y dio un suave sorbo a su taza de té mientras, para intentar calmar su angustia y la incertidumbre, terminaba de leer su libro sobre simbología.

James se había marchado a la ciudad para atender algunos asuntos de trabajo, mientras que Anthony y Charlotte, que había llegado la noche anterior con unas ganas terribles de ver a su esposo, no habían salido en todo el día de sus aposentos.

Cuando apenas le quedaban unos capítulos para finalizar su lectura, en concreto los símbolos y mitos del norte de África, una sonriente Charlotte irrumpió en el salón de té.

—¡Ellen! Cómo te he echado de menos —Se acercó a ella y la abrazó.

Con cuidado, Ellen colocó la rosa blanca de James, que la había prensado dentro del libro a modo de marca páginas y sonrió a su amiga.

—Yo también te he echado de menos —sonrió—. Pero no te esperábamos hasta dentro de una semana.

—No podía estar más días lejos de mi amor —Se sonrojó levemente.

—¿Y Agatha?

Charlotte se sentó junto a su amiga.

—Está estupendamente. La dejé con unos buenos amigos suyos, y la verdad es que la vi muy vital y animada.

—Me alegra oír eso.

Los ojos de Charlotte se entrecerraron.

—Anthony me ha dicho que aún nadie sabe lo de vuestro compromiso. Debes de estar desesperada por contárselo al mundo entero. Pero comprendo que es descortés hacerlo si la madre del caballero no lo sabe todavía —sonrió—. Así que, tranquila, soy una tumba. Aunque me costará no decir nada esta noche.

—¿Esta noche?

—Sí, en el baile. No me digas que se te ha olvidado, es uno de los últimos.

Ellen sonrió sin ganas. Cómo iba a olvidarlo.

—Por supuesto. Será una noche importante.

Charlotte se puso en pie tendiéndole una mano a Ellen.

—Vamos, seleccionaremos un precioso vestido para ti y nos arreglaremos juntas, como de costumbre.

Intentando fingir alegría, Ellen siguió hasta su habitación a Charlotte, que, ajena a todo lo que estaba pasando, disfrutaba de la vida social de Londres.

XLIII

El cuarteto de cuerda y el murmullo de las conversaciones de los invitados invadían por completo la sala de baile del castillo de los McLeod. Charlotte y Anthony bailaban animados, mientras Ellen intentaba no prestar atención a James, que se comportaba como si fuera un desconocido. Así habían ideado su plan para aquella imprevisible noche. No sabían a ciencia cierta si Alistair aparecería pero, por si decidía hacerlo, Ellen y James debían simular que no se conocían, ya que si por algún motivo él sospechaba de la pareja, la noche se volvería peligrosa, en especial para Ellen.

Un joven caballero, que había sido presentado a Ellen en el pasado, se acercó a ella con una sonrisa.

—Buenas noches, Señorita Gladwell.

Ella dio un respingo y miró a James, que simulaba no ver la escena desde una corta distancia.

—Buenas noches, Señor Burton.

Él hizo una reverencia, cortés.

—¿Me permitiría bailar la siguiente pieza con usted, mi encantadora amiga?

James hizo un leve gesto de aprobación que sólo fue perceptible por ella.

—Será un placer.

Mientras dejaba que el joven la llevara a la pista de baile, Ellen empezó a escrutar todos los rincones de la sala.

Quizás desde el centro podría localizar más fácilmente a Alistair.

Con una graciosa reverencia, los bailarines iniciaron la danza y ella empezó a moverse con delicadeza. Con la práctica, se había transformado en una auténtica bailarina, puesto que ahora ni siquiera tenía que pensar en qué paso venía a continuación. Tras un giro, sus ojos dieron con un cabello rubio brillante, recogido en hermosos bucles sobre su nuca y unos ojos verdes que brillaban con admiración ante el caballero que hablaba con ella.

—¿Está usted bien? —comentó su pareja de baile al verla distraída.

—Perfectamente —Los ojos de Ellen no podían dejar de mirar a la pareja.

Unos minutos después, y sin verificar que James la estaba vigilando, Ellen se acercó a Debbie, que se reía coqueta de algo que Alistair le explicaba.

—Buenas noches —Ellen sonó algo brusca.

—¡Señorita Gladwell! —Debbie sonrió con dulzura.

Alistair esbozó una amplia sonrisa e hizo una reverencia.

—Buenas noches.

Los dientes de Ellen se apretaron tensando su mandíbula. Aquel personaje estaba cortejando a la joven e inocente Debbie sin ningún tipo de pudor.

—Señor Becher, ¿puedo hablar con usted a solas? —intentó parecer coqueta.

Los enormes ojos de Debbie expresaron su decepción.

—No se ponga triste, mi joven dama —Besó la mano de la chica—. Volveré a por usted en seguida.

Aquella frase con connotaciones que sólo Ellen comprendía,

le hizo sentir una ira irracional que ascendió por su pecho, pero que intentó no mostrar; su plan aún estaba en juego.

—Vayamos a la terraza, Señorita Gladwell, hay unas vistas hermosas del jardín.

Con una reverencia leve, Ellen se despidió de Debbie.

—Disfrute de la velada.

La joven simplemente hizo una reverencia, algo decepcionada.

Mientras seguía a Alistair, Ellen miró hacia donde estaba James, que con una expresión dura seguía sus movimientos. Suspiró. Tenerle cerca la hacía sentirse más segura.

Al salir a la terraza, una pareja les miró y se adentraron de nuevo al salón, dejando a Alistair a solas con Ellen.

—¿Y bien? —comentó él con una brillante sonrisa—. ¿Qué quería comentarme?

Ellen se quedó petrificada.

—Bueno... verá... —tartamudeó mientras pensaba rápidamente—. Su comportamiento me parece más que reprobable.

—¿Disculpe?

—¡Sí! —jadeó—. Primero, me corteja; incluso se tomó la libertad de besarme, y después, nada. Ni una nota, ni un regalo... ¡Nada!

Varios invitados empezaron a mirar hacia la terraza y Alistair, con una expresión divertida en sus ojos, la cogió del codo haciéndola bajar por las escaleras hasta el jardín.

—¿Está usted celosa?

—¡Claro! Estaba coqueteando con Debbie.

Tan inmersa en su interpretación estaba, que no se dio cuenta de cómo Alistair la llevaba hasta debajo de la terraza, entre unos arbustos en flor levemente iluminados.

—Mi bella Ellen, ¿no crees que buscaba esta reacción por tu parte?

—¿Cómo?

Las sombras cubrieron el rostro de Alistair por completo, pero sus ojos aun brillaban feroces.

Fue entonces cuando Ellen se dio cuenta de dónde estaban.

—Mi plan transcurre a la perfección —La sujetó fuertemente del brazo apoyándola contra una pared rocosa.

—¡Suélteme! Me está haciendo daño —se quejó ella empezando a estar asustada.

Alistair se inclinó hacia su rostro, mientras palpaba el muro.

—¿Crees que no sé lo que está pasando y lo que tramáis tú y tu amigo Mackenzie? —sonrió amenazante—. Os he mandado seguir, sé quiénes sois y qué pretendéis.

La sangre se heló en las venas de Ellen.

—Mi señor, no sé de qué habláis.

Alistair se abalanzó besándola con fiereza, mientras presionaba su cuerpo contra el de Ellen.

—Es encantador que lo intentes preciosa, pero ya me he cansado de jugar.

—¡Yo también!

Ella le empujó levemente e intentó alcanzar la daga de su pantorrilla pero, antes de que le pudiera atacar, Alistair sacó de su bolsillo un polvo negro y, de un certero soplido, lo lanzó sobre las vías respiratorias de Ellen, que cayó mareada al suelo mientras su visión se volvía borrosa y su mente perdía poco a poco la consciencia.

Con un fuerte empujón, la pared tras ella cedió, desvelando un pasadizo secreto. Sin perder tiempo, Alistair desapareció llevando en brazos a Ellen, que había perdido por completo el sentido.

En la terraza, James, desesperado, les buscaba. Para su desgracia, un cliente de su hermano le había entretenido durante unos minutos con cuestiones legales, haciéndole perder la pista de Ellen.

Angustiado, bajó al jardín y empezó a buscarla pero, por más que lo intentó, no encontró ni un solo rastro de ellos.

El húmedo suelo de madera fue lo primero que percibieron sus sentidos, antes de que su embotada mente volviera en sí. Lentamente, y con un dolor de cabeza que dificultaba su visión, empezó a incorporarse, quedando sentada. En pocos minutos, sus ojos enfocaron su entorno, haciendo que su corazón dejara de latir durante unos instantes. Estaba presa dentro de una celda de madera y hierro, en una habitación de madera vieja y oscura con olor a moho y otro aroma familiar que, en aquel instante, no supo identificar. Al girar la cabeza a la izquierda, varios ojos la miraron asustados. Al igual que ella, otras chicas estaban presas en celdas, algunas confinadas de dos en y dos y otras de tres en tres.

—Lamento que estés aquí —comentó una voz delicada pero llena de amargura.

Ellen dio un respingo y observó a la chica rubia, llena de suciedad y con el vestido hecho harapos, que le hablaba desde el fondo de la celda.

—¿Dónde estamos?

—En el infierno —murmuró otra chica de cabello dorado de una jaula cercana.

—No puedo decírtelo —comentó la primera—. No sabemos

cómo llegamos hasta aquí, sólo que nos llevan lejos de nuestras familias para vendernos.

Ellen se levantó, cogiéndose de los barrotes por un momento y se acercó a la joven.

—¿Hace mucho que estás aquí?

—Cuesta saberlo cuando no ves la luz del sol, supongo que habrá pasado un mes.

El terror, la desesperación y la ira se hicieron uno en el interior de Ellen que, instantáneamente, levantó su vestido y observó decepcionada como la daga ya no estaba.

—Estamos perdidas.

Una chica empezó a llorar desconsoladamente, mientras otra la abrazaba.

—Se le pasará, con el tiempo te resignas a tu destino —comentó la chica de la celda.

—¡No! —bramó Ellen—. Debemos encontrar una salida antes de que sea demasiado tarde.

La joven rubia sonrió acariciándole el cabello y omitiendo sus palabras.

—Tú también eres distinta, igual que Charlotte.

Los ojos de Ellen se abrieron como platos.

—¿Conoces a Charlotte?

—Sí, la ayudé a escapar; Alistair la quería para él. De no haberla drogado en exceso, ahora sería su concubina.

—Creí que jamás dejó el burdel.

—Sí lo hizo, la trajeron aquí, al igual que tú, pero cuando vieron que estaba enferma la llevaron de vuelta para reclamar a la Madame. Creyeron que fue su culpa.

Ellen se acercó aún más a la joven, que a pesar de la suciedad era de una belleza angelical.

—¿Cómo sabes todo eso?

—Les oímos hablar todo el tiempo. No son muy discretos —Una de las chicas contestó histérica desde la otra punta de la habitación.

—Y algunos no son muy listos.

Durante unos segundos, Ellen se quedó pensativa, mirando al suelo e intentando buscar una vía de escape.

—¿Podrías darme lo mismo que le diste a Charlotte?

La joven se inclinó sobre el suelo y levantó con cuidado un tablón suelto, sacando una bolsa de terciopelo azul. La abrió con los dedos temblorosos y chasqueó la lengua.

—Le robé esto a uno de ellos un día que entró a traerme la comida, apenas se dio cuenta —sonrió sin humor—. Pero me temo, mi nueva amiga, que tu destino esta sellado. No puedo ayudarte. Apenas queda opio para una, y quiero reservarlo para el día que me violen.

—¿Violarte?

—¡Despierta! Nos van a vender como prostitutas —bramó una chica despeinada con ojos de loca justo en la celda de al lado—. Caras y vírgenes.

El cuerpo de Ellen se tensó sintiendo dolor en cada uno de sus músculos.

—A mí no me venderán, ¿verdad?

—Lo lamento, pero por lo que sé no es probable. Míranos, todas somos idénticas, jóvenes rubias de buena posición social. Tu cabello en cambio… —suspiró mirando al suelo—. Supongo que Alistair será tu dueño; creo que eres la sustituta de Charlotte.

De pronto, un mareo repentino se adueño de Ellen mientras su visión se tornaba borrosa. Su plan había fallado estrepitosamente y ahora sólo le quedaba rezar para que James la hubiera seguido.

Hiperventilando, colocó su cabeza entre las piernas.

—Es terrible, lo sé. Pero debes asumirlo o te volverás loca —La chica miró hacia la celda del otro lado—. Algunas aquí están perdiendo el norte desde hace días, llevamos mucho confinadas.

Durante unos largos y agobiantes minutos, Ellen no pudo decir nada mientras su pulso se disparaba y temía ponerse a gritar.

Tras unas caricias en el cabello por parte de la calmada joven rubia, pareció recobrar el control sobre su cuerpo, aunque la sensación de mareo no parecía abandonarla.

—Gracias por consolarme —jadeó—. Por cierto, me llamo Ellen.

La chica la miró con lástima.

—Yo soy Elizabeth.

XLIV

A medida que fueron pasando las horas, el dolor de cabeza de Ellen se fue disipando, despertando por completo todos sus sentidos y con ellos los peores temores respecto a su futuro inmediato.

Elizabeth, sentada en el suelo sobre una manta raída, se entretenía trenzando su largo cabello del color de la miel. Aquello parecía calmarla y mantener su cordura.

—¿Puedo preguntarte algo? —susurró mientras terminaba una trenza.

—Por supuesto —Ellen asintió.

—¿De qué conoces a Charlotte?

Una sonrisa melancólica se dibujó levemente en los labios de Ellen.

—Somos amigas desde hace mucho tiempo.

—Comprendo —comentó prudente—. ¿Ella está bien ahora?

—Perfectamente, le salvaste la vida, ¿sabes? —Se sentó junto a Elizabeth—. Se ha casado con Anthony Mackenzie y...

Los ojos de la joven se abrieron mientras aferraba con fuerza la mano de Ellen.

—Yo conozco a la familia Mackenzie, mi padre ayudó a los gemelos a encontrar una buena posición laboral para ejercer la abogacía.

—Lo sé.

—¿Lo sabes?

Ellen llenó de aire sus pulmones.

—Verás, no quiero que te hagas ilusiones con ello —susurró—. Pero desde que desapareciste, James te ha estado buscando para rescatarte. En cierto modo, que yo esté aquí ahora es por ese motivo; le estaba ayudando.

—James —musitó—. Pero, ¿por qué ibas a querer salvarme tú si no nos conocíamos?

La mano de Ellen señaló con amargura el lugar.

—Cuando casi perdemos a Charlotte, me juré a mi misma que haría lo que fuera para que ninguna joven sufriera este terrible destino.

Sin verlo venir, Elizabeth saltó a su cuello y la abrazó con fuerza.

—Gracias por eso.

—Espero que James pueda salvarnos… a todas.

Precedida de un fuerte sonido de cerradura vieja, la puerta de la gran estancia se abrió con un leve crujido.

Elizabeth dejó caer la cabeza sobre el hombro de Ellen rápidamente.

—Simula estar dormida, es mejor —susurró.

Ella cerró los ojos obediente, mientras oía cómo unos pasos con tacón se acercaban rítmicos y seguros hacia ellas. La cerradura de la celda de Ellen y Elizabeth se abrió y el chirriar de las bisagras las alertó a ambas, pero ninguna dio señales de consciencia.

Intentando permanecer como un peso muerto a pesar del terror que invadía su cuerpo haciendo fluir la adrenalina, notó como alguien robusto, con un fuerte olor a sudor y alcohol, la cargaba sobre su espalda y la sacaba de la habitación. Antes de que cerrara la puerta, Ellen se permitió abrir los ojos un instante, justo para ver cómo Elizabeth y algunas otras chicas se santiguaban.

La puerta de la habitación de Ellen apenas contenía los gritos de desesperación de James que, enfurecido con la situación y consigo mismo por no haber cuidado mejor de ella, se lamentaba por haberla perdido.

La única manera de encontrar el paradero de Elizabeth pasaba por Ellen, y ahora que le había perdido la pista estaba de nuevo sin nada, sumándole el aliciente de que ahora su prometida también estaba cautiva.

Charlotte se asomó al pasillo y Anthony la hizo volver a la cama justo en el momento en el que un estruendo de cerámica se oía. James había roto un jarrón.

—Esto no parece una simple pelea de enamorados —se quejó ella volviendo a la cama—. Por no decir que me parece extrañísimo que Ellen se haya marchado de vuelta a Dambury en mitad de un importante baile y sin despedirse de mí. ¡¿Qué demonios le ha hecho James?!

Anthony negó con la cabeza, odiaba mentir a su esposa, pero no quería preocuparla con el secuestro de su amiga. Albergaba la esperanza de que James aún pudiera rescatar a Ellen.

—Supongo que te escribirá pronto.

Charlotte entrecerró los ojos.

—Más le vale.

Un nuevo grito se oyó procedente de la habitación seguido de los pasos de una doncella asustada.

—Voy a hablar con él.

—Sí, por favor —musitó ella contra la almohada—. Debemos descansar.

Decidido, Anthony se cubrió con un batín de seda y se encaminó hacia la habitación de Ellen.

Sin esperar a ser invitado, entró para encontrar a su hermano sentado en el suelo, apoyando la espalda en los pies de la cama y con la cara enterrada en sus manos.

—James —Se acercó a él.

—Ve con Charlotte, debes cuidar de tu esposa —musitó contra su piel.

Anthony se arrodilló frente a él.

—Tú me necesitas más.

Los ojos azules de James, bordeados de un tono rojo brillante, amenazaban con llenarse de lágrimas de una manera abrupta e inminente.

—No, yo no necesito nada más que la muerte, por lo mal que he obrado; no sólo la inocente Elizabeth se enfrenta a un funesto destino, sino que mi querida Ellen también lo hará —Cerró los puños con fuerza—. Todo por mi culpa.

—Hermano —Anthony le tendió una mano obligándole a levantarse del suelo—. Te conozco como a mí mismo y tú no eres de la clase de hombre que se rinde. Es cierto, hemos cometido un terrible error y una persona amada está pagando las consecuencias, pero no te rindas. No es demasiado tarde, usa tus dotes deductivas, tu ágil inteligencia y encuentra la pista que nos llevará hasta Ellen.

James llenó de aire sus pulmones y tensó la mandíbula.

—No puedo. No hay más pistas.

—¡Las hay! Seguro. Sé el hombre que se merece Ellen.

Con un rápido movimiento, Anthony se abrazó a su hermano, que se dejó consolar durante unos breves segundos.

—La rescataré de las garras de Alistair —comentó con un arranque de valentía.

Anthony sonrió.

—Cuento con ello.

Un ligero chirrido acompañó a la puerta, que se abrió de par en par, mientras Charlotte entraba con pasos lentos.

—¿La rescatarás?

Los hermanos se miraron un segundo.

—¿Qué haces aquí, mi amor? —Anthony sonrió nervioso.

—Creí que un poco de psicología femenina ayudaría a James —se acercó a ellos confusa—. ¿Qué le ha pasado a Ellen? ¿Y quién es Alistair?

De pronto, la mente de Charlotte experimentó una explosión de información, que la hizo tambalearse aterrada, donde los ojos de Alistair y una risa tenebrosa eran los protagonistas.

—¡Charlotte! —Anthony la sostuvo por la cintura—. ¿Estás bien?

James observó cómo la piel de ella se empezaba a poner pálida como la cera.

—Ese nombre… secuestrada… ¡Oh, dios mío!

Llevándose las manos a la cabeza y cerrando los ojos con fuerza mientras los flashes de todo lo vivido se armaban como un puzle en su memoria, Charlotte empezó a hiperventilar mientras un montón de puntitos de colores le nublaban la vista antes de perder el sentido en los brazos de Anthony.

Los rayos de sol y el trino de los pájaros despertaron a James que, tumbado en la cama de Ellen, sintió por un instante que todo estaba bien en su mundo. Por desgracia, al dejar sus sueños atrás, la realidad le golpeó como una losa de hormigón.

Agobiado, pero decidido a tener la mente fría, se levantó de la cama dispuesto a buscar una pista que le llevara hasta Ellen.

Sintiéndose algo culpable, miró hacia la puerta, justo donde Charlotte se había desmayado. Parecía que la noche anterior su cuñada había recordado algo y, a pesar de que lamentaba que así fuera, sus recuerdos podrían llevarle hasta Ellen.

Atormentado por la pérdida, se encaminó hacia el escritorio de ella y acarició sus objetos personales. Su cepillo, que aún contenía alguna hebra de su cabello castaño, su bote de perfume y, en especial, el libro que últimamente la acompañaba a todos lados. Como si con ello pudiera estar cerca de Ellen y sentirla, lo abrió por una página, que parecía esconder algo. La rosa blanca que él le había regalado le hizo contener una lágrima amarga mientras la cogía y acariciaba el papel que había debajo, pasando un par de hojas más.

De pronto, sus dedos frenaron en secó, congelados.

Bajo ellos, un carnero de cuernos excesivamente retorcidos encabezaba una descripción que dejó a James sin sangre en las venas. Alarmado, cogió el libro y corrió a la habitación de su hermano.

Los fuertes y desesperados golpes hicieron que Anthony abriera la puerta, confiando en que Charlotte aún durmiera profundamente.

—¿Qué sucede, James?

—Es un Dinar.

—¿Un dinar?

James le mostró la página del libro con el grabado.

—La moneda que me llevó hasta la pista de Alistair es un Dinar.

—¿Y qué significa eso?

Cubriéndose con la colcha, Charlotte se acercó a ellos con la mirada ensombrecida.

—Significa que es una moneda Magrebí —aclaró James sin prestar atención a Charlotte.

Anthony frunció el ceño.

—¿No comprendo la relación?

—Yo sé lo que ha descubierto James —Ambos la miraron—. Esa moneda de oro con un carnero es la que suelen usar habitualmente los piratas.

Los ojos de Anthony se abrieron como platos, comprendiendo al fin la magnitud y el porqué de los secuestros de las jóvenes católicas de piel, ojos y cabellos claros.

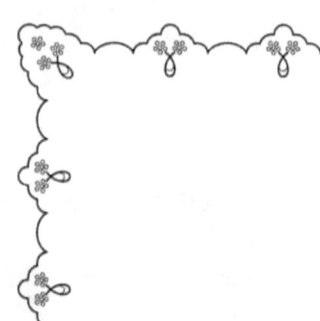

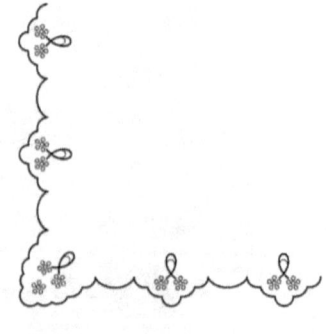

XLV

$\mathscr{C}$on muy poca delicadeza, el hombre dejó caer a Ellen sobre una butaca y ella siguió fingiendo estar sin sentido. A través de sus párpados, se filtraba la luz, que por su intensidad estaba segura de que era la del sol, así que al menos había pasado un día desde que la secuestraron. La soga que se enredó en sus muñecas rozando ásperamente su piel, mantuvo sus manos atadas a su espalda.

Cuando el sonido de una puerta y un silencio prolongado le indicaron que estaba sola, abrió los ojos con cuidado, dando rienda suelta a un pánico que la hizo respirar entrecortadamente.

La luz del sol se filtraba por cinco enormes ventanales con cortinas de terciopelo negro. Sus ojos se acostumbraron lentamente a la claridad. La habitación donde estaba, se definía por el lujo. Frente a ella, había una mesa ovalada de caoba tallada, con un candelabro de oro y dos servicios completos de cubertería de plata, vajilla de la más fina porcelana y copas de cristal. En un lateral, bajo las ventanas, había un escritorio cuadrado con varios rollos de pergaminos e instrumentos que Ellen no sabía definir, pero que le recordaban a sofisticados compases, que se apilaban sobre la superficie de la mesa. El olor a rancio y a moho era algo menos fuerte allí, pero un fuerte olor a incienso la hizo mirar hacia el otro lado, donde una grotesca cama con dosel con gasas de color negro y azul, le hizo sentir un fuerte mareo y arcadas.

El sonido de la cerradura de la puerta la alertó y Ellen cerró los ojos, dejando caer la cabeza a un lado. Unas voces lejanas en un idioma que ella no comprendía, pero que identificó como árabe, fue lo primero que percibió del exterior.

Tras un leve portazo, unos pasos que resonaron contra el suelo de madera le indicaron que volvía a estar acompañada.

Cuando unos dedos acariciaron la piel de su escote, no pudo resistir abrir los ojos y dar un respingo moviendo un poco la butaca donde estaba presa.

—Vaya, vaya, mira quién jugaba a hacerse la dormida.

Ellen entrecerró los ojos al ver a Alistair, intentando hacerse la fuerte a pesar de que temía ponerse a chillar y a llorar.

Él sonrió amenazante mientras se sentaba frente a ella, al otro lado de la mesa y con elegancia, levantaba un cubreplatos de plata, sirviéndose parte de un pescado asado.

Alistair estaba muy cambiado, su cabello negro ya no estaba cuidadosamente peinado, sino que se rizaba salvaje sobre su frente y cuello. Su vestimenta era simplemente una amplia camisa de abultadas mangas y escote en V que, junto a sus pantalones de cuero negro y su cinturón de hebilla ancha, distaba mucho de la moda clásica de Londres.

Al mirarle a los intensos y amenazantes ojos verdes, Ellen parpadeó un par de veces antes de comprender lo que veía. Llevaba algo parecido al maquillaje, una raya negra, aunque sutil, que daba más profundidad al color de aquella mirada.

—Pirata —susurró para ella misma.

La sonrisa amplia de Alistair le indicó que la había oído.

—No dejas de sorprenderme. Primero, descubro que eres una dama a la que le gustan las armas blancas y, después, reconoces mi origen sólo con verme —Tomó un bocado de pescado—. Eres única.

—Quiero que sepas que mi prometido debe estar ya de camino con varios guardias para liberarme.

La risa de Alistair resonó con eco en la sala.

—Lo dudo mucho, preciosa. Ni se enteró cuando te metí en el pasadizo secreto del castillo.

A pesar del pánico que sentía, Ellen hizo acopio de todas sus fuerzas para parecer serena.

—¿Qué pasadizo?

—Por el que nos marchamos del baile.

—¿Cómo ibas a conocer tú un pasadizo secreto si aquella no era tu casa?

Él se sirvió una copa de vino y levantó las cejas con aire de autosuficiencia.

—Mi hermosa Ellen, ésta no es mi primera temporada. Conozco todos los lugares y pasadizos que me pueden ser útiles para mi causa.

—¿Cuál es tu causa?

—Es una larga historia —Siguió comiendo.

—Al parecer, dispongo de tiempo —Ella hizo un gesto incómoda, moviendo las manos en su espalda.

Alistair pareció divertido con el pequeño desafío.

—Mi nombre real es Alim Bachir y soy hijo del Emir. Mi madre fue una noble inglesa, tal y como te conté, es por eso que domino el idioma a la perfección, así como las costumbres y los modales.

—¿Eres un príncipe? ¿Un príncipe pirata?

Un atisbo de amargura nubló los ojos de él.

—No, soy un bastardo, aunque gozo de varios privilegios por mi apariencia y modales. Soy el favorito del Emir.

Ellen sintió un poco de pena por aquel hombre, que en otras

circunstancias habría podido ser muy diferente; pero, cuando una sonrisa lasciva cruzó su rostro, la lástima desapareció.

—¿No vas a preguntarme lo que realmente quieres saber? —Alim bebió un trago de su vino y Ellen pudo ver un sello en su dedo con un carnero grabado en él.

—¿Qué es lo que quiero saber? —le tembló un poco la voz.

—Vamos, mi amor, tú y ese incordio de Mackenzie habéis estado metiendo las narices en mi negocio; sabes cuál es la pregunta.

La boca de Ellen se secó al instante sintiendo como su garganta se cerraba por momentos.

—¿Por qué secuestráis jóvenes?

Él aplaudió animado.

—Estoy seguro que ni tu inteligente prometido se lo imagina —Ellen apretó los dientes—. Es normal, puesto que vosotros los londinenses no veis más allá de vuestras estúpidas costumbres y ridícula sociedad. Verás, mi Emir es un hombre de gustos refinados y, a pesar de tener un harén con bellas mujeres, le gusta contar con bellezas angelicales.

—Ojos claros, pelo rubio... —musitó Ellen uniendo las piezas.

Alim se puso en pie y, rodeando la mesa con pasos lentos, se posicionó frente a Ellen a una corta distancia.

—Bellas damas de refinados modales y virtud intacta —Se lamió los labios—. Esas jóvenes son un tributo maravilloso que hace feliz a mi Emir, que a cambio me llena de favores, como la libertad de hacer lo que quiera con este maravilloso barco.

Las verdades golpeaban a Ellen sin dejar que recobrara el aliento. Alistair se llamaba Alim, era un pirata hijo de un Emir, que disfrutaba desflorando jóvenes rubias y quizás lo que más la aterraba era la idea de estar en un barco que, muy probablemente, ya estaba camino del Magreb.

—¿Qué... qué soy yo? —tartamudeó aterrada.

Alim se lamió el dedo índice con lascivia antes de pasarlo por los labios de Ellen, que se tensaron como una cuerda.

—Eres mi nuevo juguete.

—¡No!

Ellen empezó a patalear intentado propinarle una patada, mientras él reía a carcajadas como si su ataque fuera un chiste.

—No gastes tus energías, mi amor —Ella le dedicó una mirada de profundo odio—. Mañana partiremos a mi hogar y, si te cansas ahora, ¿qué clase de entretenimiento me proporcionarás durante la travesía?

Mientras le plantaba un sonoro beso, la cogió en brazos a pesar de la resistencia de Ellen. Salió del camarote seguro de sí mismo. Allí, un pirata extremadamente musculado y de piel chocolate le sonrió. Tras intercambiar una frase que ella no comprendió, el pirata musculado la cogió como si fuera un saco de patatas y la volvió a llevar a las celdas con las otras chicas.

Cuando la encerró de nuevo con Elizabeth y volvieron a estar solas, la joven la abrazó con fuerza, examinando el vestido intacto de Ellen.

—¿Estás bien?

—Sí —susurró ella sentándose en el suelo—. No ha pasado nada, sólo quería hablar; supongo que para asustarme y demostrar que ha ganado.

Una de las chicas de una celda cercana empezó a llorar amargamente.

—Nos llevan al Magreb, para ser las concubinas del Emir.

—¿Concubinas? —gritó otra joven.

El semblante de Elizabeth se ensombreció.

—Quiere decir que vamos a ser las prostitutas de un rey.

Los lamentos y los jadeos de sorpresa resonaron en la bodega del barco pirata.

—Elizabeth, escúchame —susurró Ellen—. Hay que trazar un plan de escape. No sé si James sabe dónde estamos, pero se nos termina el tiempo. Mañana partiremos hacia África y será demasiado tarde. Necesito que me cuentes todo lo que sepas de los guardias que traen la comida y sus costumbres. Intentaremos robarles las llaves.

—Es inútil —se lamentó Elizabeth—. Ya lo intenté, pero no son tan estúpidos. Lo más que alcancé a sustraer fue la droga negra.

Ellen miró hacia el tablón suelto que escondía el saquito con el opio en polvo.

—Tendremos que buscar una alternativa entonces.

XLVI

$\mathcal{L}$os pasos rápidos de James no ayudaban a Charlotte que, agobiada, escribía con detalle cada uno de sus recuerdos fortaleciendo su memoria.

—Querido James —le sonrió agobiada—. ¿Puedes sentarte? Me estás poniendo algo ansiosa con tus idas y venidas.

Él la miró, para comprobar después su reloj de bolsillo.

—De veras que lo siento, pero el tiempo es vital ahora mismo.

Anthony les miró y se acercó a su esposa, que volvía a escribir frenética sobre el pergamino, para darle algo de soporte moral.

Al cabo de algo más de una hora, y después de rellenar varios pedazos de papel, Charlotte se recostó en la silla del escritorio de Anthony y bebió un sorbo de té intentando aplacar sus nervios. De ella y su memoria dependía encontrar a Ellen.

—He terminado —suspiró.

James, que había decidido esperar mirando por la ventana el calmado paisaje, se dirigió con pasos rápidos hacia ella.

—¿Qué puedes decirme?

Anthony tomó la mano de Charlotte con ternura.

—Estás a salvo, tranquila.

Ella sonrió levemente a su marido antes de clavar su mirada en los intensos ojos de James.

—La noche que mis padres dieron el baile en nuestra casa, Ellen desapareció sin ningún motivo del salón de baile, así que decidí salir a la terraza para ver si estaba tomando el aire.

James tragó saliva al recordar cómo se habían quedado encerrados en el refrigerador gigante del Señor Bray.

—Recuerdo aquella noche —comentó él.

Charlotte tomó aire.

—Junto a uno de los bancos de piedra del jardín, había un hombre de apariencia exótica, que quise creer que se trataba de origen Español, y sin que me diera cuenta entablamos una animada conversación —miro a Anthony nerviosa—. No me pareció un caballero peligroso y reconozco que coqueteé más de lo que es respetable con él.

—Tranquila —La animó Anthony.

—Durante una semana, me estuvo mandando regalos y unas cartas de cortejo de lo más elaboradas, haciéndome creer que aquel hombre era perfecto; incluso salimos a pasear varias veces —Hizo un puchero—. Oh, dios mío, Anthony, cómo siento que tengas que escuchar esto.

James se acercó a ella y le sonrió con ternura. Comprendía que no era fácil para Charlotte.

—Es agua pasada, mi querida hermana, debes concentrarte en los detalles para poder salvar a Ellen, es lo único que importa ahora.

—Está bien —cogió aire lentamente mientras Anthony le acariciaba la mejilla—. Una noche, me mandó una nota diciéndome que no soportaba el dolor de la separación y que pedía mi permiso para verme, aunque sólo fueran cinco minutos. Así que, embelesada por lo que el desprendía, accedí. Pero aquella noche, Ellen nos sorprendió y tuve que esconderle en el armario de la entrada, entre los abrigos. Ella no sospechó nada y Alistair esperó pacientemente a que ambas compartiéramos una breve conversación. Cuando por fin Ellen volvió a la cama, me reuní con Alistair y, dejándome embaucar por sus promesas y una galante propuesta de matrimonio, accedí a fugarme con él. Así que, subí a mi cuarto, dejé una nota para mis padres y huimos juntos —Anthony apretó los puños disimuladamente—. En cuanto subí al carruaje, Alistair me dio un ramo de flores y, tras oler su fragancia, perdí el conocimiento.

Anthony frunció el ceño, mientras rodeaba los hombros de Charlotte con su brazo de una manera protectora.

—Te drogó con opio.

Un nudo en la garganta de Charlotte le hizo difícil continuar con su relato, así que bebió un trago de té y esperó unos segundos.

—Lo siguiente que recuerdo está bastante borroso; tengo imágenes confusas de una habitación roja, con un desagradable olor y una mujer excesivamente maquillada y sin dientes que me quitó mis joyas y mi ridículo.

—El prostíbulo de Madame Evelyn, sin duda.

Ella disimuló un escalofrío al oír la palabra *prostíbulo*.

—Había otra chica conmigo, pero estaba tan asustada que no paraba de llorar en silencio, un silencio aterrador, que se me contagió sin poder evitarlo, cuando unos hombres corpulentos y de piel oscura, nos llevaron en plena noche, amordazadas y atadas de pies y manos, hasta el puerto.

Los ojos de James se abrieron como platos.

—¿Qué recuerdas del puerto?

—Estaba muy oscuro y yo me sentía como ebria, pero me acuerdo de que me sorprendió ver a varios niños mugrientos trabajando el cuero a altas horas de la noche.

Los hermanos se miraron. Ambos conocían el lugar exacto.

—Continua querida —le instó Anthony con una sonrisa amable.

—Me subieron a un barco bastante grande de un color oscuro,

quizás azul marino, y recuerdo que el olor a pintura me resultó desagradable. Lo debían haber reparado por algún motivo.

—O pintado para camuflar su origen pirata —apuntó James nervioso.

—En la cubierta había muchos hombres con ropajes extraños y hablando en una lengua desconocida para mí, que nos vitoreaban a nuestro paso, antes de bajarnos a la bodega, donde varias chicas de cabellos dorados estaban confinadas en jaulas.

Los labios de James pronunciaron el nombre de Elizabeth sin emitir ningún sonido, mientras Anthony se tensaba en su asiento.

Charlotte les miró antes de continuar con su historia con un nudo en la garganta.

—Me encerraron en una celda de barrotes de metal con una hermosa joven con la que enseguida entablé conversación y debo decir que me ayudó a mantener la calma. A pesar de la situación, aquella muchacha estaba serena. Me contó que, aunque estuviera con ellas, seguramente yo serviría de divertimento a los piratas; así que, apiadada por mi destino, me drogó lanzándome unos polvos negros sobre el rostro. Desconozco de dónde sacó la droga o por qué fue tan buena conmigo, pero no tuve ocasión de averiguarlo, puesto que mi siguiente recuerdo es el de despertar en la cama de la habitación de invitados y la imagen de Anthony con rostro preocupado junto a Ellen.

Anthony la besó en la frente atrayéndola hacia él.

—Gracias, Charlotte —sonrió James a pesar de que sus ojos eran fríos como el hielo.

—James, dime que sabes dónde está ese barco —sollozó ella.

—Por suerte para nosotros, lo sé. Hay una curtiduría al final del muelle de carga; es una zona donde suelen atracar los barcos que transportan tejidos exóticos y especias de la india. Ahora, sólo he de hallar un buque recién pintado.

Charlotte sonrió sintiendo que su esfuerzo había servido de ayuda.

—Hermano, son piratas lo que habita en ese navío. No debes ir solo.

James caminó lentamente hacia la puerta con una expresión indescifrable en su rostro.

—Por suerte para mí, Anthony, en el club Cernunnos hice varios amigos, y algunos de ellos eran casacas rojas, ávidos de seguir luchando.

Sin decir nada más, salió del despacho con una sola dirección en mente, la del Club Cernunnos.

El hombre de cabello cano y profundos ojos miel le miró frunciendo el ceño, mientras su espíritu guerrero se fortalecía con cada una de las palabras del relato de James.

—¿Estás completamente seguro, Mackenzie?

—Absolutamente, capitán.

El silencio se hizo entre ellos, mientras una de las prostitutas les rellenaba las copas de vino, para alejarse después contoneando las caderas.

—Sabes que si doy la orden, y a pesar de que ya no estemos en guerra, puedo reunir en pocas horas a un buen número de soldados sedientos de sangre pirata.

James se inclinó hacia delante y sonrió sin humor.

—Cuento con ello. Lo que están haciendo esos hombres no tiene perdón.

El capitán de la guardia le tendió una mano y James se la estrechó.

—Antes de que se ponga el sol, atacaremos.

XLVII

$\mathcal{B}$ajo la atenta mirada de Elizabeth, Ellen se guardó en el escote el saquito de terciopelo con el opio y, sin perder tiempo, aprovechó un desgarrón de su falda para cortar un par de tiras largas de tela.

—¿Estás segura de querer hacer esto? —Elizabeth parecía asustada.

—Parece una locura, pero dará resultado —cogió el tablón suelto que ocultaba el escondite del opio—. Necesitamos ganar tiempo. Si este barco zarpa, estaremos perdidas.

Ellen metió los trozos de tela en el hueco del suelo y Elizabeth arrancó unas flores que adornaban su ajado vestido.

—Creo que esta gasa arderá bien —sonrió sin humor.

—Gracias.

Decidida, y sin saber muy bien lo que hacía, Ellen cogió la cuchara de madera que había logrado robar de la comida que les habían servido aquella mañana, y empezó a frotar el mango en una ligera hendidura que tenía el tablón, mientras Elizabeth lo sujetaba con fuerza.

Algunas de las jóvenes las miraron sin comprender qué hacían, pero preferían no hacer preguntas; el cautiverio les había enseñado que el silencio era un gran don.

Durante varios minutos, las manos de Ellen hicieron deslizar las dos maderas con fricciones constantes y rápidas, pero sin resultado.

—No prende —murmuró decepcionada Elizabeth.

—Piensa, Ellen, piensa —se dijo a sí misma mirando la palma de su mano derecha que empezaba a dolerle.

En su mente, se agolparon las imágenes de las películas de náufragos y aventureros, repasando cada uno de los detalles necesarios para iniciar una llama.

De pronto, la imagen fue clara.

—Necesitamos paja —murmuró.

—¿Paja?

—Sí, o algo similar que prenda fácilmente con la fricción.

Los ojos de Ellen empezaron a mirar hacia todos los lados, mientras Elizabeth intentaba pensar.

—Lo único que hay aquí similar a la paja es el color de mi cabello, y no creo que eso ayude demasiado.

La sonrisa de Ellen se ensanchó en sus labios.

—¡Por supuesto! —Empezó a pasarse los dedos por su pelo, hasta que deshizo su maltrecho peinado—. El cabello arde de maravilla y muy rápido.

—¿De veras?

—¡Sí!

Con una mueca de dolor, Ellen se arrancó varias hebras de cabello, que junto con algunos que habían muerto de forma natural, formaron una compacta bola castaña. Después de colocarla con cuidado entre el tablón y la cuchara, inició de nuevo la fricción, parándose a cada pocos movimientos para soplar con cuidado.

A pesar de su empeño y la ayuda de Elizabeth, el fuego parecía no querer prender y, con cada nueva embestida, la piel de la palma de Ellen se resentía hasta el punto de que la sangre empezó a brotar de unas dolorosas ampollas.

—Te estás hiriendo, Ellen —susurró Elizabeth preocupada.

—No me importa —gruñó obstinada—. Debo conseguirlo.

Enfurecida por el dolor y la desesperación de su situación, aceleró el movimiento y, de repente, justo en el momento en que una gota de sudor surcaba su frente, un ligero humo se coló entre los cabellos.

—Sopla —animó a Elizabeth.

Con delicadeza, la chica se inclinó y avivó una minúscula chispa que, en segundos, prendió la bola de pelo.

Cuando Ellen vio el ligero resplandor que se consumía, cogió la punta de uno de los girones de su vestido y logró prenderle fuego. La tela ardió rápidamente, cayendo dentro del hueco donde el fuego creció consumiendo las flores de gasa y el resto de jirones.

—Se va a apagar —gritó alarmada Elizabeth mientras se arrancaba otro adorno y lo lanzaba al hueco.

—Sigue echándole ropa o lo que tengas a mano —Ellen tiró de la puntilla de su camisola y la arrojó al fuego creciente.

En cuestión de minutos, el olor a quemado, el humo oscuro y las pequeñas llamas alertaron a las chicas del resto de celdas, que asustadas empezaron a chillar. Ellen lanzó la cuchara de madera con la esperanza de que ardiera y, justo en el momento en el que la cerradura de la puerta hacía un fuerte ruido metálico, miró a Elizabeth.

—¿Recuerdas lo que has de hacer?

—Sí.

Ellen sonrió, mientras Elizabeth se acurrucaba al fondo de la celda haciéndose un ovillo.

Junto a ella, y sin la suficiente fuerza para consumir los gruesos maderos del suelo, el fuego se extinguió, dejando la superficie ennegrecida y humeante.

—¡¿Qué está pasando?! —bramó con un fuerte acento, un pirata con una fea cicatriz en una mejilla.

—¡Está loca! —empezó a gritar Elizabeth—. ¡Ha querido quemarnos a todas!

Las otras chicas empezaron a gritar asustadas, mientras el hombre se acercaba a la celda de Ellen, que le miraba desafiante.

—¿Qué has hecho qué? —bramó frente a ella echándole su pestilente aliento.

—Quería quemar el barco —Ellen señaló el hueco ennegrecido y sonrió enmascarando el pánico que sentía.

El pirata abrió la celda y, agarrándola del cabello, la sacó a rastras de la bodega, mientras ella gritaba sintiendo el dolor en su cabeza.

—¿Qué haces con la concubina de Alim? —murmuró un chico joven en el pasillo.

—Acaba de prender fuego a un madero. Esta puta tonta no sabe que bajo sus pies hay varios kilos de pólvora que podrían hacernos volar por los aires.

Un escalofrío recorrió la espalda de Ellen, sin atreverse a moverse del suelo.

—Comprobaré los daños.

Con pasos rápidos, el joven entró en la bodega cerrando tras él la puerta.

—Tienes suerte de que mi capitán adore tu cara de muñeca, de lo contrario te daría tal paliza que ni tu madre te reconocería.

Volviéndola a tirar del pelo, la hizo ponerse de pie y, mientras la amenazaba con una daga de plata, que Ellen reconoció al instante como la suya, la llevó hasta el camarote de Alim.

Tras llamar con un fuerte golpe, irrumpieron en la estancia.

—¿Qué haces con ella? —Alim dejó de escribir una carta y se acercó a ellos.

—Capitán, la pequeña zorra ha intentado prenderle fuego al barco.

—¿Qué?

Ellen bajó la mirada cuando los amenazantes ojos de Alim se clavaron en ella.

—No sé cómo lo ha conseguido, pero por suerte no ha llegado muy lejos.

Sin dudarlo un instante, Alim levantó la mano con furia y abofeteó a Ellen, que cayó al suelo mareada, mientras notaba como un corte en la mejilla empezaba a sangrar.

Alim se ajustó el sello con el carnero en el dedo, que se había movido con el golpe.

—Reparad los posibles daños cuanto antes. No quiero que sea un problema que impida la partida de mañana.

Sin decir nada más, el pirata de la cicatriz desapareció cerrando la puerta del camarote.

Ellen se secó la sangre con el dorso de la mano y contuvo las lágrimas.

—¿Pretendías ganar tiempo?

—Sí —Se levantó desafiante.

Los iris verdes de él brillaron con lujuria; de alguna manera, la valentía de Ellen le excitaba.

—No lo conseguirás, el casco de un navío como éste es muy grueso y resistente. Al parecer, no eres tan lista… —Se acercó a ella y, aferrándola por la cintura, la pegó a su cuerpo—. Mi amor.

Los labios de Alim se movieron fieros sobre la boca de Ellen, que intentaba alejarse de él.

—Eres repulsivo —le dijo zafándose de sus brazos.

—Soy un pirata, me han dicho cosas mucho peores —soltó una carcajada melódica.

Los ojos de Ellen empezaron a mirar por la habitación. Estaba perdiendo los nervios y sólo quería salir de allí.

Con pasos firmes, Alim la cogió de la muñeca y la arrastró hasta su cama.

—Tu miedo y tu ingenio, sumados a la belleza que posees, me superan —La empujó sobre el colchón—. Quería esperar hasta mañana, pero parece que la tentación ha podido conmigo.

Los ojos de Ellen se dirigieron al abultado pantalón de Alim, quien se abalanzó encima de ella como un tigre sobre una gacela herida.

El pánico empezó a fluir por todo su cuerpo, mientras intentaba patalear sin demasiados resultados.

—¡Déjame! —gritó aterrada.

—Ni lo sueñes.

Apresó sus manos, elevándolas por encima de su cabeza mientras la besaba.

Las rodillas de Ellen daban fuertes golpes sobre los musculados muslos de Alim.

—¿No vas a colaborar?

—Jamás —Le escupió con fuerza.

Con una superioridad y tranquilidad envidiables, Alim se quitó la camisa, usándola para amarrar una de las manos de Ellen a un extremo del cabecero.

—Necesito algo con lo que mantener estas preciosas piernas quietas.

Sin mirarla, se encaminó a un mueble cercano, de donde empezó a seleccionar varios pañuelos de seda.

Con la mano que tenía libre, Ellen sacó el saquito con opio de su escote y, ayudándose de los dientes, tiró del cordel para abrirlo, cogiendo todo el polvo de opio que le cabía en la mano.

Justo antes de que él volviera a la cama, ella escondió el saquito bajo la almohada y cerró con fuerza ambos puños para no despertar sospechas.

—Estoy seguro de que aprenderás a gozar de mí —Le cogió firmemente un tobillo y lo ató a la cama—. No creas que me desagrada amarrarte a mi lecho, pero disfrutaría más de tus piernas enredadas en mi cintura.

Al sentir cómo le ataba la otra pierna, Ellen se tensó como una cuerda.

—Eso jamás pasará —Le desafió.

Con una sonrisa helada, Alim se deshizo de su ropa, mostrando su anatomía por completo.

—Déjame probar —Gateó sobre ella volviendo a besarla.

El pecho de Ellen se movía frenético y el pánico amenazaba con adueñarse de sus actos, pero una ínfima parte de ella sabía que sólo tenía una oportunidad para escapar.

Así lo había pactado con Elizabeth, y así debía llevarlo a cabo.

Durante algunos minutos, Ellen se removió bajo el cuerpo desnudo de Alim, mientras él paseaba sus manos libremente sobre sus pechos, sus caderas y zonas demasiado íntimas dando tirones a su vestido dispuesto a desnudarla con lentitud, pero cuando a ella le pareció razonable, empezó a relajarse, dejando escapar algún gemido, a pesar de que era lo que menos le apetecía en aquel momento.

—Alistair —jadeó.

Él la miró con una sonrisa de triunfo.

—Sabía que mis manos eran persuasivas…

Sin darle tiempo a terminar la frase, Ellen abrió su mano frente la nariz de él y, ayudándose de un fuerte soplido, hizo entrar el opio por sus vías respiratorias.

Alim tosió recostándose junto a ella, mientras Ellen no perdía un solo instante y liberaba su mano y sus pies de las ataduras con tirones histéricos.

—Eres una zorra —musitó adormecido.

Con esfuerzo, Alim se incorporó de la cama, tambaleándose. Sin duda, la dosis que le quedaba a Elizabeth no era suficiente para dejar sin sentido a un hombre de tal envergadura.

Sin pensarlo mucho, Ellen cogió un candelabro de plata que había sobre la mesilla de noche y le propinó un fuerte golpe en la cabeza.

Alim cayó sin sentido al suelo.

—Ahora, vuelve a llamarme zorra.

Sin perder el tiempo, se encaminó hacia los ventanales, saltó sobre el escritorio, cogiendo la falda de su vestido, arrojando al suelo varios pergaminos con una marca de agua de un carnero y abrió una de las ventanas. Miró al exterior para verificar que aún estaban en el puerto de Londres. Al observar un pequeño barco cercano con un nombre en inglés, se despojó de su vestido, que lanzó con cuidado al agua, y, con mucho cuidado, saltó de la ventana. El agua fría la hizo querer gritar, pero por temor a que algún pirata en cubierta la descubriera, no lo hizo. Aferrando su vestido, que empezaba a hundirse, se sumergió buceando hasta un lugar seguro.

La luz del atardecer teñía de rosados y violetas el cielo para cuando llegó a varios barcos de distancia. Asomando la cabeza entre un pequeño barco pesquero, localizó una tranquila calle y salió del agua, empezando a correr hacia un callejón oscuro. Debía volver a vestirse y encontrar la manera de llegar hasta la abadía antes de que fuera tarde.

XLVIII

$\mathscr{L}$os minutos transcurrían lentamente mientras la imaginación de James barajaba los peores escenarios con Ellen, así que, tras dejarse llevar por su angustia y sin poder esperar a los refuerzos que suponían los casacas rojas, decidió adelantarse sin ellos, con la esperanza de que su amigo, el Capitán, recordara sus indicaciones para encontrar el barco pirata.

Tras una rápida visita a un par de tiendas locales donde compró algunas piezas de ropa, se encaminó al prostíbulo de Madame Evelyn.

Al verle, la mujer quiso santiguarse.

—Señor, ¿usted por aquí de nuevo?

—Un placer verla —ella frunció el ceño—. Vengo para hacer negocios.

Sin dejar que la Madame dijera nada, dejó tres saquitos con monedas sobre el mostrador, haciendo que una avariciosa sonrisa se dibujara en el rostro de ella.

—¿Qué desea?

—Llevarme de paseo a tres de sus chicas.

La sonrisa de la mujer desapareció.

—Ellas no pueden salir de aquí.

James sacó otro saco de monedas aún mayor que los anteriores.

—¿Seguro? Sólo serán unas horas —sonrió encantador—. Verá, tengo una fiesta privada en mi casa con algunos amigos y necesitamos entretenimiento.

La Madame empezó a contar las monedas.

—¿Tres chicas?

—Sí.

—¿Unas horas?

—Correcto —sonrió de nuevo.

Los ojos de la mujer se entrecerraron.

—Está bien, pero las quiero de vuelta antes de la media noche.

Él hizo una reverencia.

Unos minutos más tarde, James, acompañado de tres de las más jóvenes y hermosas chicas de Madame Evelyn, subían a un coche de caballos.

Tras un golpe en el techo, el cochero de confianza de los Mackenzie, puso rumbo al puerto, mientras él empezaba a desnudarse sin importarle estar acompañado.

—Vaya, sí que empieza rápido la fiesta —se rió una de las chicas al ver el torso desnudo de James.

—Ni que lo digas —Otra pasó los dedos sobre los abdominales de él, quién se tensó.

—Mis queridas señoritas, no es lo que parece, vamos a una fiesta de disfraces.

James sacó de una caja la ropa que acababa de comprar.

—¡Disfraces! —se animó la tercera prostituta—. ¿De qué tema es?

Él se enfundó en una camisa que dejaba al descubierto su pecho y en unos pantalones de cuero negro.

—Piratas y doncellas.

Las tres jóvenes gritaron emocionadas.

Una de ellas se inclinó junto a James y le ayudó a ponerse unas altas botas.

—Si quieres ser un pirata, necesitarás maquillaje.

Con hábiles manos, la chica sacó de un viejo bolsito una cajita metálica que contenía unos intensos polvos negros. Con cuidado, aplicó una línea oscura bajo los ojos de James. Agradecido por la colaboración y el ánimo de las chicas, él se dejó vestir y despeinar, hasta que realmente su aspecto fue el de un fiero pirata.

Cuando llegaron al puerto, James miró por la ventana el cielo, que empezaba a teñirse de tonos morados.

—Hemos llegado, señoritas —Las chicas le corearon emocionadas—. Veréis, mis amigos no saben que os he traído, así que jugaremos a un juego. Quiero que beséis a todos los fieros piratas que os encontréis diciendo que sois un regalo del capitán.

Con una brillante sonrisa, James depositó en la palma de cada una de las jóvenes tres brillantes monedas a modo de incentivo mientras llegaban al final de la calle.

Motivadas y con ganas de diversión, las chicas bajaron del carruaje antes que él, que se quedó rezagado inspeccionando los barcos hasta que dio con uno al final del muelle con una brillante y reciente pintura.

—¿Veis ese enorme navío de color azul marino? —Las jóvenes asintieron—. Allí está la fiesta.

Las tres prostitutas emprendieron el camino hasta la rampa de madera que daba acceso a la nave, mientras a una distancia prudencial James las seguía.

De pronto, un chapoteo en el agua le hizo mirar a la removida superficie, algo le había llamado la atención y una extraña emoción se había instaurado en su pecho, pero aparte de las pequeñas olas que aún se movían no parecía haber nada.

Movió la cabeza y decidió concentrarse en su plan. Debía intentar acceder al interior del barco, para poder hallar a las chicas y liberarlas; de aquella manera, para cuando sus refuerzos, los casacas rojas, llegaran, podrían evacuar a las doncellas con mayor velocidad.

Las chicas ascendieron por la rampa moviendo las caderas y, en seguida, los dos hombres que montaban guardia en la cubierta, vestidos con ropa al estilo londinense para no llamar la atención de los barcos vecinos, repararon en ellas.

—Hola, marinero —una de las chicas saltó al cuello del hombre y le besó.

—¿Qué se supone que pasa aquí? —bramó el otro con un acento cerrado.

—No estés celoso, somos un regalito de vuestro capitán —dijo otra de las chicas cogiendo de la mano a la tercera—. Y a ti te tocan dos.

Con dulzura, empezaron a besarle y acariciarle.

En pocos segundos, ambos piratas disfrutaban de las atenciones de las hábiles jóvenes, proporcionando una distracción perfecta a James, que subió al barco y se adentró por una puerta de cubierta con pasos cautos.

Tras bajar un tramo de empinadas escaleras, se escabulló por un largo y oscuro pasillo, escuchando los murmullos en una lengua extranjera de varios hombres que, en la lejanía, parecían estar comiendo, puesto que el ruido de platos y cubiertos era evidente.

Sonrió. No podía haber escogido mejor momento.

Mientras avanzaba hacia otras escaleras aún más empinadas que las anteriores, una sensación de peligro le hizo girarse para ver como una de las prostitutas le seguía de puntillas.

—¿Estamos jugando al escondite? —susurró.

James se sobresaltó y sonrió, conteniendo su sorpresa.

—Sí, buscamos a otro pirata al que besar.

—A ver si el próximo lleva un disfraz mejor, los de allí arriba no daban la talla.

Él hizo un gesto con la cabeza, indicando las escaleras que descendían.

—Me juego una moneda que ahí abajo encuentras uno muy fiero.

—Trato hecho.

Divertida, la chica bajó los peldaños, seguida de cerca de James. Ante ellos, un corredor mucho menos largo, llevaba directamente a una puerta de madera con enormes bisagras de hierro. Frente a ésta, el corpulento pirata de la cicatriz les miró extrañado y comentó algo que James no supo traducir.

—A por él —animó a la chica.

Ella se contoneó hasta el pirata, que la observaba extrañado. James se encogió de hombros.

—Alistair ha mandado traer putas para todos —simuló tener acento magrebí.

El pirata le miró desconfiado.

—¿Quién eres tú? —frunció el ceño, mientras arrastraba las erres.

La chica le besó dejándole sin aliento.

—Vaya, alguien está bebiendo mucho ron —Volvió a besarle—. ¿Me das un poco?

James dio unos pasos hacia atrás, ocultándose entre las sombras y encargándose de que la chica fuera lo único que colmara la atención del pirata borracho.

—¿Dónde ha ido? —Intentó ver a James.

—Olvídale, ¿o es que te gusta más que yo? —sonrió—. Vamos, ¡llévame a tu habitación y bebamos ron hasta caer al suelo!

Cogiendo a la chica de la cintura, mientras ella gritaba con sorpresa, se adentró por una puerta cercana, dejando su puesto de centinela. Por suerte para James, no parecía ser muy listo.

Veloz como un rayo, se encaminó hacia la puerta y, tras recoger un manojo de llaves de un gancho, la abrió despacio.

Al verle, varias chicas simularon estar dormidas, a excepción de Elizabeth, que le miró fijamente un segundo antes de bajar la vista al suelo. Algo le había llamado la atención, pero no pudo reconocer a James con su disfraz.

Él se acercó a la celda.

—Elizabeth.

Los ojos de ella escrutaron su rostro, movida por la familiaridad de su voz.

—¿James? —susurró—. ¿James, eres tú?

Él sonrió ampliamente, mientras probaba las llaves en la cerradura, hasta que consiguió abrir.

Cuando la puerta de la celda se abrió, Elizabeth se lanzó al cuello de su amigo.

—Ella tenía razón, me dijo que vendrías a por mí y lo has hecho.

James se separó y la miró.

—¿Ella?

—Ellen.

El corazón de él dio un vuelco, mirando hacia las chicas de las celdas que les observaban con ojos asustados.

—¿Dónde está?

—En la alcoba de Alistair.

Los músculos de James se tensaron sintiendo una descarga de mil voltios.

—Abre las celdas de todas las chicas e intentad salir de aquí —Le dio las llaves—. Encontrareis dos tramos de escaleras antes de llegar a la cubierta. No hagáis ruido, y si alguno de los piratas os ve, corred como si el mismísimo demonio os persiguiera.

Sin mirar atrás, pero escuchando como las cerraduras de las

celdas se abrían, James, movido por el instinto, subió al nivel superior. La lógica le indicaba que el camarote del capitán solía estar cerca del puente de mando.

Tras recorrer un pasillo lleno de puertas sencillas, una doble con tallas de mujeres y animales mitológicos le indicó que aquel era el lugar. Antes de abrir, unos sonidos amortiguados de pasos le indicaron que las chicas estaban emprendiendo la huida. Tomó aire deseando que sus amigas aún estuvieran entreteniendo a los vigías de cubierta y que no fuera demasiado tarde para Ellen. Preparado para lo peor, abrió las puertas de par en par.

Alistair, aún un poco aturdido, le miró mientras terminaba de enfundarse sus pantalones. Frunció el ceño sin comprender por qué aquel joven pirata de ojos azules y piel clara no le sonaba como parte de su tripulación.

—¿Dónde está Ellen?

—Mackenzie —farfulló al reconocer la voz—. Llegas muy tarde.

La ira llameó en los ojos de James.

—¡Ellen! —la llamó desesperado.

Sin estar seguro del paradero de ella, Alistair decidió herir a James con sus palabras, disfrutando del dolor de su rostro con cada una de ellas.

—No te oye, está descansando —se rió—. La he dejado agotada, pobrecilla, se nota que jamás la habían satisfecho como se merecía; debías haberla escuchado gemir mi nombre...

Con la velocidad del rayo, James se abalanzó sobre Alistair propinándole un fuerte puñetazo, que hizo que la cabeza del pirata girara como una veleta.

—No te atrevas a hablar así de ella.

Con todas sus fuerzas, Alistair devolvió el golpe a James, quien apenas pudo esquivarlo, pero el hecho de que el fornido pirata aún estuviera bajo los ligeros efectos del opio, le dio una gran ventaja; así que, olvidando el dolor del puñetazo, James le lanzó un nuevo gancho de derechas justo en las costillas, que hizo que se doblara dolorido. Mientras se aferraba a la mesita para recobrar el equilibrio, Alistair aprovechó para meter la mano tras el mueble sacando una pistola de mango de nácar e incrustaciones de piedras semipreciosas que ocultaba para emergencias.

—Puede que no tenga mis capacidades al cien por cien, pero esto iguala la pelea, ¿no crees?

James entrecerró los ojos.

—No lo creo.

Tirando de una de las gasas del dosel de la cama, cubrió el rostro de Alistair, que, privado de su visión, no pudo esquivar el golpe secó que hizo que la pistola saliera disparada hacia el centro de la habitación.

Acorralado, Alistair propinó un cabezazo a James, que cayó de espaldas, mientras él corría hasta la pistola, pero James se aferró su tobillo haciéndole caer estrepitosamente contra el suelo.

—¿Dónde está Ellen? —Le dio un derechazo directo a la mandíbula.

—Jamás la encontrarás.

Alistair le cogió de la pechera de su camisa, e impulsándose con un pie le hizo rodar sobre él, lanzándolo con fuerza hasta que se estrelló contra el suelo.

—¡Se acabó! —gritó el pirata.

Al ver cómo corría hacía la pistola, James se abalanzó sobre el arma y Alistair hizo lo mismo, enzarzándose ambos en una lucha por llegar hasta ella, mientras se cogían del cuello y se daban empujones. A su paso, los objetos del camarote se caían, estrellándose contra el suelo. Las copas de la mesa se hicieron añicos y varios libros del escritorio se precipitaron. En uno de los puñetazos de Alistair, que dio de lleno sobre el costado de James, tiraron un candelabro junto a los ventanales, que no tardó en prender fuego a las cortinas negras de gruesa tela, pero tan absortos estaban en su lucha que ninguno de los dos se dio cuenta, hasta que las llamas empezaron a correr por el resto de ropajes. Alertado, James se despistó sólo un segundo, mientras Alistair le empujaba con una patada, que le dejó sentado sobre el suelo. Aquel fue el momento que el pirata necesitaba para hacerse de nuevo con su pistola y apuntar al pecho de James, que le miraba jadeante.

—¿Vas a matarme? —Discretamente deslizó sus dedos dentro de su bota buscando la daga que siempre le acompañaba.

—Eso parece.

James asintió con una expresión fría y distante.

—Tú ganas, pero antes de que me asesines, quiero saber dónde está Ellen.

La risa siniestra de Alistair invadió el camarote justo en el momento en el que su dedo se deslizaba por el gatillo.

El estruendo del disparo hizo que James cerrara con fuerza los ojos, a la espera de que un dolor intenso le indicara que la bala había perforado su corazón.

El sonido seco del cuerpo de Alistair, cayendo al suelo muerto, hizo que James se diera cuenta de que estaba a salvo.

Al abrir los ojos, vio al Capitán, vestido con su casaca roja y con su arma aún humeante en una de sus manos.

—Ha faltado poco Mackenzie —Le ayudó a levantarse.

—¿Habéis evacuado a todas las chicas?

—Eso creo, están seguras en una posada cercana —miró hacia las llamas que cobraban fuerza por momentos—. Debemos salir de aquí cuanto antes. Sin duda, este navío estará dotado de unos cuantos barriles de pólvora.

Ambos se encaminaron a toda prisa hacia la cubierta, seguidos de otros soldados rezagados que mostraban signos de lucha, mientras el corazón de James latía con fuerza, no tanto por haber visto de cerca la muerte, sino por el ansia de reunirse con Ellen y volverla a poner a salvo entre sus brazos.

XLIX

El pesado vestido mojado dificultaba los movimientos de Ellen que, jadeante, corría por las calles de Londres buscando la casa de James. Con la respiración entrecortada, y mientras varios viandantes la miraban reprobando su aspecto, el sonido de unos cascos de caballos se hizo más intenso cerca de ella.

—¿Señorita Gladwell?

Ella miró al cochero, que la observaba con los ojos entrecerrados. Al instante, le reconoció. Era el conductor de confianza de James.

—Gracias al cielo —sonrió aliviada—. ¿Puedes llevarme a la abadía, por favor?

—Por supuesto, está usted empapada y corre el riesgo de enfermar.

Sin decir nada más, Ellen subió al coche y, en apenas unos segundos, emprendieron el camino hasta la abadía.

Jamás se le había hecho tan largo el trayecto hasta la residencia de los Mackenzie, y con cada minuto, la ansiedad de Ellen iba en aumento. Necesitaba llegar junto a James y darle las indicaciones necesarias para salvar a Elizabeth y al resto de las chicas.

Para cuando la gran abadía se hizo visible, el cielo ya había empezado a oscurecer.

Sin esperar a que el carruaje se detuviera del todo, Ellen abrió la puerta y empezó a correr hacia la entrada, que se abrió de mano de un alarmado Edgard.

—¡Señorita Gladwell! —por una vez sonó preocupado al ver el aspecto de la joven.

Ellen hizo caso omiso del mayordomo dirigiéndose a las escaleras.

—¡James! —Subió un par de peldaños—. ¡James!

Anthony salió de su despacho.

—Ellen —su boca esbozo una sonrisa sorprendida.

Ella le miró y entrecerró los ojos.

—¿Anthony?

Sin que él contestara subió los peldaños y la abrazó. La humedad caló su traje mientras ella hundía su cabeza en su pecho.

—James ha ido a buscarte.

—¿Qué?

Unos pasos ligeros descendieron por la escalera.

—¡Ellen!

Charlotte, vestida con su camisón y un batín de seda, se abrazó a su amiga, que no podía dejar de temblar.

—James… —musitó con la voz rota—. Hay que ir a buscarle, hay muchos piratas.

—Tranquila, estará bien —Le acarició el cabello mojado—. Vamos a darte un baño y a cambiarte de ropa e iremos en su busca.

Ellen se puso rígida, zafándose del abrazo de su amiga.

—¡No! Se volverá loco si no me encuentra, no hay tiempo que perder —Bajó las escaleras decidida—. Hay que volver al barco.

La posada del muelle era un hervidero de hombres con casacas rojas y jóvenes asustadas que se envolvían en mantas y bebían delicados sorbos de un té humeante que la dueña del lugar se había encargado de servirles.

La guardia de Londres había acudido también al muelle y habían logrado apresar a algunos piratas. Por desgracia, la mayoría habían escapado en botes, perdiéndoles la pista en las oscuras aguas nocturnas.

James, con varias heridas en su cuerpo y moratones en su rostro, aún caracterizado como pirata, escrutaba con detenimiento el rostro de las jóvenes en busca de Ellen, pero con cada rostro desconocido, una sensación de angustia comprimía su pecho, privándole de aire.

De pronto, un fuerte estruendo hizo que las ventanas del local vibraran con fuerza, mientras un destello naranja iluminaba la calle.

—¡¿Qué ha pasado?! —se alteró Elizabeth, aferrándose del brazo del Capitán, que la había cubierto con su casaca roja para protegerla del frío.

—Me temo que los bomberos no han logrado apagar el incendio antes de que el fuego prendiera la pólvora del navío.

—¡Dios mío! —se escandalizó otra chica—. Espero que no quedara nadie a bordo.

El corazón de James dejó de latir, mientras desesperado seguía con su búsqueda, ahora con más apremio.

—¡Ellen! —Pasó entre unas mesas nervioso—. ¿Habéis visto a la joven castaña de ojos grises? Se llama Ellen.

Varias chicas negaron con la cabeza.

—Se la llevó Alistair a su camarote —comentó una chica tímida.

Los ojos de James ardían.

—¡Ellen!

Mientras su respiración se aceleraba con cada nuevo paso, agotando la lista de muchachas por reconocer, la certeza de que quizás ella aún estuviera en el barco se hizo una realidad.

Desesperado, salió a la calle y corrió hasta el muelle, donde los bomberos se apresuraban en apagar el fuego de los restos del barco, por temor a una nueva explosión.

Las llamas naranjas bailaron en sus ojos vidriosos, mientras le parecía oír cómo su alma se resquebrajaba ante la pérdida de la única mujer que había amado con todo su corazón.

❧✖❧✖❧✖❧

Charlotte intentaba, sin éxito, recoger de nuevo el rebelde y húmedo cabello de Ellen, que sólo había accedido a cambiarse el vestido. Sentía una necesidad implacable de volver al barco para reunirse con James con el temor de que algo malo le hubiera sucedido.

Cuando el coche de caballos se adentró en la zona del muelle, su angustia se acrecentó al ver una columna de humo iluminada por el fuego, que se recortaba contra el cielo negro.

Charlotte le cogió la mano con fuerza y ambas descendieron del coche, ayudadas por Anthony, que permanecía serio.

—¿Qué ha sucedido? —preguntó a un guarda que se cuidaba de alejar a los curiosos.

—Ha habido un altercado, señor; al parecer, ha estallado un barco.

—¡No!

Sin que nadie pudiera frenarla, Ellen empezó a correr en dirección al barco en llamas, mientras daba rienda suelta a sus lágrimas que surcaban sus pálidas mejillas.

Cuando casi había llegado, frenó al ver a un hombre, vestido con una camisa suelta, pantalones de cuero y botas altas.

Se quedó petrificada mientras una palabra se repetía una y otra vez en su mente: *pirata*.

Como si su pensamiento le hubiera invocado, el hombre se dio la vuelta y Ellen dio un paso hacia atrás confusa.

Los ojos enrojecidos del hombre, de un azul cielo brillante, le sonrieron antes de que lo hicieran sus labios.

—¿Ellen?

Aquella voz sonó como si la hubieran pronunciado miles de ángeles.

—¡James! —Saltó a sus brazos, hundiendo su cabeza en la curva de su cuello.

—Estás viva —La besó con una necesidad apasionada.

—Me escapé para ir a buscarte —murmuró contra sus labios.

Ambos se abrazaron sin importarles suscitar miradas indiscretas.

—Debí suponerlo, tú no te quedarías sentada en una celda.

Ella sonrió mientras con sus manos atraía la boca de él de nuevo hasta la suya.

Una semana después, las cosas habían vuelto a la normalidad. Gracias a la excelente investigación de los cuerpos del orden londinenses, todas las jóvenes habían logrado regresar sanas y salvas a sus hogares, y James se había convertido en algo parecido a un héroe local.

Agatha, ajena a todo lo sucedido, había vuelto de su relajante viaje a Bath y, sabiendo sólo que sus hijos habían resuelto un nuevo caso de investigación, había reunido a las dos parejas en una copiosa cena.

—El faisán está delicioso, Señora Mackenzie —comentó Ellen animada.

—Es uno de mis platos favoritos —sonrió—. Creo que es un plato excepcional para las grandes celebraciones.

James puso los ojos en blanco y carraspeó. La intuición de su madre jamás había fallado, y en esta ocasión seguía sin hacerlo. De alguna, manera sabía que él y Ellen estaban unidos.

Quizás por las miradas que se habían estado lanzando toda la noche.

—Madre —comentó James con una gran sonrisa—. Tengo que anunciarte algo.

Agatha fingió sorpresa, mientras le miraba sonriente.

—Buenas nuevas, deseo.

—Sin duda. Verás, quiero aprovechar esta maravillosa cena, para comunicarte que Ellen y yo nos hemos comprometido.

Los ojos de Agatha se posaron en Ellen, cuyas mejillas ardieron como fuego.

—No puedo ser más feliz, queridos míos —sonrió animada.

—Gracias, Señora Mackenzie —Ellen le devolvió la sonrisa.

—Mis adorados hijos, jamás pensé que tras la muerte de mi amado esposo y vuestro querido padre, la luz volvería a mi vida, pero estas dos jóvenes y bellas damas lo han hecho posible.

Charlotte y Ellen sonrieron abrumadas.

—Propongo un brindis, entonces; por las hermosas mujeres Mackenzie —Anthony levantó su copa y los demás hicieron lo mismo.

—Dime, querida —Agatha miró a Ellen, que dejó su copa con delicadeza sobre la mesa—. ¿Mi hijo ya te ha obsequiado con un regalo de compromiso a la altura de tu persona?

Ellen abrió la boca, pero James se adelantó.

—A decir verdad, madre, lo recibirá mañana, puesto que el objeto de su deseo ha accedido a una lectura privada en nuestra biblioteca —sonrió a Ellen.

—¿Lectura privada? —murmuró—. James... mañana... tú... vendrá... Austen...

—Querida, estás farfullando —Charlotte sonrió, conteniendo una risilla.

Los ojos de Ellen brillaron llenos de ilusión y amor observando su nueva vida. ¿Qué más se podía pedir?

Durante todo el día, los nervios habían estado revoloteando en su estómago a pesar de que James había intentado distraerla con una excursión por el parque, pero ahora que su distinguida invitada la esperaba en la biblioteca sentía como si estuviera flotando.

Edgard se cruzó con James y Ellen en el pasillo.

—La Señorita Austen les está esperando en la biblioteca, señor. Las señoras Mackenzie y el otro Señor Mackenzie están ya con ella.

—Gracias, Edgard —comento James.

El mayordomo sonrió y se alejó con pasos rápidos.

—¿Preparada?

—No —susurró—. ¿Puedes entrar tú? Yo necesito aún un minuto más para sosegarme.

James se inclinó sobre ella y le dio un dulce beso.

—Tómate todo el tiempo que necesites —sonrió con su seductora sonrisa ladeada antes de abrir la puerta y entrar—. *Te estaré esperando*.

Sin saber por qué, aquella frase sonó con un tono especial que la hizo ponerse aún más nerviosa.

Movió la cabeza abrumada.

"Cálmate, disfruta de lo que tienes. Una vida de novela, un sueño hecho realidad y ahora..." —suspiró—. *"Vas a conocer a tu autora favorita. Disfruta, no seas tonta y deja de temblar"*.

Colocó la mano en el pomo de la puerta y entró con pasos lentos y una enorme sonrisa. Frente a ella, dándole la espalda y rodeada de los Mackenzie al completo, estaba Jane Austen con un libro en su regazo.

—Aquí la tenemos —comentó Agatha sonriente—. Querida, llegas a tiempo, la Señorita Austen va a leernos un fragmento de su última novela, Emma.

Llena de felicidad, Ellen dio un paso hacia la mujer, que aún le daba la espalda y sonrió.

—Es todo un placer poder conocerla por fin, Señorita Austen.

Con un movimiento lento y elegante, la autora se giró hacia ella con una brillante sonrisa, tan luminosa y cegadora que los ojos de Ellen no tuvieron más remedio que cerrarse, sintiendo cómo la oscuridad la engullía a la vez que un vértigo la hacía caer.

La voz de Carlota voló hasta sus oídos mezclándose con los lamentos de Jordi, su jefe.

—Elena —susurró su amiga, acariciándole la frente con cariño—. Elena, despierta.

Perezosos, sus ojos se abrieron lentamente acostumbrándose a la luz del sótano.

—Charlotte —susurró.

—¡Elena! —menudo susto me has dado.

Jordi suspiró al ver como su empleada se incorporaba, quedando sentada en el suelo junto a su amiga.

De pronto, una sensación de pesar, sumada al golpe de realidad de estar de nuevo en su época, le provocó un nudo en la garganta.

—James —musitó.

—¿Quién? —Carlota la miró preocupada—. Será mejor que te acompañe al hospital; apenas has estado inconsciente cinco minutos, pero es mejor prevenir que curar.

Dejándose llevar como un muñeco, Elena se puso en pie ayudada por su amiga.

—Jordi —Carlota sonrió—. Espero que no te importe que la acompañe. Podría haberse hecho daño.

—No, no, por supuesto —masculló su jefe mientras las dos chicas subían por las escaleras de caracol hasta la tienda.

Durante varias horas, los médicos hicieron varias pruebas a Elena, descartando el traumatismo craneal y posibles lesiones internas; así que, al día siguiente, tanto ella como Carlota, volvieron a su rutina.

Pero algo había cambiado.

Elena había vivido un sueño tan real, que le dolía cada vez que se acordaba de James y de lo que sus besos despertaban en ella. Si era sincera, no echaba de menos todo lo de aquella época, su *ipod*, su plancha de cabello y otras muchas comodidades modernas merecían la pena, pero su amor por James aún perduraba en ella, de una manera tan real e intensa que Carlota llegó a creer que tenía un novio secreto y que la había dejado.

Por supuesto, su amiga desconocía por completo todo lo que Elena había soñado; a pesar de ser muy buenas amigas, ella no quería que la tomara por loca, pues para ella había sido real.

Un mes más tarde, el verano llegaba a su fin, y el humor de Elena todavía estaba por los suelos.

—¡Elena! —Ella levantó la cabeza del archivador y la miró con una media sonrisa—. ¿Nos vamos ya a comer?

—Claro.

Sin decir nada más, se despidieron de su jefe, que seguía toqueteando un cuadro de Excel, y las dos amigas se dirigieron a su hamburguesería preferida.

Tras pedir un par de menús completos y gigantes, se sentaron en una mesa junto a la ventana.

—Me tienes preocupada —comentó Carlota mordisqueando una patata frita.

—No tienes motivos.

—¡Anda que no! —se quejó—. Desde tu pequeño percance, no pareces la misma, estás triste. Chica, pareces un alma en pena.

Elena bebió un sorbo de su botella de agua y se encogió de hombros.

—Supongo que algo pasa por esa cabecita tuya, y comprendo que quieras guardártelo para ti —le sonrió comprensiva—. Pero, como te quiero y no soporto verte así de triste, he cometido una locura.

—¿Qué has hecho?

Con una sonrisa divertida, Carlota buscó algo en su móvil y un segundo después le mostró la pantalla.

—¡La semana que viene nos vamos a Bath, pequeña!

—¡A Bath!

Un grupo de chicos sentados en una mesa cercana las miraron.

—¡Sí! Nos vamos al festival de Jane Austen como planeamos, o lo que es lo mismo, el festival de las patillas.

Un sentimiento agridulce se instauró en el pecho de Elena; deseaba ir a Bath en aquellas fechas, por algo ella y Carlota se hacían llamar *El club de las patillas*, pero ver a un grupo de gente, y en especial hombres, vestidos de época sería aún doloroso para ella. A pesar del tiempo, James seguía viviendo en ella, como un tatuaje en su alma que se negaba a ser borrado.

—Mi tía Dionisia nos está haciendo unos trajes de corte imperio preciosos para que los llevemos y ya he comprado las entradas para una representación teatral de Emma y un baile al puro estilo de Jane Austen —miró al cielo mientras se mordía los labios—. ¡Estoy emocionadísima!

Elena sonrió, fingiendo el mismo entusiasmo que Carlota; aunque no fuera así, se lo debía a su amiga.

—No pienso dejar que tú pagues todo eso —Elena sonrió.

—Dejaré que pagues la mitad del viaje, si cuando volvamos vuelves a ser la de siempre.

Elena suspiró y se forzó a sonreír. Debía pasar página, ser una adulta, y dejar de aferrarse a un estúpido sueño que no tenía nada de real.

Cuando se vieron en medio de la preciosa ciudad de Bath, rodeadas de carruajes, damas con sombrillas y sus adorados caballeros con patillas, la emoción las hizo sonreír tanto que ambas, y en especial Carlota, creían que se les romperían los músculos de la cara.

Aquel evento anual era conocidísimo en Reino Unido, y asistían personas de todo el país para homenajear a Jane Austen.

Gracias a las dotes de costurera de la tía de Carlota, las dos amigas no desentonaban en absoluto con sus dos preciosos vestidos, de cintura alta, mangas abullonadas y discreta cola. Carlota vestía de un brillante tono azul, mientras que Elena lucía un verde esmeralda que confería un punto verdoso a sus ojos grises.

En cuanto las dos empezaron a caminar entre el gentío, dirigiéndose al baile que se organizaba en un salón perfectamente ambientado, Carlota miró a su amiga de reojo.

—Te odio —murmuró.

—¿Disculpa?

—Lo que oyes, mírate como caminas y te mueves. ¿Es que a caso has estado ensayando en casa para ser una señorita del siglo XIX?

Elena se limitó a encogerse de hombros.

—Vi Orgullo y Prejuicio antes de venir, quizás aprendí allí.

Carlota resopló, mientras ambas, cogidas del brazo, se adentraban en el salón alumbrado por velas.

A pesar de ser un baile a plena tarde, una vez que uno se adentraba en la estancia se le olvidaba todo lo relacionado con el mundo y la época exterior.

En una esquina, un cuarteto de cuerda tocaba contradanzas, mientras que algunos bailarines, sin duda profesionales y asiduos al festival, empezaban a bailar con elegancia.

Las dos amigas cogieron una copa de ponche y se sentaron en unas sillas dispuestas a lo largo de la pista de baile.

—Me han dicho que hay actores que te sacan a bailar, así es mucho más auténtico todo.

—¿En serio? —Elena sonrió mientras la imagen de los vestidos de las damas y los trajes de los caballeros la hacían ponerse melancólica.

Durante algunos minutos, las dos amigas se limitaron a mirar a los bailarines, los vestidos y a escuchar la música, hasta que un joven se acercó a ellas.

Los ojos de Carlota se abrieron de par en par.

—¡Wow! —sonrió al joven rubio que le tendía la mano a Elena.

—Disculpe mi atrevimiento, bella dama, pero ¿me concede este baile?

Elena se sonrojó sin remedio, mientras Carlota le propinaba un codazo poco discreto.

—Como digas que no, te muerdo —le susurró.

Abrumada, sonrió al chico, que la llevó hasta la pista, donde sus pies empezaron a ejecutar todos y cada uno de los pasos de la danza a la perfección, suscitando miradas de admiración entre los veteranos al festival.

Dos canciones más tarde, el chico rubio devolvió a Elena a su asiento y Carlota se abanicó perdiendo el decoro.

—Desembucha —entrecerró los ojos—. ¿Eres la reencarnación de Jane Austen o algo? Pareces recién salidita de una novela.

Elena empezó a reír y, sin dar más importancia, siguieron disfrutando del evento.

Cuando el baile terminó, los invitados fueron saliendo poco a poco al exterior, donde se les entregaba un folleto impreso en un elegante pergamino, como recuerdo.

Al ver la enorme cola que se había formado para salir, Carlota hizo una mueca.

—Enseguida te alcanzo —sonrió apurada—. Tengo que ir al baño.

Decidida, Carlota desapareció en dirección contraria mientras Elena, casi la última de la fila, avanzaba lentamente mirando al suelo. Ahora que estaba sola y en silencio, podía sentir y hasta oír el dolor de su corazón.

Avanzó un paso más como un autómata.

—Esperamos que haya disfrutado del baile en honor a Jane Austen, aquí tiene un recuerdo.

Elena cogió el pergamino y lo miró sin ser consciente de lo que ponía.

Educada, levantó la cabeza para dar las gracias al chico, vestido, por supuesto, con un traje de época, y su boca se abrió sin remedio.

Los ojos azul cielo, la sonrisa ladeada, el cabello oscuro…

—Hola —musitó—. Quiero decir, Gracias.

—Hola —él sonrió aún más—. ¿Has disfrutado?

—Si —casi jadeó.

El compañero del chico le dio los pergaminos a la última pareja que quedaba, y el moreno se tomó la libertad de apoyarse en el marco de la puerta, de una manera excesivamente sexy.

—Te he visto bailar, eres sin duda una auténtica dama.

Las mejillas de Elena se encendieron como dos farolillos.

—Gracias.

—Me llamo James, por cierto.

El corazón de Elena dio un brinco emocionado, como si hubiera vuelto a la vida.

—Yo soy Elena.

—Un placer —hizo una leve reverencia y le besó la mano.

El contacto con su piel fue como una descarga eléctrica.

—¡Wow! Hola —brincó Carlota junto a su amiga—. ¿Quién eres tú?

Elena saltó al ver a su amiga, que no dudaba en repasar de arriba abajo al chico.

—Este es mi… es James —El chico sonrió—. Ella es mi amiga, Carlota.

—Un placer.

Ella hizo una reverencia y él se la correspondió.

—Dime, James, ¿no tendrás un amigo, tan macizo… quiero decir, elegante como tú?

—¡Carlota! —Elena se sonrojó.

James empezó a reír.

—No, pero creo que tengo algo que te valdrá —Mientras levantaba una mano hacia la calle, silbó—. ¡Eh, Anthony! Ven a conocer a estas damas.

Cuando el gemelo idéntico de James se acercó a ellas, tanto Elena como Carlota abrieron ligeramente la boca.

—Soy Carlota —alargó la mano a Anthony entusiasmada—. Ella es Elena.

—Encantado —sonrió algo tímido.

—Tenemos que ir al hotel para refrescarnos un poco, pero si os apetece podemos quedar un poco más tarde para tomar algo.

Los ojos de Elena se abrieron de par en par ante la osadía de su amiga.

—Eso suena muy bien —James sonrió a Elena.

—Perfecto. ¿Nos vemos aquí en una hora?

Anthony se limitó a sonreír.

—Hasta ahora —James sonrió e inclinándose sobre la mano de Elena se la besó murmurando algo.

—¿Disculpa?

—*Te estaré esperando.*

Los ojos de James brillaron llenos de promesas y el mundo de Elena pareció vibrar lleno de colores de nuevo.

Por fin su destino estaba completo.

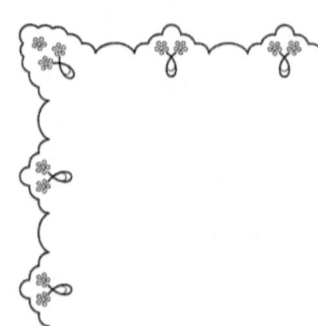

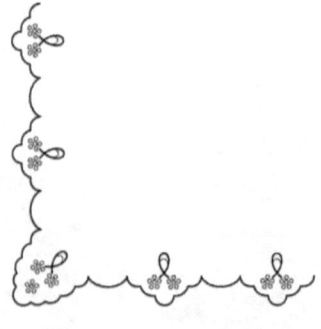

www.diannammarques.com

www.ingramcontent.com/pod-product-compliance
Lightning Source LLC
Chambersburg PA
CBHW020251030726
47499CB00001B/151